언제 어디서나

_____ 드림

참선
2

참선

다시
나에게
돌아가는
길

2

테오도르 준 박 지음

구미화 옮김

나무의마음

차례 SEON MEDITATION

2권 /

4부. 참선이 가진 탈바꿈의 힘

5부. 참선과 미래

4부

참선이 가진 탈바꿈의 힘

31

실패

몇 년 전에 송담 스님이 대중에게 참선을 가르치라고 당부하셨을 때, 나는 내가 수행자로서 실패했다는 뜻으로 받아들였다. 스님이 나를 포기하려는 것이라고 생각했다. 또한 대중을 상대해야 하는 새로운 책임을 맡으면 참선 공부에 치명타가 될 거라고 느꼈다. 유명세에 현혹되거나 책임에 얽매여 꼼짝 못 하게 될까봐 걱정되었다.

그런데 아주 이상한 일이 벌어졌다. 사람들에게 영감을 줄 수 있기를 바라며 밖으로 걸어 나가보니 오히려 영감을 받은 쪽은 나였다. 나는 많은 사람들을 만났고 그들에게 많은 이야기를 들었다. 그들은 지난날 나를 수도자의 삶으로 이끌었던 것과 똑같은 의문 때문에 혼란을 겪고 있었다. 내가 그랬던 것처럼 그들도 현대사회가 요구하는 것들로 인해 당혹스러워했다. 그런가 하면 부와 겉모습을 지나치게 중시하는 세상에서 품위와 자존감을 지키기 위해 필사적으로 애쓰고 있었다.

우리가 괴로움이 만연한 세상에 살고 있고, 모두가 같은 처지임을 다시금 깨닫게 되자, 그때까지 경험한 것과는 완전히 다른 방식으로 참선을 해야 한다는 의무감이 들기 시작했다. 이와 관련해서 아주 오래전에 송담 스님은 이렇게 말씀하신 적이 있다.

> "오로지 자신의 깨달음만을 위해 참선을 하는 사람은 참선이 무엇인지 모르는 사람이다."

나는 이 말씀을 20대 때 처음 들었다. 그런데 세월이 한참 지난 지금에 와서야 비로소 그 의미를 이해하기 시작했다.

실패. 이 단어만 봐도 우리는 움찔한다. 대부분의 사람들이 '실패'라고 하는 것을 경험함으로써 한번 자신감을 잃어버리면 그전에 가졌던 에너지와 추진력, 담대함 그리고 가장 중요한 긍정적인 자존감을 회복하는 것이 거의 불가능하다고 느끼기 때문이다.

그러나 참선을 하면 잃었던 자신감과 에너지를 회복할 수 있다. 나는 내 인생 최악의 실패를 참선으로 극복해본 경험이 있다. 그것 때문에 마음이 아팠고 지금도 생각하면 부끄러울 정도지만 가슴 아픈 그 실패에 대해 가능한 한 솔직하게 이야기해보려고 한다. 이 이야기를 들으면 여러분도 혼자 힘으로 실패를 극복할 수 있다고 믿게 될 것이다.

그전에 먼저 '실패'로부터 회복하기 위한 아주 간단하지만 효과적인 방법을 소개하고 싶다. 내가 이미 수차례 적용해보고 효과를 확인한 방법이다. 여러분도 이 방법을 배워서 일상에 적용해보면 도움이 될 것이다.

5R : 실패에서 벗어나는 법

실패했다는 느낌이 들 때 그 어려움을 전략적으로 이해하고 해결하기 위한 구체적 대처법이 바로 5단계 좌절 극복법, 즉 5R이다.

5R은 회복Recovery, 재충전Recharge, 자기 성찰Reflect, 전략 다시 세우기Re-strategize, 다시 시작하기Re-engage로 이어진다. 5R은 나이나 배경에 상관없이 누구나 이용해도 되지만, 내가 참선을 가르치는 동안 이 방식에 가장 관심을 보인 건 대학을 갓 졸업하고 취업을 준비하는 젊은이들이었다.

회복Recovery

5R의 첫 번째 단계인 '회복Recovery'은 정신적·육체적 균형의 회복을 의미한다.

우리는 실망하면 자신의 기본적인 가치와 능력에 의문을 갖게 되고, 모든 희망이 산산이 부서지는 것처럼 느낀다. 이 경우는 이미 참선에 숙달된 경우가 아니면 대부분 참선을 배울 준비가 안 된 상태라 할 수 있다. 참선하는 법을 발달시키려면 기본적으로 집중할 수 있는 능력이 필요하고 장기적으로 노력해야 한다. 실패나 패배의 끔찍한 경험을 한 직후에는 일시적으로 그럴 능력을 상실할 수도 있다. 따라서 다시 일어설 수 있도록 회복부터 해야 한다.

현대사회를 살아가는 우리 모두가 그렇듯 경쟁에 익숙하도록 훈련받은 사람들에게 나타나는 가장 안타까운 부작용은 자신을 남과 비교하는 습관이 너무 깊이 배어 도저히 비교하지 않을 수 없다는 것이다. 항상 무엇에 대해서든 스스로 정한 기준에 따르거나 다른 친구들과 비교해 끊임없이 자기 자신에게 점수를 매기고 있다는 얘기다.

최근에 '실패'를 경험했다면 당장은 스스로에 대한 점수가 매우 불만스러운 상황일 것이다. 지금 막 자기 자신과 인생에 'F'를 주고 스스로에게 '패자'라고 이름 붙였다. 그 점수와 이름표가 객관적인 관점에서 본 우리의 모습 같고, 무엇보다 우리 스스로가 그렇게 느낀다.

우리가 스스로에게 뭔가 하고 있다는 생각은 못 하고, 삶이 우리를 심판했다고 느낄 것이다. 인생이 우리를 '불합격' 통에 던져 넣었다고 말이다.

그럴 때는 우리에게 어떤 일이 일어나고 우리가 어떤 실수를 범했든, 이런 점수와 이름표는 우리 스스로 만든 것이며, 그것이 지금 우리에게 엄청난 고통을 주고 있다는 사실을 기억해야 한다.

삶은 말없이 이어지는 사건과 행동의 연속일 뿐 절대로 우리가 어떻다고 말하지 않는다. 우리가 어떻다고 말하는 건 우리 자신이다.

"실패자, 패배자, 멍청이, 무용지물, 집안의 골칫거리."

하지만 이 세상에 엄밀한 의미에서 실패자이거나 패배자인 사람은 없다. '실패자'와 '패배자'는 우리가 만들어낸 가짜 꼬리표에 지나지 않는다.

사실 남들과 비교해서는 자기가 어떤 사람인지 진정으로 이해하지 못한다. 살면서 겪은 일들에 대한 흐릿하고 극도로 불완전한 기억들로 자신을 승자 아니면 패자로 그리는 이야기를 엮어서는 그 실체를 제대로 파악할 수 없다. 이것은 스스로를 바라보는 원초적이고 유치한 방법이라 거기에서 필사적으로 벗어나야 한다.

이럴 때는 당장 참선을 배우거나 연습하려 애쓰기보다 잠시나마 자기가 좋아하는 취미 활동을 해보는 것이 좋다. 우리의 의식이 실패라는 생각에 사로잡히면 도저히 그 생각을 멈출 수가 없고 스스로에게 회복할 기회를 주지 않는다. 그러니 괴로운 생각이나 감정과 씨름하며 정신력으로 이겨내려고 애쓰지 말고 몸으로 관심을 돌리자. 밖으로 나가 몸으로 할 수 있는 것에 집중하자. 필요하다면 괴롭거나 불안한 순간을 견디기 위해 준비 호흡을 이용해도 좋다. 이렇게 스스로에게 회복할 시간을 가져보자.

한 번도 가본 적 없는 곳, 과거의 기억이 전혀 없는 곳에 가보는 것도 좋은 방법이다. 새로운 음식을 먹거나 새로운 활동을 시도해보는 것도 좋다. 공원에서 산책을 하거나 도서관에서 시간을 보내는 방법도 있다. 새로운 목표를 정하거나 앞으로 무엇을 할 것인지에 대해 걱정하지 말자. 그냥 가볍게 이것저것 해보면서 기분전환을 해보자.

중요한 것은 스스로를 더 행복하게 만들려고 애쓰지 않는 것이다. 그건 시간이 흐르면 해결된다. 지금 우리의 목적은 몸을 계속 움직여 불안과 불만, 분노와 절망 같은 부정적인 에너지를 태워버리는 것이다.

그렇게 몸을 움직이면서도 마음은 고요한 상태를 유지하도록 해야 한다. 생각과 감정들이 그냥 지나가게 둘 뿐 결론을 내리려고 하지 말자. 구름이 태양을 가로질러 흘러가는 모습을 바라보듯 마음의 상태가 흘러가는 것을 가만히 지켜보자. 물론 자꾸만 걱정이 될 것이다. '만약 …하면 어쩌지?' 하는 생각들로 미칠 것 같을지도 모른다. 어린애처럼 씩씩대며 분통을 터뜨리기도 할 것이다. 그러나 그렇게 행동하는 순간에도 마음속 깊은 곳에서는 차분함을 유지한 채 자기에게 필요한 과정을 거치고 있는 것임을 의식해야 한다.

이런 과정을 지나는 동안에도 자기 파괴적인 태도는 피하려고 노력해야 한다. 마음속 어두운 곳에서는 건강하지 못한 즐거움을 누리고 싶을 것이다. 이런 것들을 피하고 각자 몸과 마음의 건강을 지키기 위해 최선을 다해보자.

또한 우리가 가장 소중히 여기는 관계들을 잘 지켜야 한다. 주위 사람들에게 적대적이거나 사납게 대하고 있다고 느껴지면 잠시 거리를 두는 것도 좋다. 그들에게 지금 스스로가 어떤 상태이며 무엇이 필요한지 솔직하게 알리는 것도 방법이다. 자신에게서 그들을 보호함으로써 그들을 아끼고 존중하는 마음을 보여줄 수 있다.

이제 시간이 흘러가게 두자. 이것은 소극적인 태도가 아니며 현실도피도 아니다. 인간의 몸과 마음이 지닌 치유 체계에 대한 믿음에서 비롯된 조치다. 우리가 방해하지 않는 한, 우리가 몸에 해로운 것을 하지 않는 한, 부정적인 마음 상태에 의식을 고정시키지 않는 한, 몸과 마음은 스스로 회복하게 된다.

이것이 생명체인 우리의 본성이다.
세포는 재생되고, 감정은 지나가며, 생각은 가라앉는다.

이것이 즐거운 고독이다. 정말로 즐거운 고독은 꼭 남들과 떨어져 있을 필요는 없다. 그저 한 걸음 물러나 스스로에게 회복할 시간을 주는 것이다. 몸과 마음이 가진 고유의 방법에 몸과 마음을 맡기면 알아서 스스로를 재정비하고 자기 위치를 다시 확인할 것이다. 저절로 회복될 것이다.

그러니 몸과 마음을 믿고 기다리기만 하면 된다. 당장 즐길 수 없더라도 각자의 인생과 세상에서 즐거움을 찾아보자. 그건 죄가 아니다. 아무리 슬퍼도 세상으로부터 뭔가 위로를 받을 수 있다면 정중하고 겸손하게 받아들이자. 그러면 너무 늦기 전에 다시 감사한 마음이 생길 것이다. 세상의 좋은 면들이 보이기 시작할 것이다. 재충전을 시작할 준비가 될 것이다.

재충전 Recharge

재충전 Recharge은 휴식을 뜻한다. '쉬어진 상태'다. 회복 단계에서 이미 휴식을 취했는데 '왜 또 휴식을 해야 할까?' 하는 의문이 들 수 있다. 하지만 엄밀히 말하면 우리는 쉬고 있었던 게 아니다. 그저 강박적으로 생각이 많은 우리의 뇌를 식히고 있었을 뿐이다.

머리를 식히는 것과 휴식에는 다른 점이 있다. 우리는 보통 두 가지가 같다고 생각한다. 그래서 휴식을 취한다면서 '사람들과 어울려 놀고' '휴가를 떠나고' '유흥을 즐긴다.' 이런 활동들은 우리를 재충전시키는 진정한 휴식이 아니라, 그나마 우리에게 남아 있던 에너지마저 고갈시킨다는 것을 알지 못한다.

머리를 식힌다는 것은 지금껏 신경 쓰던 일로부터 뭔가 사소하고 그다지 중요하지 않은 것으로 주의를 돌린다는 뜻이다. 보통 괴로운 생각이나 감정, 기억, 걱정 등으로부터 관심을 돌리려고 할 때 이렇게 한다. 우리가 사소하고 중요하지 않은 것들로 관심을 돌리는 이유는 그런 것들은 불안을 가중하지 않기 때문이다. 하지만 그러는 동안에도 우리는

이것이 생명체인 우리의 본성이다.
세포는 재생되고, 감정은 지나가며, 생각은 가라앉는다.

거의 항상 에너지를 얻는 게 아니라 에너지를 소모한다.

　회복 단계에서는 걱정거리를 피하기 위해 일부러 기분전환이 될 만한 활동을 찾았다. 이런 방법으로 치유될 수 있었다.

　이제 마음이 안정을 찾고 머리도 맑아졌으니 다시 일상으로 돌아가기 위한 실질적인 작업을 시작할 수 있다. 역설적이지만 이 작업은 휴식으로 시작된다. 휴식이 재충전이기 때문이다.

　지금까지는 대체로 참선을 어떤 작업의 한 형태로 묘사했다. 구체적인 목표를 갖고 몸과 마음으로 일련의 과정을 거쳐 행하는 것으로 표현했다. 그러나 참선은 본질적으로 휴식을 취하는 올바른 방법이다.

　참선은 몸과 마음속 깊이 고요함을 느끼며 휴식하는 법을 배우는 것이다. 조용히, 별로 힘들이지 않고 의식을 그 근원으로 돌려 몸과 마음 안에서 물결치는 불안과 긴장, 괴로움의 파도가 저절로 가라앉게 두는 법을 배우는 것이다. 이런 형태의 참선은 감정을 달래면서 몸과 마음에 에너지를 충전시킨다.

　그렇다 해도 감정이 여전히 불안정할 수 있다. 어떤 때는 희망이 솟구치고 열정과 의욕이 넘치는 것을 느낀다. 그러다가도 갑자기 희망이 사그라지면서 기분이 다시 어두워져 아무것도 하고 싶지 않을 수도 있다. 그래서 아직 아무것도 안 하거나 자기에게 해가 되는 뭔가를 하는 날들이 이어질 수도 있다. 주변 사람들이 걱정하거나 불만을 내비칠지도 모른다.

　그런 모습은 전부 지극히 정상적이다. 그러니 포기해서는 안 된다. 며칠, 혹은 몇 주째 참선을 하지 않았더라도, 몇 달 혹은 몇 년을 하지 않아도 괜찮다. 혹시 지금껏 참선을 해본 적이 없어도 괜찮다. 회복 단계를 지나 참선을 시작하고 싶은 욕구가 생기면 그때 시작하면 된다. 다만 천천히 시도해야 한다. 처음엔 한 번에 5분에서 10분 정도씩만 도전해보자. 다만 규칙적으로 하는 것이 중요하다. 어쩌다 한 번씩 길게 하는 참선보다 규칙적으로 자주 하는 참선이 더 도움이 된다.

일단 참선 자세를 취하고 호흡을 조절하면 머리가 맑아질 것이다. 그러면 대부분 참선을 한 번에 5분 이상 하게 될 가능성이 높다. 그럼에도 매일 최소 5분 동안은 참선 자세로 앉아 있겠다고 스스로에게 약속하자.

매일 5분씩 좌선을 할 수 있게 되면, 다음으로 해야 할 것은 하루를 참선으로 시작하고 참선으로 마무리하려고 노력하는 것이다. 이것은 머릿속을 샤워하는 것과 같다. 건강에 이롭고 품위 있는 행동이다. 지치고 상처받은 우리의 마음이 절실히 필요로 하는 것이다.

참선을 하려고 앉을 때마다 편안하게 자세를 취하고 긴장을 풀어보자. 차분하게 호흡을 조절하고 온 마음을 다해 "이뭣고?"를 읊으며 대의심으로 가득 채워지는 것을 느껴보자. 이제 대의심으로 꽉 막힌 듯한 그 느낌에 의식을 집중하자.

구름 낀 밤하늘에 보름달이 떠 있다고 상상해보자. 당신은 현관 앞에 편안한 의자를 놓고 앉아 달을 올려다보고 있다. 공기가 상쾌하다. 시리도록 하얗고 커다란 달이 당신의 시야를 가득 채운다. 이따금 달 주위에 있던 구름들이 달을 가로질러 지나가기도 한다. 하지만 구름에 신경 쓰지 않고 오로지 환한 달빛에만 집중해보자. 간혹 구름이 달 전체를 가려 밤하늘의 어둠이 더 짙어지기도 한다. 그래도 구름이 곧 흩어질 것을 알기에 계속 하늘을 올려다보며 끈기 있게 기다린다.

이제부터는 당신의 시선이 달을 더 밝게 만든다고 상상해보자. 당신의 시선은 달에 자양분을 공급하는 에너지 빔이다. 당신이 바라볼수록 달빛이 더 밝아진다. 구름이 달을 완전히 가릴 때조차도 당신의 시선이 구름을 뚫고 들어간다. 당신의 시선이 달빛을 더욱 강렬하게 만들고, 급기야 달빛이 구름을 뚫고 환하게 빛나기 시작한다. 달을 가리고 있던 구름에 환한 달빛이 번지더니 결국엔 구름이 흩어진다.

우리가 "이뭣고?"를 향해 의식을 돌리면 바로 이렇게 된다. 달을 가리는 구름처럼 지나가는 생각과 이미지들이 우리의 의식을 완전히 덮어버릴 것 같을 때조차도 계속 끈기 있게, 숨을 내쉴 때마다 "이뭣고?" 화두를 던지면 반드시 의심의 빛이 뚫고 나와 우리를 괴롭히는 고통스러운 생각과 감정들을 녹여 없앤다.

머리가 맑아지고 마음이 고요해진다. 몸이 가벼워지고 균형이 잡힌다. 몸과 마음이 참선의 빛과 에너지로 채워지는 것을 느낀다. 기운이 나면서도 차분한 느낌이 든다. 지혜와 균형감, 자신감을 회복하고 목적의식도 되찾는다. 이것이 진정한 휴식이자 재충전이다.

이제 5R 중 두 번째 R인 재충전이 일부러 의식을 분산시키는 회복 단계와 어떻게 다른지 알 수 있을 것이다. 재충전에 들어가면 비로소 진정한 치유가 시작된다.

이쯤 되면 다 털고 일어나 다시 한 번 인생에 도전하고 싶어질 수 있다. 그래도 가만히 있자. 실패자, 패배자라는 느낌에서 오는 초조함과 두려움, 광기는 대부분 지나갔지만 아직 준비가 안 됐다.

성찰 Reflect

5R 중 세 번째 R은 성찰하기Reflect다. 자기 자신에 대해 돌아보는 것을 의미한다. 그렇다면 어떻게 자기 성찰을 해야 할까? 그냥 우리 방식에 맡기면 다시 습관처럼 자동적으로 자신을 남들과 비교하며 점수를 매기기 시작할 거라는 사실을 감안한다면 말이다.

비교하는 습관을 버리고 스스로를 성찰하는 방법을 전통 불교의 가르침에서 찾을 수 있다. '원인과 조건', 즉 인과법이 바로 그것이다. 인과법은 우주에서 벌어지는 모든 현상에는 주된 원인이 있으며, 일련의 필요조건에 의해 그렇게 작동하게 된다는 가르침이다.

불교에서 전통적으로 사용하는 비유를 들자면, 우리가 나무를 생각할 때 나무가 존재하는 주요 원인은 씨앗이라고 말할 수 있을 것이다. 그러나 씨앗 하나만 있어서는 나무가 자라지 못한다. 토양과 물, 햇빛, 병충해 예방 등이 필요하다.

이렇듯 우주의 모든 사물과 사건은 대단히 구체적이고 복잡한 원인과 조건에 의해 만들어진다. 어떤 현상에 필요한 원인이나 조건 중 하나라도 빠지면 그 현상은 일어날 수가 없다.

자기 성찰을 할 때 각자의 노력을 원인과 조건이라는 객관적 관점에서 볼 수 있다. 불교에서는 인간이 하는 모든 행동의 원인은 언제나 의도라고 말한다. 우리에게 어떤 의도가 생기면 그에 맞게 행동한다는 것이다. 그러나 우리의 행동이 성공하려면 의도만으로는 부족하고 필요한 조건이 모두 갖춰져야 한다.

예컨대 우리에겐 어떤 학교에 들어가거나, 일자리를 얻거나 승진을 하거나 경쟁에서 이기거나 수상을 하거나 수익을 내거나 인정을 받고

자 하는 의도가 있을 수 있다. 이런 목표를 이루기 위해서는 아주 많은 조건이 필요하며, 재능과 노력은 그중 일부일 뿐이다. 다른 사람들의 지원이 있어야 하고, 필요한 자원들도 갖춰져야 한다. 운도 따라줘야 한다. 음식과 물, 공기도 필요하다. 지구와 태양계 등도 필요하다. 누가 이룩했건 모든 성취는 정말로 아주 많은 조건들의 결합이다. 각각의 조건들은 아무리 사소하거나 흔해 보여도 우리가 자랑스럽게 여기는 각자의 재능과 노력만큼이나 없어서는 안 되는 것들이다.

이제 참선에 깊이 들어가 마음을 맑게 하고, 단순하지만 강력한 이 가르침의 관점에서 각자 인생의 조건을 바라보자. 몇 가지 중요한 질문을 통해 우리가 실패라고 부르는 것을 인과법으로 생각해볼 수 있을 것이다. 먼저 원인에 대해 생각해보자.

나의 의도는 충분히 명확하고 강력했나?

내적 갈등은 없었나?

동기 부여는 제대로 되었나?

이제 필요한 조건들을 생각해보자.

필요한 재능과 전문지식을 갖추었나?

준비가 충분히 잘 되었나?

계획이나 전략이 실행 가능한 것이었나?

충분히 노력했나?

무엇을 더 할 수 있었을까?

이제 나 자신 이외의 조건들에 대해 질문해보자.

필요한 지원과 자원, 정보를 갖췄던가?
좋았던 일들 중에 행운이 따랐던 부분은 얼마나 될까?
좋지 않았던 일들 중에 운이 나빴던 부분은 얼마나 될까?

시간을 내서 실패 요인과 궤적을 체계적으로 분석해보자. 쉬운 일은 아니다. 엄청난 회한과 굴욕감으로 괴로울 수 있다. 회복과 재충전을 먼저 해야 하는 이유가 바로 이 때문이며, 스스로 정신을 제어하는 시스템이 필요한 이유도 바로 이 때문이다.

원인과 조건이라는 개념을 통해 각자의 실패를 면밀히 들여다보면 우리가 처음부터 실패한 것은 아님을 알게 될 것이다. 우리가 기여할 수 있는 부분, 즉 우리의 재능과 노력, 준비, 계획과 실행 등은 충분했다는 생각이 들 것이다. 객관적으로 봐도 행운이 따라주지 않았다고 느낄 수도 있다.

이런 사실을 다 알아도 기분이 아주 좋아지지는 않겠지만, 그래도 알아두는 것이 중요하다. 이른바 나의 '실패'라고 하는 것이 내가 통제할 수 없는 무언가 때문에 일어났다면 그것이 진짜 '나의 실패'일까? 더 이상 스스로를 그렇게 무자비하게 비난할 필요가 없다. 패배한 것 같아 고통스러워하면서도 자신의 모습을 있는 그대로 받아들이고 존중할 수 있다. 원하는 결과를 얻지 못했다는 이유로 스스로를 비난하지 않아도 된다. 다만 우리가 뭔가 하려 할 때는 언제나, 결코 그 상황을 완전히 통제할 수 없다는 것을 인정하면 된다. 그건 실패가 아니다.

이제 인과법의 관점에서 성공이라는 문제를 생각해보자. 과거에 당신이 이룬 큰 성공 중에 특별히 자랑스럽게 여기는 것이 있는가?

그것이 정말로 나의 성공이었을까? 그것이 정말 전적으로 내 재능과 노력 그리고 탁월함 때문이었을까? 다른 사람은 관련이 없을까? 운이 개입하지 않았을까? 잠깐이라도 온 세상이 내가 필요로 한 조건들을 모두 제공하지 않았을까?

그렇다면 당신이 성공했다 해도, 그렇게 많은 자부심을 느낄 일일까? 누가 무엇에 성공하든 그때마다 정말로 정직한 반응은 온 세상에 고마워 해야 하는 게 아닐까?

인과법의 가르침을 제대로 이해한다면 성공 앞에서 감사하게 된다. 내 능력과 노력 외에 다른 도움이 있었다는 것을 알기 때문이다. 자기의 능력과 노력은 성공을 위한 복잡한 여러 조건 중 단 두 가지일 뿐이다.

우리의 성공은 절대 우리만의 것이 아니다. 우리의 패배 또한 우리만의 책임인 경우는 거의 없다. 그러니 실패는 절대 부끄러워할 일이 아니다. 다만 필요한 방법을 습득해 대처해야 하는 인생의 특별한 상황이다.

우리가 참선을 활용해 감정을 안정적으로 유지하고 이런 고통스러운 자기 탐구 과정을 거치며 사고를 명확히 할 수 있다면 그 경험으로 인생에서 가장 값진 배움을 얻는 것이다. 우리는 이른바 실패라고 하는 것에서 자기 자신과 삶의 방식, 그리고 인간의 존재 자체에 대한 통찰이 가득한 금광을 발견하는 셈이다. 이런 경험을 하지 않았더라면 절대 배우지 못했을 것들이다.

성공할 때보다 오히려 실패할 때 자기 혁신을 이룰 가능성이 훨씬 크다. 왜냐하면 실패의 경험은 삶과 현실이 변하지 않으면 안 된다고 외치고 있는 것과 같기 때문이다. 지금이야말로 과거 그 어느 때보다 새롭게 태어날 수 있는 절호의 기회다.

전략 다시 세우기Re-strategize

전략을 다시 세운다Re-strategize는 것은 곧 다르게 생각해본다는 뜻이다. 아인슈타인이 이런 말을 했다고 한다.

"똑같은 행동을 반복하면서 다른 결과가 나오기를 바라는 것은 미친 짓이다."

따라서 다시 게임을 시작하려 한다면 아인슈타인이 '미친 짓'이라고 표현한 것, 즉 우리가 실패라고 여기는 것에 이르기 전에 했던 방식을 그대로 반복하지 않는 게 중요하다.

똑같은 목표에 다시 도전하는 것만으로는 부족하고, 더 나은 계획이 있어야 한다. 실패로 인해 우리가 달라졌음을 인식해야 한다. 세상을 바라보는 방식이 달라졌고 다른 사람들을 바라보는 방식도 달라졌다. 승리와 성공이 우리에게 어떤 의미를 갖는지도 달라졌다. 우리가 회복과 재충전, 그리고 성찰까지 제대로 했다면 인생을 더 이상 성공과 패배의 드라마로 바라보지 않을 수 있다. 이제는 삶을 사건과 현상의 무한한 합주곡으로 보고 그것을 지배하려 애쓰는 것이 아니라, 그것과 조화를 이루려고 노력한다.

우리는 머리로만 아는 것이 아니라 가슴속 깊이 믿고 있는 진정한 가치, 즉 우리 자신을 맡길 수 있는 그런 가치를 찾아야 한다.

참선 수행하는 스님에게 그 가치는 깨달음이다. 그러나 깨달음은 스님의 목표가 아니다. 그것은 방법이다. 모든 중생을 망상과 괴로움의 사슬로부터 해방시키는 진정한 목표로 가는 첫 번째 단계일 뿐이다.

나는 당신에게 각자 가슴 깊이 간직한 가치들, 그 기대에 맞춰 살고자 하는 가치를 기준으로 미래의 성공을 다시 상상해보라고 말하고 싶다.

계속해서 어떤 학교나 직장에 들어가는 것 혹은 지위를 얻는 것처럼 일시적인 노력이 성공하는 것을 궁극적인 목표로 생각한다면 그건 스스로를 과소평가하는 것이다. 그런 종류의 성공은 더 높은 차원의 목적을 이루기 위한 도구에 불과하다. 그것 자체가 최종 목표는 절대 아니다.

따라서 만약 충격적인 실패를 겪고도 딛고 일어서는 것과 같이 아주 어려운 일을 해냈다면, 이제 당신이 마땅히 누려야 하는 것보다 낮은 수준에 만족해서는 안 된다. 단기적인 계획과 목표 그 이상을 생각해보면 좋겠다. 왜냐하면 오직 베푸는 것만이 삶을 완벽의 경지로 이끌어주기 때문이다.

우리가 생각하는 성공이 베풀고 기여하는 것에 바탕을 두지 않는다면 아직 진정한 성공이 무엇인지 모르는 것이다. 앞으로 얼마나 크게 성공하든 그건 진정한 성공이 아닐 것이다.

다시 시작하기Re-engage

다섯 번째 R, 다시 시작하기Re-engage는 다시 태어나는 것을 의미한다.

각자의 많은 노력이 성공했다고 생각하든 실패했다고 생각하든 우리는 모두 수년에 한 번씩 새로 태어날 필요가 있다. 자신이 어떤 사람인지, 무엇을 좋아하고 무엇을 믿는지를 새롭게 발견하는 것이다. 그런 면에서 한 가지 인생의 아름다운 점은 성공을 경험하든 실패를 경험하든 우리를 새로 거듭나도록 이끌어준다는 것이다. 삶과 죽음, 빛과 어둠처럼 성공과 실패도 거울에 비친 모습과 같은 관계다. 쌍둥이처럼 닮은 두 길을 제대로 여행하는 법만 안다면 인생은 희한하게도 어느 길로 가든 똑같은 자기 발전과 자각, 자아실현으로 이끌어준다.

이제 나의 실해 경험을 이야기하려 한다. 그 실패로 인해 나는 가슴이 아팠고 나 자신에 대해 그전까지 경험해보지 못한 수준의 실망과 증오를 느꼈다. 그러나 결국 그 실패로 인해 나는 자유를 얻었다. 상상조차 할 수 없었던 방식으로 그렇게 됐다.

나는 대학을 갓 졸업하고 송담 스님을 만났다. 첫 만남에서 내가 받은 놀라운 영감과 감동은 지금도 말로 설명하기 힘들다. 나에게는 그분의 손짓 하나, 눈빛 하나까지 모든 것이 감동이었다.

나도 그분처럼 되고 싶었다. 그것이 나의 꿈이기도 했다. 송담 스님처럼 살고 싶었고, 좀 더 솔직히 말하면 그냥 송담 스님이 되고 싶었다. 그런 마음으로 출가했기 때문에 처음에는 송담 스님에 관한 이야기라면 무엇이든 귀를 기울였고, '나도 언젠가 그렇게 될 수 있지 않을까?' 하는 꿈을 꾸기도 했다.

송담 스님은 전라도의 유서 깊은 양반 집안에서 태어났다. 형제 중 가장 총명해서 어려서부터 집안의 기대를 한몸에 받았다고 한다. 나는 떠도는 스님의 이야기를 전해들을 때마다 이렇게 생각했다.

'흠, 나도 괜찮은 학생이었으니 스님과 비슷하군.'

그러면서 엉뚱한 꿈을 키웠다.

어느 날, 송담 스님이 내게 스승 전강 스님과의 만남에 대해 들려주셨다. 스님이 학생일 때 전강 스님을 뵈었는데 처음 뵙자마자 큰 영감을 얻으셨다고 했다. 나는 그 이야기를 들으면서도 '나도 어릴 때 스승님을 만났으니 이 부분도 비슷해. 잘 따라가고 있군' 하며 계속 비교를 했다.

그러다가 스님이 10년 동안 묵언 수행을 하신 이야기를 듣게 됐다.

10년이라는 기간 동안 침묵한다는 것은 사회와 문화 속에서 누군가와 연결되고 어떤 일에 참여하고 사랑하고 성취할 수많은 기회들이 바닥이 보이지 않는 우물 속으로 가라앉아버리는 것과 같다. 어느 정도는 죽음과도 같은 것이 아닐까 싶다.

송담 스님은 꽃다운 청춘 시절의 10년을 그렇게 보내셨다. 묵언 수행을 시작했을 때 그의 나이 겨우 스물한 살이었다. 인류 문명이 세계 질서를 놓고 극단적인 이데올로기 대립을 하던 그때, 한국전쟁이 발발했다. 한국사회가 완전히 무너지고 다시 세워지는 동안에도 아무도 스님의 묵언 수행을 막지 못했다. 그렇게 스님은 묵언 수행으로 깨달음을 얻으셨다고 한다.

그런데 미국에서 자란 내가 스님이 경험하신 격동의 한국 근대사를 무슨 수로 경험할 수 있겠는가? 송담 스님의 치열한 수행담도 들었다. 낮에는 생계를 위해 일하고, 밤에는 스승과 함께 밤새 정진하며 전국 산천을 떠도셨다고 한다. 그때는 전후戰後 시대였고 스님들의 수행 환경도 지금과 많이 달랐다. 그런데도 나는 '당시 스승께서 하신 체험들을 무엇으로 대체할까?' 하고 고민했다. 스승을 닮고 싶은 간절함이 있었기 때문에 항상 스승의 삶과 내 삶을 비교하며 비슷한 점을 찾아보려고 애썼다. 그러던 중 엄청난 이야기를 듣게 되었다.

송담 스님이 한창 묵언 수행을 하실 때, 아버지가 스님을 부르셨다고 한다. 가장의 권위가 절대적이던 시대였다. 스님의 아버지는 모든 가족이 있는 자리에서 근엄하게 말씀하셨다고 한다.

"이제 중노릇을 그만둘 때가 되었다. 나는 네가 승복을 벗었으면 한다. 배우자를 정해놨으니 그 처자와 혼인해서 남들처럼 평범하게 살도록 해라."

송담 스님은 아버지에게 자신의 뜻을 말하지 못하고 말없이 그 자리에 서 있었다. 결국 아버지는 크게 진노하며 다그치셨다.

"대답을 해라. 내가 시키는 대로 할 테냐, 말 테냐?"

스님은 꿈쩍 않고 그 자리에 서 있기만 했다. 아버지는 모른 척하셨다. 밤이 되었지만, 스님은 꿈쩍 않고 같은 자리에 서 있었다. 아버지는 밤새 서 있는 아들이 걱정됐지만 뜻을 물리지는 않으셨다.

'아직 어려서 반항하느라 저러겠지', '곧 정신을 차릴 거야' 이렇게 생각하면서 한자리에 서 있는 아들을 계속 모른 척하셨다. 스님은 다음 날 아침까지도 자리를 지키고 있었다. 그 모습을 보시고 아버지는 더욱 더 화를 내셨다. 그래도 흔들림 없이 서 있자 아버지는 이렇게 말씀하셨다.

"보통 고집이 아니구나! 그래도 소용없다. 내 말을 따르거라. 다 너 잘되라고 하는 소리다."

그래도 스님은 온 집안사람들이 드나드는 마당 한가운데 서서 버텼고, 또다시 밤이 찾아왔다.

이틀 밤낮을 물도 마시지 않고 화장실도 가지 않은 채 흐트러짐 없이 계속 서 있는 아들을 보며 아버지는 속이 상하고 걱정도 되었다. 그래서 스님을 달래기 시작하셨다.

"네 뜻은 잘 알았다. 그러니 일단 밥부터 먹고 잠을 좀 잔 뒤에 내일 아침 다시 이야기하자."

하지만 스님은 그대로 서 있었다. 어떤 말로도 설득할 수 없자, 아버지는 절망하며 방으로 들어가셨다. 3일째 되던 날 아침까지도 스님은 여전히 그대로 서 있었다. 그제야 아버지는 한평생 출가 수행자로 살면서 도를 깨우치겠다는 아들의 의지를 꺾을 수 없다는 생각에 당신의 뜻을 접으셨다고 한다.

"알았다. 네 의지가 그리도 굳건하니 뜻대로 하려무나. 네가 원하는 것을 배우면 반드시 돌아와 나에게도 들려주어라."

그렇게 아들을 돌려보내셨다.

내가 이 이야기를 처음 들었을 때 도반 스님들과 나눴던 말들이 생각난다.

"우리 같으면 3일은커녕 세 시간도 서 있기 힘들 텐데, 정말 대단하시다."

"어떻게 3일간 물 한 모금 입에 대지 않고 움직이지도 않고 꼬박 서 있을 수가 있지?"

"꺾이지 않는 투지와 용맹심을 타고나셨을 거야."

"아니야, 그때 이미 수행력이 높은 경지에 이르렀거나 깨닫기 직전에 갖게 되는 고도의 집중력이 있으셨기 때문에 가능했는지도 몰라."

이처럼 의견이 분분한 가운데, 스님의 행적은 '10년 묵언', '30세에 깨달은 천재 도인' 같은 표현들을 통해 전설처럼 전해졌다. 이외에도 송담 스님은 다른 재능도 갖추셨다. 스님은 지금까지 내가 보아온 어떤 예술가보다 더 예술적이고 어떤 장인들보다 더 창의적이고 섬세하셨다.

나는 송담 스님의 모습을 닮고 싶었다. 그래서 처음 한동안은 스님이 하신 방식이면 무엇이든 똑같이 하려고 애썼다. 그러나 결과는 매번 스님과 달랐고, 그만큼 나 자신에 대한 실망도 커졌다. 3일간 움직이지 않고 물도 마시지 않고 서 계신 것, 10년 묵언, 예술적 능력, 그 모든 것을 닮고자 간절히 원했고 노력도 했지만, 번번이 실패했다. 어쩌면 그것은 시동이 걸리지 않는 차를 타고 시동을 걸겠다고 애쓰는 것과 같았다. 나는 시간이 갈수록 초조해지고 점점 더 실의에 빠졌다.

그렇게 몇 년을 보내던 어느 날 거울 앞에서 스스로에게 물었다.

"이제 네가 원하는 모습이 되었니?"

그때 나의 대답은 이랬다.

"아니, 난 지금의 모습에 만족하지 못해. 노력해도 원하는 대로 되질 않으니 항상 삶이 불만스러워."

그래서 내 마음 상태에 대해 곰곰이 생각해보았다. 송담 스님과 똑같은 사람이 되겠다는 목표는 완전히 실패했다.

처음부터 그런 목표를 추구한 것 자체가 말이 안 되고 어리석은 짓이었다. 지금 돌아보면 나는 아주 여러 차원에서 실패했다는 걸 알 수 있다. 우선 더 높고 더 가치 있는 목표를 그리는 데 실패하고 영웅을 숭배하는 것으로 만족했다.

생각해보라, 얼마나 터무니없는 목표인가. 비웃어도 좋다. 나도 그렇게 나를 비웃곤 했다. 내가 내 영웅인 송담 스님과 약간이라도 닮은 사람이 되는 데 실패한 건 어쩌면 당연하다. 나는 내가 가장 어리석고 바보같이 산 것 같았다. 하지만 내 삶을 변화시키려면 스스로에게 솔직해야 한다는 걸 알았다. 그래서 그 실패를 인정해야 했다. 그러면서 스님의 방식이 아닌 나만의 방식을 찾자는 생각에 이르렀다.

그때부터 송담 스님과 스님의 스승이신 전강 스님의 일화에 대한 관심을 접었다. 그분들을 사랑하고 존경하지만 내 방식대로 수행을 해야 한다고 생각했다.

나는 새로운 관점에서 참선에 대한 스님의 가르침을 살펴보기 시작했다. 다른 사람의 해석에 신경 쓰지 않고, 나만의 견해를 개발하려고 노력했다.

'이 수행법은 어떻게 해서 효과를 발휘하는가?'

'이 가르침을 내가 잘 아는 것들과 어떻게 연결시킬까?'

'어떻게 하면 이것으로 나의 수많은 문제점을 고칠 수 있을까?'

당시 나에게는 너무나 많은 문제들이 있었다.

성격 문제, 일처리 방식, 인간관계 등등.

그래서 나는 '참선으로 이 문제들을 해결하려면 어떻게 해야 할까?'를 생각하기 시작했다. 우선 실생활에서 고치고 싶은 문제들부터 하나씩 살피면서 참선법을 활용하기 시작했다. 그러자 참선에 대한 믿음이 더욱 확실해졌다. 내 삶의 많은 문제들을 개선하는 데 효과가 있다는 것을 확인했기 때문이다. 다른 사람의 방식이 아니라 경험으로 터득한 나만의 방식으로 수행해야 한다는 것, 그래야 효과가 커진다는 것을 알게 되면서 자신감도 생기고 삶에도 변화가 생겼다.

송담 스님처럼 되는 데 실패했다는 것을 인정한 순간, 나의 본성대로 사는 자유를 배웠다. 송담 스님과 똑같이 되고자 했던 엉뚱한 집착을 내려놓은 순간, 내가 무엇을 할 수 있을지에 대해 처음으로 관심을 갖게 되었다.

우리는 저마다 원하는 삶의 형태를 마음속에 그리며 살아간다. 자기 자신을 판단할 때는 항상 외부의 기준을 들이댄다. 하지만 모든 문제는 항상 자기 자신에게 물어야 한다.

'내 꿈은 정당한가?'

'나의 판단 기준은 올바른가?'

'나는 누구이고, 무엇을 할 수 있으며, 나에게 숨겨진 자질은 무엇인가?'

우리들 한 사람 한 사람은 모두 세상에 하나밖에 없는 소중한 존재이며 각자의 마음속에는 온전한 우주가 있다. 무궁무진한 마음속의 우주를 미처 발견하지 못한 것뿐이다. 우리에게는 마음속 미지의 세계를 탐구하고 숨겨진 자원을 개발할 책임이 있다. 그런데 시선을 외부로 돌려 자신의 내면이 아닌 것들에 관심을 두면 마음속 우주와 세상을 모두 잃게 된다.

우리는 늘 어떤 '상相'을 가지고 그것에 끌려 다닌다. '상'은 고정관

넘, 선입견 등을 일컫는 말로, 이것을 통해 개인의 생각과 기준이 만들어진다. 입으로 "이뭣고?"를 말할 때도 속으로는 자신이 연상하거나 집착하는 어떤 것을 떠올리며 그것에 집중할 때가 많다. 만약 수행하면서 기대하는 어떤 모습이 있다면 빨리 깨뜨리는 것이 좋다. 그 기대는 대부분 비현실적이기 때문에 반드시 실패하게 되어 있다. 일상생활에서도 비현실적인 꿈을 이루려고 노력하고 있다면 그 꿈에 실패해야 비로소 자유로워진다.

나 역시 참선하면서 실패했다고 느낀 최악의 문제가 오히려 한 걸음 더 발전하는 발판이 되었고 삶도 그만큼 성숙해졌다.

방법은 어렵지 않다. 외부의 기준에 기반한 마음속 상을 모두 내려놓고 우리의 내면을 바라보기만 하면 된다. 일단 관심이 내면으로 모아지면 '나는 누구인가?', '어떻게 살아가야 하는가?'와 같은 삶의 문제들이 해결되고, 그 과정에서 인생을 살아가는 자기만의 방식을 배우게 된다. 그렇게 꾸준히 참선을 하다 보면 나만이 가진 개성과 아름다움, 특별함을 발견하게 된다. 이때 자신을 포기하지만 않으면 된다.

실패와 패배가 정말로 존재하는 것 같지만 그건 사실 우리가 결정하는 것이다. 우리가 유일하게 실패 또는 패배라고 말할 수 있는 경우는 오직 포기할 때뿐이다. 우리가 포기하지 않는 이상 절대로 실패한 것이 아니다. 아직 거기까지 가지 못한 것뿐이다.

그러니 이따금 패배한 느낌을 받아도 괜찮다. 그것은 인간적인 모습이다. 특별한 소명에 필요한 능력을 갖추지 못했다고 결론 내려도 괜찮다. 지극히 솔직한 모습이다. 그런 솔직한 모습에 수치심을 느낄 필요없다. 그러나 결코 인생이 실패했다는 결론을 내려서는 안 된다. 우리가 여전히 숨 쉬고 있다는 사실이 그런 생각이 틀렸음을 입증한다.

우리 스스로가 살아온 삶을 '성공'이라 생각하든 '실패'라고 생각하든 아직 숨 쉬고 있다면 그것이 의미하는 건 딱 하나다.

이제 다시 시작할 시간이다. 다시 태어날 시간이다.

32

위기를 극복하는 참선법

누구나 살다 보면 길을 잃고 방황할 때가 있다. 때로는 외부에서 일어난 충격적인 사건 때문일 수 있다. 갑자기 일자리를 잃거나 모아둔 돈을 날려버리는 것처럼 말이다. 배우자나 파트너가 떠날 수도 있다. 사랑하는 사람이 중병에 걸리거나 세상을 떠나기도 한다. 또 자기 자신이 생명이 위태로울 정도로 심각한 병에 걸릴 수도 있다. 우리는 이런 일들을 생활 속에서 일어나는 개인적인 위기라고 부른다.

그러나 이와 달리 우리의 가슴과 머릿속에서 일어나는 위기도 있다. 어느 날 아침 잠에서 깨어나 보니 문득 사는 게 몹시 불행하고 자기 자신이 매우 못마땅하게 느껴질 수도 있고 더 이상 같은 일을 하고 싶지 않거나 지금의 배우자와 함께 살고 싶지 않다는 걸 깨닫게 될 수도 있다. 더 이상 자신이 어떤 사람인지 알지 못한다는 생각이 들 때도 있다. 이유가 무엇이든 내적으로 엄청난 변화가 일어나면서 삶이 의미 없고 절망적이며 공허하고 불만스럽다는 느낌이 너무나 강해지면서 뭔가 조치를 취하지 않으면 안 될 것 같은 위기감이 느껴질 수 있다.

지금 이 순간 당신이 어떤 위기에 처해 있다면 이 말 한마디만 기억
하자.

끝은 언제나 새로운 시작을 창조한다는 것.

가진 것을 다 잃은 기분이 들 때, 불치병에 걸려 미래가 없다고 느껴
질 때도 마찬가지다.

내 경우 대중을 상대로 강연을 시작하자 순식간에 새로운 인생이 펼
쳐졌다. 내가 '성공한 사람'처럼 되어가고 있다고 느꼈다. 그러나 대중
적으로 유명해진 것 같은 기분이 들수록 이 모든 변화와 달라진 사회
적 존재감 때문에 무척이나 혼란스러웠다. 나는 잘못된 방향으로 가고
있다는 느낌을 떨쳐낼 수가 없었다. 괜한 일에 성공하고 있다는 생각이
들었다. 그런 예기치 못한 '성공'은 정작 내가 해야 할 가장 중요한 일
에서는 실패할 수도 있다는 위기감이 들게 했다.

이런 불편한 감정이 그 일을 하면서 느낄 수도 있었을 법한 즐거움
마저 빼앗아갔다. 하지만 자신의 고통스러운 감정을 들여다볼 수 있고,
불안한 그 마음이 나에게 무슨 말을 하려는 것인지 확인하기 시작하면
불행과 불만도 인생에서 나름의 가치를 지니고 고유의 역할을 하게 된
다. 나는 내가 몹시 불행했고 스스로에게 불만이 있다는 사실을 깨달
았다. 사람들 앞에서는 강연 내내 자신을 인정하고 스스로를 사랑해야
한다고 말하면서 정작 매일 아침 거울에 비춰보는 나 자신을 좋아하지

내 원래의 길,
내 원래의 삶으로
돌아갈 시간이었다.

않는다는 것을 알았다. 여러 가지 프로젝트를 진행하며 스스로 정한 목표들을 성공적으로 달성하고 있었지만 솔직히 그건 스스로 감옥을 만드는 꼴이었다. 내 힘으로 벗어나야 했다.

이것이 위기가 지닌 힘과 가치다. 조금 전까지만 해도 상상조차 할 수 없었던 가능성들을 생각하게 만든다. 우리를 둘러싼 세상이 무너져 내리기 시작할 때, 가슴이 찢어질 때, 더는 기존의 방식으로 살아갈 수 없을 때, 오직 그때만이 새로 태어날 수 있는 진정한 기회를 얻는다.

모든 탄생이 죽음으로 끝난다는 것은 누구나 아는 사실이다. 그러나 여러 가지 생각으로 머릿속이 복잡하고 감정적으로 힘들 때 우리가 쉽게 알아채지 못하는 것이 있다.

모든 죽음은 언제나 새로운 탄생을 이끌어낸다는 것.

새로운 삶이 시작되면 익숙지 않아서 어떻게 헤쳐 나가야 할지 모른다. 예측 가능한 일정과 매일 반복되는 일상에 익숙해져 있었다면 이런 혼란이 더욱 견디기 힘들 것이다. 물론 참선의 자기 통제 기법이 이런 혼란스러움과 불안에 대처하는 데 도움이 될 수 있다. 그러나 참선이 이제 어떻게 살아야 하는지에 대해 마법과도 같은 해답을 주는 것은 아니다.

위기 상황에서 참선이 주는 힘은 우리가 낯선 바다에서 오도 가도 못하는 자신에 대해 느끼는 불편함을 극복하도록 도와주는 것이 아니라 그 불편함을 받아들이는 법을 가르쳐줄 것이다. 다시 삶을 통제하도록 해주는 것이 아니라 통제력을 상실했을 때의 상황, 더 정확히 말하면 삶을 통제해왔다고 믿었던 환상이 깨졌을 때의 상황을 받아들이도록 할 것이다.

그런 다음에는 참선을 통해 가망 없어 보이는 일들에 도전해볼 용기가 생길 것이다. 전에는 생각조차 해보지 않았던 일들을 시도해볼 용기가 생길 것이다. 참선은 우리가 막다른 길까지 가보고도 뒤돌아 다시 시작할 수 있는 인내심을 부여할 것이다. 우리가 이미 잃어버렸다고 생각한 어린아이의 장난기를 회복시켜줄 것이다. 우리는 가벼운 마음으로 무엇이든 시도해보려는 이 장난기와 더불어 인생의 목표를 바로잡는 작업을 시도해볼 수 있을 것이다.

궁극적으로 참선은 새로운 눈으로 세상을 바라보는 법을 가르쳐줄 것이다. 그러면 우리는 이 세상과 삶을 새롭게 이해해나갈 수 있을 것이다. 스스로에 대해서도 새롭게 이해하기 시작할 것이다.

대중을 상대로 강연을 시작하고 불과 몇 년 만에 나는 그전에는 상상도 못 했던 일을 하기로 결심했다. 이른바 철수 전략을 세우기 시작한 것이다. 지난 30년 동안 해온 모든 것을 뒤로하고 떠날 방법을 찾기 시작했다.

내 원래의 길, 내 원래의 삶으로 돌아갈 시간이었다.

간단히 말해, 삶을 다시 시작할 시간이었다. 그리고 정말로 그렇게 되었다. 나는 다시 살기 시작했다. 내가 상상도 못 했던 방식으로.

그럼 이제 내가 '환산 스님'으로서의 삶을 뒤로하고 떠나게 된 이야기를 해보겠다.

33

저 광대를 보라

나는 스물네 살에 승려가 되었다. 그때 당시 내가 가장 두려워했던 것은 늙은 승려가 되는 것이었다. 좀 더 정확히 말하면 이번 생에 깨달음을 얻을 수 있다는 스스로에 대한 믿음을 상실해버린 늙은 승려가 되는 것이 두려웠다.

계를 받고 처음 몇 년 동안 송담 스님의 법문을 들으려고 수백 명이 몰려드는 법회에서 가끔 나이 든 스님들을 만나곤 했다. 그분들은 대체로 아주 말이 많고 사교성이 좋아 모든 사람들의 손을 일일이 잡아주었다. 젊은 내가 보기에는 승복을 입은 정치인 같았다. 그중에는 주지 스님들도 몇 분 있었다. 그들은 자기가 운영하는 사찰이 있었고, 자가용도 있었다.

그 당시 대부분의 스님들은 자동차를 소유할 만큼의 경제적 능력이 없었다. 그런데 그 스님들은 값비싼 시계를 차고 금테 혹은 은테 안경을 끼고 있었다. 몸에 걸친 승복도 비단으로 만든 비싼 것이었다. 빛을 받으면 윤이 나고 반짝거렸다. 반짝이는 승복을 입은 승려라니.

그 모습은 그 시절 불교 사찰의 부패상을 보여주는 상징적인 이미지였다. 당시 충동적인 젊은이였던 나는 오만하게 선배인 그 스님들을 비판하고, 마음속으로 경멸했다. 평생을 정진해도 깨달음을 얻지 못하는 것은 괜찮다. 정말로 깨달음을 얻는 데 '성공'하는 사람은 극소수에 불과한 것 같으니까. 하지만 중간에 포기하는 것은 용서받지 못할 행동이라고 생각했다. 내가 보기에 그 스님들은 이미 포기한 것 같았다.

돌이켜보면 너무 성급한 판단이었다. 어쨌거나 나는 그들의 삶이 어땠는지, 어떤 사람인지, 무엇을 이루려고 노력하고 있는지 전혀 알지 못한 채 오로지 겉모습만 보고 판단했다.

그러고는 만약 이번 생에 깨달음을 얻을 자신이 없어지면 중노릇을 그만두겠다고 나 자신과 약속했다. 나이 예순에 오갈 곳 없는 신세가 된다 해도 절을 떠나겠다고 비장하게 다짐했다.

그때로부터 30년 가까이 흘렀다. 나는 그때보다 늙고 조금 지쳐 있었다. 겉으로는 '성공적인' 삶을 살고 있고, 어느 정도 유명세도 얻었다. 그런데 왜 거의 항상 나 자신이 그토록 불만스러웠을까?

내가 진행하는 TV 프로그램이 방송을 시작했을 때, 나는 화면에 나오는 내 모습을 보는 게 힘들었다. 정확한 이유는 잘 모르겠다. 처음 방송을 시작할 때, 나는 내 생각들을 아주 많은 사람들과 나눌 수 있는 인생에 딱 한 번뿐인 기회라는 것을 알고 있었다. 그래서 최선을 다해 성실히 노력했다. 촬영을 할 때마다 누구나 쉽게 이해하고 적용할 수 있는 가르침과 실천법들로 분량을 채우려고 했다.

그런데 왜 매번 녹화가 끝나면 기분이 좋지 않았을까? 언제나 나 자신에 대해 실망했고 심지어 혐오의 그림자가 드리워져 마음이 어두워졌다. 내가 진짜 삶을 살고 있다는 느낌이 들지 않았다. 솔직히 삶이 공허하고 무의미하게 느껴지기 시작했다. 왜 이런 일이 일어난 걸까? 나는 내가 사람들에게 전하는 가르침과 방법에 믿음을 갖고 있었다. 그런데도 왜 거짓말쟁이가 된 것 같은 기분이 들었을까?

사람들 앞에 서기 시작한 지 거의 1년이 흐른 뒤에야 20대 때 나 자신에게 했던 경솔한 약속이 떠올랐다. '나는 아무리 늙고 쇠약해져도 깨달음을 얻고자 하는 노력을 절대 포기하지 않을 것이다! 정직하게 깨달음을 추구하지 않는 한 시줏밥을 먹지도 않을 것이다!'

힘들게 방송 녹화를 마치고 온 밤이면 늘 스스로에게 묻지 않을 수 없었다.

'깨달음을 얻으려는 진실한 열망을 아직도 품고 있는가?'

나의 솔직한 대답은 "그렇다"였다. 나는 아직도 내가 그럴 수 있다고 믿는다. 그 이유는 누구나 마음먹고 노력하면 깨달음을 얻을 수 있다고 진심으로 믿기 때문이다.

그런데 왜 그렇게 절망적인 기분이 들었을까? 다시 한 번 답이 떠올랐다. 내 삶이 사람들의 관심거리가 되어버린 이상 이제는 깨달음에 다가갈 수 없을 것 같다고 느꼈기 때문이다. 끝이 없는 강연 준비와 방송 녹화, 대중 강연 등 많은 사람들을 상대해야 하는 임무에 묶여서 내가 진정으로 믿고 사랑하는 한 가지를 자꾸 놓치고 있었던 것이다.

나는 송담 스님을 처음 찾아뵈었던 스물두 살의 내 모습을 잊지 않으려고 노력했다. 지금 생각하면 그 시절의 나야말로 진정한 구도자가 아니었을까 하는 생각도 든다. 아무도 내게 그러라고 하지 않았지만 나는 내 가슴이 시키는 대로 따랐다. 무언가를 그렇게 해본 지가 얼마나 오래되었던가? 정말로 가슴에서 우러나는 대로 행동한 것이 언제였던가? 너무 오랫동안 남이 시키는 대로만 하다 보니 로봇이 되어버린 것 같았다.

그래서 스물두 살의 내가 지금의 나를 만난다면 어떨지 상상해보려고 했다. 적어도 자기 자신에게만은 진실하고자 노력했던 그 어수룩한 젊은이는 어떻게 생각할까? 감동을 받을까? 대답은 분명 그렇지 않다는 것이었다. 스물두 살의 나라면 지금의 나를 비웃었을 것이다.

"저 광대 좀 봐! 늙은 중이 TV 방송에 나와서 자기가 뭘 아는 것처럼 행동하고 있네. 깨달음을 얻지도 못했으면서 왜 저렇게 입을 함부로 놀려대지? 산속이나 다른 데 틀어박혀 참선을 해야 하는 거 아니야? 나는 제발 저렇게 착각에 빠진 실패자가 되지 않았으면 좋겠어."

정말로 젊은 시절에는 유명인사가 된 승려보다 더 우스꽝스러운 것은 없다고 생각했다. 그런데 내가 그런 모습이 되어 있었다.

'나는 더 이상 진리를 찾는 구도자가 아니야. 그저 세뇌되어 맹목적으로 따르는 추종자일 뿐. 나는 한 종교 단체를 대표하는 얼굴로 사람들 앞에 서서 내부의 병폐를 감추려고 애쓰고 있어. 이러려고 가족을 떠난 게 아닌데. 이렇게 늙어가지는 않을 거야. 절대 이렇게 살다 죽고 싶지는 않아.'

그래서 방송을 시작한 첫해에 나는 송담 스님이 주신 임무를 마치는 대로 절을 떠나기로 결심했다. 3년 동안 TV 방송과 SNS 등을 통해 활동하고, 3년째 되는 해에는 스승님의 법문을 영어로 번역해 방송함으로써 전 세계에서 영어를 사용하는 사람이라면 누구나 스님의 얼굴을 보며 스님의 가르침을 직접 배울 수 있게 하겠다고 맹세했다.

그렇게 3년이라는 시간이 지나갔다. 마지막 해에 나는 나 자신과 약속한 대로 송담 스님의 법문에 영어 자막을 달아 내가 진행하는 방송에 내보낼 수 있도록 준비했다. 영어 자막은 내가 직접 작업했다. 그것으로 내 임무도 끝이 났다. 이제 본의 아니게 스승님에게 상처를 드리거나 그분을 난처하게 만드는 일 없이 물러날 방법을 고민해야 했다.

당시 나는 척추전방전위증이라는 질환이 심해져 고생하고 있었다. 허리 디스크가 차츰 손상돼 척추뼈 일부가 밀려나가는 병이다. 허리와 엉덩이, 허벅지가 번개를 맞은 것처럼 찌릿찌릿하게 아팠다. 그 무렵엔 한 번에 20미터도 채 못 걷고 앉아 쉬어야 했다. 의사들은 절대 무리하지 말라고 했다.

그렇게 나는 맡고 있던 여러 보직에서 물러날 타당한 이유를 갖게 되었다. 그러나 평생 존경해온 누군가의 곁을 떠난다는 것은 쉬운 일이 아니었다. 지난 세월 동안 내가 변한 만큼 스님도 야위고 약해지셨지만 그분은 여전히 나의 우상이었다.

> 내가 항상 되고 싶었고 지금도 되고 싶은 묵언 수좌.
> 지금도 그리고 언제나 영원한 나의 영웅.
> 내가 어떻게 그분 곁을 떠날 수 있겠는가?

그런데 갑자기 송담 스님이 절의 주요 직책을 맡고 있는 스님들을 당신이 자주 머무시는 서울의 작은 암자로 부르셨다. 나는 스님이 우리를 호출하신 이유를 직감했다. 절의 행정 수반으로서 맡고 계신 직책을 내려놓으시려는 것이었다. 스님이 40년 넘게 맡아온 직책이었다. 나는 스님이 앞으로 우리 절을 이끌어가기 위한 승계 계획도 말씀하실 거란 생각이 들었다. 스님은 이제 한발 뒤로 물러나시고 젊은 스님들에게 절의 운영을 맡기기로 마음을 정하신 것 같았다.

우리는 스님의 방으로 들어갔다. 방 안에서 향냄새가 났다. 우리가 앉은 자리 옆에 있는 넓은 창문으로 늦가을의 햇빛이 들어왔다. 우리는 스님께 절을 올린 뒤 무릎을 꿇고 앉아 고개를 숙였다. 스님을 뵐 때면 매번 그랬듯 스님 주위에는 고요한 분위기가 어려 있었다. 그분 앞에서는 모든 것이 조용히 입을 다무는 것 같았다. 이제는 스님이 눈에 띄게 노쇠해지셨는데도 그랬다.

지난 15년 동안 스님의 시자로 일하면서 수없이 스님을 뵈었지만 매번 나는 처음 뵈었던 그때의 스님과 만나는 느낌이었다. 스님이 예순이 조금 넘으셨을 무렵이다. 스님 안의 무언가가 구름 속에 갇힌 달처럼 밖을 향해 빛났다. 이제는 연로하셔서 말씀이 느려지고 손이 떨리는데도 스님은 여전히 광채를 발했다. 그것은 내가 30년 동안 변함없이 사랑해온 스님의 면모이기도 했다.

예상했던 대로 스님은 모든 행정 보직에서 즉시 물러나겠다고 말씀하셨다. 그리고 향후 절 운영에 관한 계획을 발표하셨다. 말씀을 마치고 스님이 이만 가보라고 하셨을 때 나는 스님에게 개인 면담을 요청했다.

다른 스님들이 모두 방에서 나가자 나는 가지고 온 엑스레이 사진과 최근에 병원에서 받은 진단서 사본을 꺼내 스님께 드렸다. 스님은 진단서를 보시다가 나를 바라보셨다. 스님은 내가 무슨 말을 하려는지 알고 계셨다. 나는 스님의 시자 역할을 포함해 모든 소임에서 물러나게 해달라고 말씀드렸다. 스님은 고개를 끄덕이시며 나를 한참 바라보셨다. 그 눈빛에 슬픔 비슷한 것이 담겨 있었다.

"그래, 그래. 더 이상 일을 하면 안 되지."

스님은 무표정하게 고개를 끄덕이셨다.

스님과 나는 어색하게 서로를 바라보았다.

송담 스님이 세상을 떠나시는 날까지 내가 스님의 시자 노릇을 할 거라 믿었던 때가 있었다. 그때는 예상하지 못했지만 이런 일이 정말로 벌어지고 말았다.

"스님께 걱정을 끼쳐드려서 죄송합니다. 최선을 다해 빨리 회복하고 다시 참선하겠습니다."

나는 애써 담담하게 말했다.

"아니, 아니야. 노력으로 병을 극복하려고 생각해선 안 돼. 완벽하게 고칠 수 있는 병이 아니야. 병을 친구로 삼아 함께 살아가는 법을 배워야 해. 너의 새로운 도반으로 말이야."

스님이 고개를 저으며 말씀하셨다.

나는 스님 앞에 엎드려 세 번 절을 한 뒤, 뒷걸음으로 방을 나왔다. 스님은 문 앞까지 오셔서 내가 가능한 한 서둘러 멀어져가는 모습을 내내 지켜보셨다.

아이러니하게도 그날은 내 생일, 내가 이 세상에 태어난 바로 그날이었다.

생일 축하한다, 환산.

34

이제 끝이네, 아름다운 친구여

내가 스승님에게 모든 보직에서 물러나겠다고 한 것은 쉽지 않은 일이었다.

그 후 나는 몸에 불안한 에너지가 남아돌아 계속 숨이 가쁘고 과도한 흥분 상태였다. 마치 끔찍한 교통사고를 겪고도 기적적으로 다친 곳 하나 없이 살아남은 사람 같았다. 몸에 에너지가 과한 동시에 묶이지 않은 풍선처럼 몸이 가볍게 붕 떠 있는 기분이었다.

그래서 이상한 이야기지만 '사의'를 표명한 뒤에도 계속 미소 짓고 웃고 농담을 했다. 이 세상에는 이별 후에, 그러니까 사랑하는 사람과의 연결이 끊어진 뒤에, 웃고 농담할 수밖에 없는 사람들이 있다. 그것은 당면한 일이 너무나 현실적인 동시에 비현실적인 일이기 때문이다.

나는 너무나 오랫동안 송담 스님을 필요로 했다. 스님은 나에게 물과 같고 산소와 같은 존재였다. 여전히 스님을 향해 말로는 다 표현할 수 없을 만큼 강한 애착을 느끼고 있었지만 떠나야 한다는 의지 역시 강했다. 추종자 노릇을 그만둬야 할 때였다. 그렇게 확신했다. 다시 구도자가 되어야 했다. 모순된 생각과 감정의 조합이 너무나 압도적이어서 저항하기 힘들었다. 솔직히 그때 제정신이 아니었다.

다행히 해야 할 일들이 있었다. 그 일로 바빠지자 그 모든 과도한 에너지를 태워버릴 수 있었다. 나는 몇 년 동안 나를 도와 보조 역할을 해온 후배 스님 두 명을 불러 이제 그들이 맡게 될 임무를 점검했다.

며칠 후 법회가 열리는 날이 되자, 나는 실로 오랜만에 법당에 가지 않았다. 예전 같으면 스승님이 법문을 하시는 법상 앞에 무릎을 꿇고 앉아 있었을 텐데, 그날은 방송실에서 혼자 폐쇄회로 TV로 법회가 진행되는 모습을 지켜보았다. 그곳은 내가 승려 생활을 처음 시작한 곳이기도 했다. 스승님의 얼굴이 화면에 나타나자 아주 가까우면서도 아주 멀리 있는 것처럼 보였다.

법회가 끝나고 스님이 계신 방으로 불려갔다. 스님은 아직 점심 공양을 들고 계셨고, 예전에 나를 보조했던 두 스님이 옆에서 시중을 들고 있었다. 스님은 내게 앉아서 같이 먹자고 하셨다. 그래서 마지막으로 스님과 점심 공양을 함께했다.

점심 공양을 마치자 스님은 치료비에 쓰라며 돈을 조금 주셨다. 그런 다음 지난 세월 동안 스님이 내게 해주신 그 많은 가르침들 중 마지막일지 모를 말씀을 해주셨다. 그 말씀은 내 삶이 다할 때까지 가슴에 새겨져 있을 듯하다. 그것은 스님이 내게 주시는 마지막 선물이었다.

"병 잘 치료하고 돌아와라. 어서 빨리 돌아오너라."

보직에서 물러나겠다고 말씀드리고 일주일 만에 처음으로 꽁꽁 얼었던 내 마음이 그 표면에 한 줄기 햇살이 자국을 낸 것처럼 아주 조금 녹았다. 입술 사이로 들릴 듯 말 듯 한숨이 새어나왔다.

'이번이 마지막이야. 스님께 이런 따뜻한 느낌을 받는 것도 이번이 마지막이야.'

나는 생각했다.

무려 3년 동안 물러날 계획을 세웠음에도 불구하고 나는 스님 곁을 떠나며 느끼게 될 그 엄청난 상실감을 전혀 상상하지 못했다. 따라서 마음의 준비도 전혀 하지 못했다.

처음 스님이 되었을 때, 나는 가장 친한 친구들에게 비장한 어조로 선언하듯 말했었다.

"나는 불교도가 아니야. 나는 부처님을 개인적으로 알지 못해. 그분을 만나본 적도 없고, 그분이 어떤 사람이었는지도 잘 몰라. 하지만 송담 스님은 내가 만나 뵈었잖아. 그분을 만나 뵙고 비로소 인간이 어떤 존재가 될 수 있는지 알았어. 나는 불교도가 아니야. 나는 송담교도야!"

송담교도….

송담 스님을 처음 만난 날부터 나는 줄곧 이런 태도를 유지했다. 그러다 5년 전쯤 내가 참선을 가르치느라 무척 바빠졌다는 소식을 들은 스님이 내게 물으셨다.

"건강은 괜찮어?"

"네, 스님, 건강엔 문제없어요."

"응, 적당히 해."

"네, 스님. 걱정 안 하셔도 됩니다."

"너한테 힘든 일이라는 걸 알고 있어."

송담 스님이 미안해하는 눈빛으로 말씀하셨다.

"근데 말이야, 너 아니면 누가 하겠어? 머리 깎고 출가한 승려로서 사명감을 갖고 조금 더 수고해. 많은 사람들에게 도움이 될 거여."

"네, 스님."

나는 늘 그렇듯 순순히 대답했다. 그리고 이렇게 덧붙였다.

"하지만 스님, 저는 '승려'라는 신분에 별로 애착이 없습니다."

송담 스님이 놀라신 듯 두 눈을 크게 뜨셨다.

왜 이런 말이 갑자기 튀어나왔는지 의식하지도 못한 채 나는 이야기를 계속했다.

"전 불교를 믿어서 머리를 깎은 게 아니에요. 오로지 스님만 믿고 출가한 거예요."

"지금 무슨 말을 하고 싶은 거냐?"

"사실 제가 출가한 건 불교나 종교와는 상관없는 일이에요. 만약 스님이 신부였다면 저도 신부가 될 생각이었고, 스님이 목사였다면 저도 목사가 됐을 거예요. 스님이 거리에서 노래를 부르고 계셨다면 저도 스님 밑에서 음악을 배우려고 했을 겁니다."

스님은 아무 대답도 하지 않고 나를 가만히 쳐다보기만 하셨다. 무슨 말을 해야 할지 몰라 난감하셨을 것이다. 나는 스님을 당혹스럽게 만들었다는 생각에 농담하듯 말했다.

"스님, 제가 아직도 철이 없어서 그런지 사람들 앞에서 이렇게 말해요. '난 불교도가 아니라 송담교도다!' 웃기지요?"

스님이 고개를 끄덕이시며 아이처럼 웃으셨다.

"응, 그건 좀 너무한다야!"

나와 가장 가까운 이들은 오래전부터 내가 내 스승을 너무 광적으로 맹신한다고 걱정하곤 했다. 그들의 마음이 이해가 됐다. 하지만 내가 송담 스님을 그토록 열렬히 믿을 수 있었던 건 나 자신에 대한 믿음 때문이었다. 나는 내 판단을 믿었다. 사람이 다른 사람을 믿는다는 게 그런 것이라 생각했다. 자기 자신에 대한 믿음, 누군가의 주위에 있을 때 보고 느끼는 것에 대한 믿음으로 그렇게 되는 것이라 생각했다. 송담 스님을 만난 초기의 믿음은 특히나 나 자신에 대한 믿음에 근거한 것이었다.

하지만 그로부터 30년이 흘렀고, 나는 진심을 다해 참선 수행을 하지 못했다. 그러했기 때문에 신도들에게 공경을 받는 것에 익숙해졌다. 시줏밥을 먹는 것에 익숙해졌다.

그러나 대중을 상대로 강연을 시작한 뒤로 부처님이 어떻게 가르침을 전하기 시작했는지를 생각하게 됐다. 부처님에겐 직책도 지위도 없었다. 지원군이나 재산도 없었다. 부처님이 가진 건 깨달음이라는 힘밖에 없었다. 그리고 오직 그 힘에 의지해 2500년 이상 전 세계 수많은 사람들의 마음을 움직일 수 있었다. 반면에 나는 스님이라는 종교적 지위에 의지한 채, 솔직히 말하면 나의 학벌에 의지한 채 사람들 앞에 나서고 있었다. 내게 그런 것들이 없었더라도 사람들이 내 말에 귀 기울이게 만들 수 있었을까?

이렇게 생각해보니 송담교도라는 말이 우습게 들렸다. 좀 더 정확히 말하면 나 자신이 우습게 느껴졌다. 내가 처음 스님이 되었을 때는 송담 스님을 따르는 게 힘들었다. 그분을 따르기 위해 내가 가진 아주 많은 부분을 변화시켜야 했다. 30년이 지난 지금은 그게 너무 쉬워졌다.

내 말에 동의하지 않는 사람들도 있겠지만, 제자로서 무조건적으로 스승에게 복종해야 할 때가 있다. 그리고 절대 복종해선 안 될 때도 있다. 명령을 잘 따랐다는 이유로 많은 혜택을 얻거나 칭찬을 받고 있다면, 그리고 추종자가 자신의 정체성이 되었다면, 그건 이제 떠날 때가 됐다는 신호일 수 있다. 얼마나 많은 시간과 에너지, 애정을 쏟았는지는 상관없다.

하지만 6개월이 지나 발리를 여행하고 있을 때도 나는 매일 느꼈다. 1년이 지나 인도에 있을 때도 여전히 느꼈다. 아마도 남은 평생 내 몸은 그것을 느낄 것이다.

송담 스님을 모셔 온 그 세월들.

날씨가 덥든 춥든, 비가 오든 바람이 불든, 눈이 오든 먼지가 날리든, 일주문 밖에 서서 송담 스님이 도착하시기를 기다린 그 많은 시간과 순간들. 스님과 함께한 그 많은 시간들이 내 신경계와 근육, 뼛속에 영원히 새겨져 있다.

나는 스님이 발을 디디실 때 발을 디디고, 멈추실 때 따라 멈추고, 돌아서실 때 함께 돌아서는 법을 배웠다. 스님이 어떻게 움직이시든 그분과 함께 움직였고, 스님의 살아 있는 그림자이자 방패가 될 수 있게 내

위치를 잡았다. 스님이 어디를 가시든 스님이 바라보시는 것을 똑같이 보기 위해 스님의 시선을 살폈다. 스님과 단둘이 있을 때는 스님의 작은 가슴이 오르락내리락하는 것을 주시하며 스님의 호흡에 맞춰 숨을 쉬었다. 그건 마치 스님의 소리 없는 라디오 방송을 듣는 기분이었다.

송담 스님이 절에 오시고 내가 스님을 맞이하러 나갈 때마다 그전까지의 내 모습은 어디론가 사라지고 나는 오로지 그분의 시자가 되어 있었다. 그렇게 하루 일과가 끝나고 스님이 떠나시면 나는 마치 꿈에서 깨어난 것처럼 다시 나 자신으로 돌아왔다.

그러나 이제 그것도 다 끝이었다. 우리 둘 다 물러났으니까. 이제 나는 다시 아무것도 아닌 사람이 되었다. 사물로 가득한 세상에 한낱 그림자일 뿐이다.

이제 나는 무엇을 해야 할까?

여기에 우리 말고는 아무도 없다

나는 미국으로 돌아가서 허리가 회복되기를 바라며 매일 요가를 했다. 다행히 서너 달이 지나자 다시 추운 날씨에도 절뚝거리거나 가다서다를 반복하는 일 없이 걸어 다닐 수 있게 되었다. 봄이 되어 잠시 한국에 들어왔다. 사실 나의 궁극적인 계획은 인도에 가서 요가를 좀 더 배우는 것이었다. 다시 집중적으로 좌선을 하려면 허리의 힘을 키워야 했다.

한국에 도착하자마자 서울 한강변에 있는 작은 원룸을 빌렸다. 9층이라 넓은 창밖으로 한강과 그 옆의 강변대로가 내려다보였다. 아침이면 어둑어둑한 도시의 풍경 위로 해가 떠오르는 모습이 근사했다. 밤이면 강 건너 고층 빌딩들의 수많은 창과 강변대로의 가로등, 그 아래 도로들 그리고 끝없이 이어지는 자동차들의 헤드라이트가 우주의 보석처럼 반짝였다. 아주 작은 원룸이라 요가매트 한 장 겨우 깔 정도의 공간밖에 없었다. 하지만 대형 TV가 있었고 과일상자만 한 냉장고와 화구 두 개짜리 전기레인지를 갖춘 자그마한 주방도 있었다. 그 작은 원룸만큼 많은 애정을 가졌던 물리적 공간도 없을 것 같다.

지난 몇 년간 대중을 상대로 참선을 가르치면서 처음으로 절 밖의 사람들과 친해졌다. 그 친구들은 내가 이사하는 것을 도와주고 계속해서 나를 염려해주었다. 그들은 그 작은 원룸을 탐탁지 않아 했다. 내가 그 공간을 얼마나 좋아하는지 이해하지 못했다. 어쨌거나 그곳은 깨끗하고 따뜻하고 밝았다. 무엇보다 아주 오랜만에 자유를 느꼈다.

슬프면 이상하게 그 슬픔 한가운데서 기쁨이 느껴진다. 온 힘을 다해 꽉 붙들고 있던 뭔가를 잃어버리고 나니 아니, 놓아버리고 나니 비로소 주위의 모든 것들이 다시 보이기 시작했다. 우리가 사는 이 세상은 그렇게 나쁜 곳이 아니었다.

아침 산책을 하는 길에 우연히 작은 가게를 여느라 분주한 중년의 부부를 보았다. 주름지고 붉은 얼굴을 한 그들은 쌀쌀한 초봄 날씨에 맞게 껴입은 다부진 몸으로 과일과 채소들을 진열하고 있었다. 잘 차려입고 서둘러 출근길에 나선 사람들도 보였다. 도로에는 벌써 차들이 막히기 시작했다. 유리와 철, 벽돌로 이뤄진 협곡과 강에서 사람들은 가슴속 심장이 단조롭게 뛰는 내내 공기와 먼지를 함께 들이마시며 끝없이 펼쳐지는 이 현대 도시의 일상적인 의례와 절차를 통과해나갔다.

'그래, 이게 사람들이 진짜 살아가는 모습이구나!'

나는 혼란스러웠다. 주위의 모든 사람들이 눈부시게 멋지면서도 무의미하고, 놀라우면서도 진부한 삶을 사는 것 같았다. 그들의 삶이 아름다우면서도 유치하고, 숭고하면서도 병적인 데가 있는 것처럼 느껴졌다. 별 볼 일 없는 것 같지만 내가 아무리 열심히 노력해도 도저히 헤아릴 수 없는, 놀랍고 가슴이 터질 듯한, 뭐라 말할 수 없는 품위가 느껴졌다. 사람들이 매일 평범한 일상에서 해나가는 것들을 나만 지금껏 모르고 살아온 것 같았다. 지난 몇 년간 그들에게 가르침을 줬다고 생각했지만 사실 내가 얼마나 그들과 동떨어지고 단절된 삶을 살아왔는지 그제야 깨달았다.

그러나 이제는 나도 그들에게 속해 있다는 느낌이 들었다. 그들이 하는 것들을 나도 똑같이 해야 했으니까. 이제는 직접 장을 봐야 했다. 처음 며칠은 이 마트 저 마트를 돌아다니며 가격을 비교하고 제품의 신선도를 확인했다. 당근과 양파, 감자는 붉은색 비닐 그물망에 들어 있고, 버섯과 마늘, 브로콜리와 청경채, 파는 스티로폼 접시에 담겨 비닐랩에 싸여 있었다. 사과와 오렌지, 귤과 멜론은 수북이 쌓여 있었다. 당연히 한국 고유의 제품들도 많았다. 먼지처럼 흰 가루가 묻어 있는 납작한 다시마, 부드럽고 넓은 플라스틱 통에 담긴 다양한 종류의 된장과 고추장, 캔과 병에 담긴 간장과 참기름, 식초도 보였다. 쌀은 어느 것을 선택해야 할지 모를 정도로 종류가 많았다.

음식 외에도 이제 나에게 없으면 안 되는 생활용품들이 잔뜩 있었다. 절에 있을 때는 내가 필요로 하는 모든 것들이 늘 제공되었기 때문에 어떤 물건을 구하려면 어디로 가야 하는지 알지 못했다.

미국에 비하면 한국 사람들은 일상의 문제를 해결하는 도구들을 아주 창의적으로 잘 만들어내는 것 같다. 한 번은 혼자서 사용할 수 있는 등 마사지기를 발견했다. 갈고리 모양으로 생긴 것이었는데, 단단한 고

무로 만들어져 양쪽 어깨뼈 사이를 시원하게 두드릴 수 있는 제품이었다. 수납장의 날카로운 모서리와 가장자리를 감싸고 덧댈 수 있도록 가운데 홈이 파인 가느다란 플라스틱도 있었다. 칫솔과 물병, 전기요도 내가 상상했던 것보다 훨씬 종류가 많았다.

대부분의 상품들을 못 본 척하고, 소비를 최소화하려고 노력했지만 그래도 쓰레기봉투는 사지 않을 수 없었다. 액체 세제와 행주, 걸레, 변기 청소기, 손잡이 달린 빗자루와 쓰레받기 등도 사야 했다. 그리고 가끔 아이스크림도 한 통씩 샀다. 절에 사는 동안에도 아이스크림에 대한 애정은 포기할 수가 없었다.

다른 사람들이 대개 지겹고 힘들다고 여기거나 별로 가치가 없다고 생각할 수 있는 집안일에서 나는 무한한 즐거움과 매력을 느꼈다. '진짜로 사는 것 같군.' 계속 이런 생각이 들었다. 사람이 어떻게 평생 물질적 편의와 사치만 추구하며 살 수 있는지도 이해가 됐다. 해보니 재미가 있었다.

처음 몇 주는 관광객처럼 지냈다. 하지만 이내 몇 가지 중요한 결정을 내려야 한다는 걸 알았다. 예를 들면 '이제 무슨 일을 할 것인가?' 하는 것. 필요하다면 다시 직업을 구할 준비도 되어 있었다. 하지만 내겐 아직 깨달음을 얻고 싶다는 사실, 그 바람이 이전보다 더 간절하다는 사실 말고는 더 중요한 인생 계획이 없었다. 깨달음을 얻기 위해서는 어디로 가야 할까? 어떻게 살아야 할까?

이런 문제들로 나는 막 대학을 졸업했을 때만큼 혼란스러웠다. 한 바퀴를 돌아 다시 원점에 선 느낌이었다. 하지만 놀랍지는 않았다. 오히려 마음이 편해졌다. 처음 송담 스님을 찾아 한국에 왔던 그 청년이 된 기분이 들었다. 어쩌면 그때보다 지금이 더 겸손하고 더 현실적일지 모른다고 믿고 싶었다. 사회 속에서 생활하는 능력은 부족했지만 그래도 여전히 같은 답을 원했다. 나는 아직도 만들어진 교리는 받아들일 수 없었다. 오히려 지난 시절보다 지금 더 진정으로 "이뭣고?" 화두를 던지며 대의심에 더 가까워졌다고 느꼈다.

하지만 여전히 내가 정말로 아는 건 아무것도 없다고 생각했다. 이렇게 자신의 무지함을 스스로 인정하는 것에서 시작하는 것이 좋을 것 같았다. 청중에 둘러싸여 마치 모든 것을 이해하는 듯 조언을 내놓는 상황보다는 확실히 나을 것 같았다. 그게 바로 지난가을 일인데 수백 년 전의 일처럼 멀게 느껴졌다.

하루는 한강을 따라 오래 걸어보기로 하고 길을 나섰다. 걷다 보니 한강을 건너 여의도까지 가서 강변을 따라 만발한 벚꽃을 구경했다. 벚꽃은 중국과 한국, 일본 불교에서 언제나 덧없음을 상징한다. 이제 벚꽃이 우주 만물의 공허함과 무상함을 보여준다고 말하는 것은 진부한 표현이다. 그럼에도 평일 오후에 구경 나온 다른 사람들과 함께 내가 그랬듯 다시 벚꽃을 본다면, 밤하늘의 불꽃처럼 아주 약하고 여리고 덧없는 그 꽃잎들이 바람에 가볍게 흔들리고 흩어지는 모습을 본다면, 그 꽃들이 가지에서 떨어지는 모습을 보는 게 몇 번째든 주의 깊게 바라보는 그 순간 심장이 멈칫할 것이다.

나는 평생 이 세상의 한계를 넘어서는 것을 꿈꾸고 그것을 추구해왔다. 생각과 느낌, 감각의 한계를 넘어서는 어떤 다른 영역을 찾아 바다를 건넜고, 다른 사람에게서 그것을 발견했다고 생각했다. 하지만 잘못된 생각이었다. 결코 어디에도 그런 건 없었다. 이 꽃잎들은 어디로도 사라지지 않는다. 그저 떨어질 뿐이다. 그리고 영원히 완벽하게 잊힌다. 인간의 생사도 그와 같다. 나는 나 자신에게 물었다.

'대체 참선에서 무엇을 발견하길 기대했던가?'

그러자 오랜만에 '아!' 하는 작은 깨달음의 순간이 찾아왔다. 어떤 이유 때문인지 나는 스스로에게 다시 한 번 물었다.

'참선이란 정말로 무엇인가?'

그러자 감정의 파도가 밀려들었다. 피부 표면의 모든 구멍이 갑자기 활짝 열리는 것 같았다. 등골을 타고 전율이 흐르는 것을 느꼈다. 이제껏 나는 참선이 망원경이라고 생각했다. 이 세상 너머의 뭔가를 보게 해주는 도구라고 생각했다. 하지만 잘못된 생각이었다. 나는 흥분으로 몸이 떨리는 것을 느꼈다.

참선은 망원경이 아니었다. 정반대로 참선은 현미경과 같은 것이다.

현실 너머를 보는 것이 아니라 이 현실 속을 들여다보는 방법이다. 존재한다고 하기도 어려울 정도로 작고 잠시 머무는 것으로 이뤄진 현실의 밑바닥을 보여주는 것이다.

물론 이렇게 종이에 인쇄된 글자로 보면 그냥 이론적인 설명일 뿐 놀라운 통찰처럼 들리지 않을 것이다. 사실 그렇게 놀라운 통찰도 아니다. 다만 갑작스럽게 관점이 완전히 바뀌는 게 느껴졌다. 마치 강물이 역류하고 온몸의 피가 거꾸로 도는 것처럼 전혀 다른 시각이 열리는 것 같았다. 갑자기 세상이 다르게 보이기 시작했다.

그리고 더 중요한 것은 느낌도 달라졌다는 점이다. 축축하게 땀에 젖어 있던 양 어깨 사이의 피부가 옷 속으로 들어온 바람에 싸늘하게 식는 것이 느껴졌다. 바람결에 실려 온 군밤 냄새가 느껴지고 차량의 소음이 한층 조용해진 것 같았다. 눈부신 햇살이 사방의 모든 것을 비추고 있었다. 구석구석 반짝이지 않는 곳이 없었다.

모든 것이 현실이었다. 삶은 꿈이 아니었다. 환상도 아니었다. 벚꽃잎처럼 현실이었다. 어떻게 그럴 수 있었는지는 몰라도, 그렇게 느껴졌다. 모든 것이 현실이라고.

모든 수도자들은 직관적인 통찰을 꿈꾼다. 대부분의 수도자들이 그러면 안 된다는 것을 알면서도 어떤 특별한 경험이나 통찰, 깨달음이나 변화를 경험했다고 주장하고 싶어 한다. 오랜 시간 앉아서 애쓰고 의문을 던지며 기다린 결과물을 보여주고 싶어 한다. 나도 예외가 아니다. 어쩌면 나도 최대한 객관적인 태도를 유지하려고 노력했음에도 불구하고 그날의 경험을 과장하고 있는지도 모른다. 하지만 뭔가 바뀐 것만은 확실했다. 마치 내 심장이 왼쪽에서 오른쪽으로 옮겨진 듯한 신기한 기분이었다. 내 몸에서는 모든 것이 예전 그대로 움직였다. 실제로 변한 건 없었지만 그래도 뭔가 달라지긴 달라졌다.

다시 한강을 건너 내가 사랑하는 작은 집으로 돌아오는 동안 뭔가 더 좋아지고 더 가벼워지고 더 상쾌해진 기분을 느꼈다. 슬픔이 잦아진 것 같았다. 원룸이 있는 강 건너편에 도착해 주위를 둘러보니 강기슭이 온통 초록 풀로 덮인 것이 보였다. 사람들이 다니는 작고 구불구불한 길은 또 얼마나 깨끗한지. 길을 따라 일정하게 놓인 벤치들도 꼼꼼하게 만들어진 듯했다. 햇살이 비치는 오후의 서울 한강변은 무척 아름다웠다.

'저걸 다 누군가의 손으로 했겠지.'

문득 그런 생각이 들었다. 누군가 잔디를 깎고, 누군가 길을 청소했으며, 누군가 저 벤치를 조립했을 것이다. 1970년대에 처음 한국에 왔을 때 이 나라, 이 도시의 모습이 어땠는지 어렴풋이 기억났다. 뉴욕에서 온 어린아이의 눈에 비친 한국은 모든 것이 낯설고 모자란 듯 보였다. 건물은 낮고 지저분해 보였고, 차들은 작고 낡아 보였다. 나이 든 여인들이 길에 앉아 손을 내밀며 돈을 구걸했었다.

지금은 모든 게 달라진 것 같았다. 한국전쟁 이후 70여 년간 한국인들은 비탄에 잠기고 혼란스러운 와중에도 부지런히, 그리고 착실하게 벽돌을 쌓듯 불가능한 일들을 해냈다. 수렁에서 스스로 빠져나왔다.

기적 같은 것은 없었다. 끝없이 이어지는 오르막길을 포기하지 않고, 심신을 혹사시키며 문제를 해결해나간 평범한 사람들이 있었을 뿐이다.

하늘의 천사들이 우르르 내려와 도움의 손길을 내미는 그런 일은 일어나지 않았다. 부처님이나 예수님이 다시 나타나는 일도 없었다. 관세음보살이 나타나 밤새 그들의 손을 잡아주고 눈물을 닦아준 것도 아니다. 이 작고 불행한 지구의 짧은 역사에 등장한, 슬픔에 잠긴 모든 가정과 사회, 국가와 문명이 그렇듯 밤새 서로를 붙잡아준 것은 우리 인간이다. 서로의 눈물을 닦아준 것도 우리들이다.

우리 말고는 아무도 없었다.

서로를 속이고 괴롭히는 것이 우리 인간이라면 구하기 위해 달려오는 것도 우리 인간이다. 서로를 먹이고 입히고 가르치는 것도 우리 인간이고, 집과 학교, 병원을 짓는 것도 우리이다. 언제나 그렇듯 마침내 어둠이 내리면 서로의 버려진 몸을 묻거나 화장시키는 것도 우리다.

해야 할 일을 하는 건 우리 말고는 아무도 없다.

그러다 문득 그동안 살면서 내가 한 일이 너무 없다고 생각하니 눈물이 났다. 처음엔 내 부모님이 그리고 나중엔 송담 스님이 내게 주신 모든 것에도 불구하고 나는 한 것이 너무 없었다. 이렇게 아무것도 한 것 없이 죽는다고 생각하니 더럭 겁이 났다.

몸을 돌려 주위를 한 번 둘러보고 강 너머 서울의 모습을 한 번 더 살펴보았다. 내 부모님의 고향이고, 내가 수차례 다시 돌아온 이곳은 세상에서 가장 아름다운 도시가 분명했다. 오후가 되면 신기루처럼 희미하게 빛나는 저 익숙한 회색과 베이지색 스카이라인은 그렇게 높지 않고 세계의 다른 대도시와 아주 많이 다르지도 않았다. 그러나 꿈이나 어릴 적 추억 혹은 눈물 닦은 자국보다도 더 비현실적이었다.

눈을 감으면 예전에 흑백사진으로 보았던 한국전쟁 직후의 서울 모습을 기억할 수 있다. 마치 달에 버려진 도시 같았다. 그 모습이 지금의 모습이 되기까지 얼마나 많은 사람들이 마치 과부하 걸린 회로처럼 자신의 몸과 두뇌를 불태워 일했을까?

자식에게 가난을 물려주지 않으려고 얼마나 많은 부모 세대가 고통을 참아내며 헌신했을까?

나 같은 수도자들은 그런 부모를 두고 출가했다. 지난 세월 부모님과 동생이 얼마나 많이 걱정했을까? 어머니가 남몰래 얼마나 우셨을까? 나는 대체 무엇 때문에 그랬을까? 나 같은 수도자들은 가족을 희생시켜가며 무엇을 이루었을까? 우리가 과연 무엇을 줄 수 있었을까? 우리가 출가하지 않았다면 이룰 수 있었을 어떤 것만큼의 가치를 지니는 무언가를 줄 수 있었을까?

벌써 늦은 오후였다. 해가 곧 질 것 같았다. 내게 시간이 얼마 남지 않았다는 생각이 들었다. 하지만 더 나은 방법을 찾아야 한다는 것을 알고 있었다. 아마 우리 모두가 그럴 것이다. 왜냐하면 모든 것이 현실이니까. 그리고 우리 말고는 아무도 없으니까.

36

정원에서

2, 3주 뒤 어느 늦은 밤 싱가포르에 도착했다. 발리에 가기 전 대학 친구인 마이크를 만나 주말을 함께 지낼 생각이었다. 원래 계획은 오랜 만에 만나 회포를 푸는 것이었다. 그런데 안타깝게도 회사에 급한 일이 생겨 마이크가 토요일과 일요일 대부분을 사무실에서 보내야 하는 처지가 되었다. 아직 누군가와 같이 있는 게 어색할 때라 나로서는 혼자 있어야 하는 그 상황이 전혀 불편하지 않았다.

마이크는 일이 수습되자 싱가포르의 별미를 파는 노점에 가서 야식을 먹자고 했다. 거리는 한산했다. 지나다니는 차도 오가는 사람도 거의 없었다. 우리는 조그만 간이 탁자에 앉아 주문한 음식이 나오기를 기다렸다. 나는 싱가포르라면 미래 국가라는 명성에 맞게 구석구석이 화려하게 빛나고 활기가 넘칠 줄 알았다.

세계적으로 유명한 아시아의 정원 도시 싱가포르.

확실히 거리는 깨끗하고 주변의 빌딩들도 부富와 장엄함을 드러내도록 설계되어 고급스럽고 국제적인 느낌이 들긴 했다. 그러나 그 건물에서 일하는 사람들에게 음식을 팔려고 고층 건물들의 그늘에 늘어선 노점들은 싸구려 목재와 금속으로 만든, 커다랗고 낡아빠진 임시변통의 손수레에 합성 캔버스를 덮고 있었다. 장식이라곤 영어와 중국어로 메뉴를 적은 래미네이트 간판이 전부였다. 우리가 앉은 탁자는 금방이라도 부서질 것 같았고, 작은 의자는 녹이 슬어 있었다. 그런 음식 가판대들이 줄지어 서 있는 모습은 서울 신촌에서 어학당에 다닐 때 자주 갔던 한국의 옛날 포장마차와 비슷했다. 고층 빌딩과 네온사인들로 이루어진 뒤쪽의 눈부신 배경과 대비되어 시대착오적으로 보였다.

"왜 그래?"

내가 주위를 두리번거리는 모습을 본 마이크가 물었다.

"주위의 풍경이 맨해튼 같아. 그런데 우리가 있는 여기만 1980년대처럼 보여."

마이크가 고개를 끄덕이며 말했다.

"싱가포르는 가난과 역경이 숨겨져 있는 것 같으면서도 눈에 잘 띄는 곳이지. 자세히 들여다보지 않으면 이방인의 눈에는 보이지 않아. 하지만 바로 코앞에 있기 때문에 보려고만 하면 언제든 볼 수 있어."

"전 세계의 모든 나라와 도시들처럼 말이지."

내가 마이크 대신 말을 끝맺었다.

"그래서 어떻게 된 거야, 환산 스님? 깨달음의 가르침을 전 세계에 전파하려던 거 아니었어? 그런데 여기서 뭘 하고 있는 거야? 발리에는 대체 무엇 때문에 가려는 거고?"

마침내 마이크가 내게 물었다.

"전부 끝냈어."

내가 짧게 대답했다.

마이크가 눈썹을 치켜세우며 말했다.

"뭔가 사연이 있겠지."

"조금."

내가 대답했다.

마이크는 헛웃음을 웃었다. 그러나 아무 말도 덧붙이지 않았다.

"맞아, 사연이 많았어."

나는 미소를 지으며 말했다.

"하지만 그래서 떠나온 건 아니야. 말하자면 나는 자동항법장치에 의존해 기계적으로 살고 있었어."

내가 털어놓았다.

"절에서 자동항법장치에 의지해 살았다고?"

마이크가 믿을 수 없다는 표정으로 되물었다.

"응. 강제수용소 생활을 어떻게 견뎌낼 수 있었느냐는 질문에 홀로코스트 생존자가 뭐라고 대답했는지 너도 기억하지?"

"아니, 기억 안 나. 이봐, 난 요즘 「월스트리트 저널」밖에 안 읽어."

마이크가 씁쓸한 표정으로 말하고는 싱긋 웃더니 어깨를 으쓱했다.

"그래, 알았어. 홀로코스트 생존자가 뭐라고 대답했는데?"

"사람은 무엇에든 익숙해질 수 있는 동물이라고."

나는 조금 엄숙한 어조로 말했다.

"내가 맹목적인 추종자가 되었다는 걸 깨달았어. 어느 순간 궤도에서 벗어났다는 걸 말이야."

"그래서 이게 네가 원래 궤도로 다시 돌아가는 방식이야? 네가 해오던 모든 일에서 손을 놓는 것이?"

마이크가 빙그레 웃었다.

"맞아."

나는 껄껄 웃었다. 그런 다음 다시 진지하게 말했다.

"자기도 모르는 사이에 의식이 없는 코마 상태에 빠진다면 겁이 나지 않겠어? 무엇인가를 진실하게 느껴본 게 언제야? 네 가슴이 하는 말을 마지막으로 들은 게 언제야? 넌 네 삶이 진정한 것이 되길 원하지 않아?"

"아니, 괜찮아. 난 지금이 좋아."

마이크가 손을 내저었다. 우리는 함께 웃었다.

"음, 나는 이미 오래전에 포기했어." 마이크가 자기비하적인 몸짓으로 고개를 흔들었다. "인생 뭐 있어? 그냥 익숙해지면 되는 거지."

"그래서 이렇게 회사 좀비로 살고 있는 거야?"

내가 말했다.

"돈 많은 회사 좀비지. 안 그래?" 마이크가 스스로를 향해 엄지손가락을 치켜들었다. "나 렉서스 몰잖고. 넌 어때?"

"이봐, 나는 얼마 전까지만 해도 텔레비전에 나와 우쭐거리는 승려였어. 모든 물건을 제공받았다고. 어쨌든 만나서 반가워."

내가 손을 내밀자 마이크가 내 손을 잡고 흔들었다.

우리는 조금 키득거리며 웃고는 서로에게서 시선을 돌려 다시 주위를 둘러보았다. 이것은 마이크와 나 사이의 의식 같은 것으로 대학 시절부터 해온 오래된 게임이었다. 우리 둘의 확연히 다른 기질을 갖고 장난치는 것. 우리는 서로 다르고 선택한 삶도 다르다는 걸 인정하고 보면 둘 다 똑같은 약점과 핑곗거리를 갖고 있는 것 같았다. 정직한 삶을 살아가는 방법은 없는 것 같았다.

"그래서 다시 모든 걸 던져버렸구나. 발리에 가서 요가를 하겠다고 말이지."

마이크가 걱정스러운 눈빛으로 고개를 흔들었다.

"종반전 계획은 있어?"

"아니."

"그냥 갑자기 든 생각이구나."

"거의 맞아. 내가 순수하게 재미있어서 뭔가를 한 적이 언제가 마지막인지 기억이 안 나더라고. 겉으로 드러나는 어떤 목표를 달성하기 위해서도 아니고, 어디서부터 어디까지 진전을 보기 위해서도 아니고 단지 그것을 하는 게 즐거워서, 진짜 즐거워서 했던 적 말이야."

"그래서 요가가 네게 그런 즐거움을 준다고?"

나는 고개를 끄덕였다.

"참선은 어떤데?"

"그건 좀 달라." 나는 어깨를 으쓱했다. "교리나 의식을 중시하는 종교의 덫에 빠지면 참신함을 잃을 수 있어. 공식에 따라 배우게 돼. 자세, 호흡, 하나의 정신적 대상에 집중하기. 마치 쉽게 배울 수 있는 기교나 요령처럼."

"잠깐, 네 동영상을 본 적이 있어. 그때 넌 그런 식으로 해야 한다고 하지 않았어?"

"맞아. 그런데 그건 핵심이 아니야. 참선은 죽음에 대한 두려움으로 가슴이 깨어나 훨훨 날아가는 거야. 마음의 고향을 찾아 나서는 거지. 나머지 몸과 호흡, 정신 집중은 그냥 같이 따라오는 거야. 진정한 참선은 영감을 얻는 행위야. 새롭게 태어나는 것이지."

이 말을 할 때 가슴이 확 뜨거워지는 것을 느꼈다. 가슴속에 묻혀 있던, 아직 완전히 꺼지지 않고 붉은 기운이 남은 숯덩이를 건들기라도 한 것 같았다.

"그렇군. 고마워, 요다."

마이크가 조금 놀란 표정으로 숨을 내쉬었다. "마음에 새겨둘게. 다음엔 내가 승려가 되고 싶어."

"글쎄, 그건 추천하고 싶지 않은데. 하지만 환영해."

다음 날 나는 동이 트기 전에 일어나 아주 일찍 문을 연다는 보타닉 가든Botanic Gardens에 가보기로 했다. 입장권을 사서 희귀하고 아름다운 초목에 둘러싸인 오솔길을 따라 안으로 들어갔다. 아무도 없었다.

2, 3년 전부터 혼자 있을 때면 형언할 수 없는 슬픔이 마음속에서 차올랐다. 하지만 다른 사람들에게 말하기에는 너무 창피한 이야기라 혼자만 간직하고 있었다. 하지만 그 쓸쓸한 아침에 혼자 정원을 걸을 때 그렇게 나쁘지 않았다. 공기에 이슬이 맺혀 있었고, 기氣와 프라나 (prana, 힌두 철학에서 모든 생명체를 존재하게 하는 힘), 생명의 희미한 전하電荷가 느껴졌다. 그즈음 혼자 있을 때 기분 치고는 꽤 편안했다.

정원 안으로 깊숙이 들어갈수록 공기가 점점 음악으로 채워지는 것을 느낄 수 있었다. 정말로 촉촉하고 신선한 아침 공기를 뚫고 피리 소리가 들렸다. 주위를 둘러보았다. 내 양옆으로 아름다운 나무들이 서

그 정원에서 마침내 깨달았다.
성인이 된 후로 줄곧 엉뚱한 곳을 들여다보고
잘못된 기준과 관점에 연연해왔다는 것을.
더 나은 무언가가 되려고 노력하다가
아무것도 아닌 게 되어버렸다.
땅속에서 금을 찾다가 결국
그 땅을 놓쳐버린 꼴이다.

있고, 내 앞뒤로는 오솔길이 이어지고 있었다. 하지만 스피커도, 사람도 보이지 않았다.

내 마음은 감사하면서도 슬픈, 금방이라도 흘러내릴 듯한 눈물로 가득 찼다. 과연 음악 소리가 어디서 흘러나오는 것인지, 이제 도전해야 할 게임이자 풀어야 할 수수께끼였다.

길 한쪽에 화려하게 장식된 커다란 안내 지도가 보였다. 그리고 그 뒤에 휴게소가 있었다. 휴게소는 거의 가려져 있었다. 나는 좀 더 잘 보려고 안내판 뒤로 가보았다. 휴게소는 기둥 네 개에 뾰족한 지붕을 얹고 그 밑에 벤치 몇 개를 가져다놓은 형태였고, 그 뒤는 숲이었다.

그곳에 키가 작고 체격이 다부진 한 사람이 숲을 바라보며 악기를 연주하고 있었다. 삼각형 모양의 플루트 같이 생긴 악기였는데 나는 처음 보는 것이었다. 그는 등을 구부린 채 완전히 몰입해 내가 지켜보는 것도 모르고 음악에 맞춰 몸을 조금씩 흔들었다. 몸에는 땀이 줄줄 흘러내리고 있었다.

물 흐르듯 흐르다 이따금 비틀거리기도 하는 그의 음악이 계속 귓가에 맴돌았다. 아마추어 연주자인 것 같았지만 그의 음악이 내게는 아주 사실적으로 느껴졌다. 그의 가슴에서 우러나오는 감정과 그가 살아온 삶 그리고 어쩌면 그가 꿈꾸었던 삶까지도 그 안에 다 녹아 있는 것 같았다. 그것이 내 마음 깊은 곳을 건드렸다. 엄청난 감동이었다.

그곳에서 내가 들은 것은 단지 플루트같이 생긴 피리로 노래하려는 노력이 다였다. 하지만 그건 그저 좋아서 뭔가를 하는 보기 드문 순간이었다. 그저 즐거워서 노래를 하면 그 사람의 마음이, 그 사람의 모든 아픔이, 그 사람의 아름다운 삶이 그 노래에 드러날 때가 있다. 그렇게 되면 그 어떤 기술이나 기교도 그 자연스러움과 경쟁이 되지 않는다.

그 정원에서 마침내 깨달았다. 성인이 된 후로 줄곧 엉뚱한 곳을 들여다보고 잘못된 기준과 관점에 연연해왔다는 것을. 더 나은 무언가가 되려고 노력하다가 아무것도 아닌 게 되어버렸다. 땅속에서 금을 찾다가 결국 그 땅을 놓쳐버린 꼴이다.

다음 날 싱가포르를 떠날 때, 다시는 한국의 전통 불교 승려로 돌아갈 수 없으리라는 것을 알았다.

37

카페 땡스기빙

다음 정거장은 지구라는 행성의 발리 섬 우붓.

발리의 우붓에 있을 때는 이따금씩 그곳이 지구상에 존재하는 도시라는 것을 애써 기억해낼 필요가 있다. 거기에 가면 지구상에 존재하는 도시가 아니라 요가 수행자들이 인수해 엄격하게 다스리는 또 다른 평행우주에 와 있다는 생각이 들기 때문이다.

어디서부터 다시 시작할까? 어디서부터 시작하는 것이 좋을까?

무엇보다 우붓에는 신호등이 없었다. 거리엔 모든 것이 언제나 멈춤없이 움직였다. 길을 건널 때마다 목숨을 걸어야 했다. 쉬운 일이 아니었다. 시속 40킬로미터로 달리는 자동차들의 끝없는 흐름이 잠시 끊기기를 기다렸다가 쏜살같이 길을 건너야 했다. 미처 보지 못한 커다란 차가 모퉁이를 돌아 질주해오지 않기를 바라면서 말이다. 그리고 공기가 안 좋았다. 서울과 싱가포르에서 도시의 매연을 경험한 뒤라 열대지방의 깨끗한 공기를 실컷 마실 수 있을 거라 생각했던 나의 기대는 우붓에 도착하자마자 여지없이 무너졌다. 우붓의 거리는 보일 듯 말 듯한 청회색 연기로 덮여 있었다. 자동차와 픽업트럭, 밴 그리고 무엇보다 그 지역 사람들과 여행자들이 저렴한 비용 때문에 주요 교통수단으로 이용하는 무수히 많은 싸구려 스쿠터들이 끊임없이 토해내는 연기였다.

우붓이라고 알려진 또 다른 우주에서는 길거리에 다니는 사람들의 3분의 2가 젊은 여성이었다. 대부분 젊고, 절반쯤은 요가복을 입고 있으며, 3분의 1이 요가 매트를 어깨에 걸쳐 메고 다녔다. 이 지역엔 실제 발리 주민보다 외국에서 온 여행자들이 더 많아 보였다.

이따금 나처럼 과거에서 벗어나고자 우붓에 오는 사람들이 있다. 계속 반복되는, 도저히 벗어날 수 없을 것 같은, 불행의 원인이 되는 행동 패턴을 끝장내기 위해서 말이다. 지금은 아니라고 느끼지만 온전하고 건강하고 아름답고 강하고 행복한 사람이 될 수 있다는 희망을 품고 발리에 온다.

현대사회의 관습과 권태로움에 갇혀 있다고 느끼는 성실한 시민들이 모험가나 깨달음을 추구하는 구도자의 모습으로 스스로를 표현하고 싶어 한다면 나처럼 번아웃된 승려는 '평범하고 건강한 일반인'의 모습으로 스스로를 표현하고 싶어 할 것이다. 나는 지구라는 행성의 발리 섬 우붓에 도착하면서부터 일반인의 모습으로 살기 시작했다. 법복을 벗고 반바지에 티셔츠 차림으로 돌아다녔다. 내가 불교 승려이자 송담 스님의 제자 환산 스님이었다는 것을 누구에게도 말하지 않았다.

나는 그렇게 감옥처럼 느껴지던 나의 옛 정체성을 벗어버렸다.

그게 시작이었다.

사람들이 우붓으로 오는 이유는 치유받기 위해서다. 그래서 우붓의 모든 거리와 뒷골목의 후미진 곳까지 무수히 많고 다양한 힐링 센터가 넘쳐난다. 사람의 시선이 닿는 곳이면 요가 센터와 건강 스파, 장腸 세척 전문 숍, 아유르베다 클리닉, 마사지 숍, 건강식품 상점, 피부 관리숍, 타로상점, 전생을 볼 수 있는 최면요법센터 등이 구불구불 끝없이 이어진다. 그 모습은 완곡하게 표현해도 압도적이다.

그 모든 것이 뒤죽박죽이고 지나치게 상업화된 상태지만 한편으로는 아름다운 광경이기도 했다. 상상을 초월할 만큼 혼잡해 정신이 나갈 정도지만 미래의 인류가 탄생할 믿을 수 없이 풍요로운 자궁이며 주류 과학과 비주류 과학, 종교, 예술, 스포츠, 그리고 세상에 존재하는 뭐라 분류하기 어려운 모든 괴상한 심신과 영혼 수련 방식들이 만나고 이종교배될 수 있는 역동적인 만남의 장이었다. 모르긴 해도 이렇게 다양한 치유자와 샤먼, 운동선수, 요가 수행자, 무술가, 교사, 가수, 화가, 배우, 무용가, 명상가, 기 치료사 그리고 사업가들이 평화롭게 공존하는 곳은 또 없을 것이다. 이들은 서로 아이디어를 교환하며 우리가 상상하기 힘든 '지구를 구하는 동시에 빠르게 돈을 벌 수 있는' 사업을 위해 협력한다. 평범하지 않은 배경을 가졌다고 하는 내가 여기서는 가장 따분한 사람 중 한 명일 것이다.

처음에 나는 '크리슈나 하우스Krishna House'라는 작고 저렴한 모텔에 머물렀다. 작은 객실들이 C자 형태로 다닥다닥 붙어 있는 1층짜리 건물이었다. 크리슈나 하우스가 돋보인 건 중앙에 보석 같은 작은 수영장이 있어서다. 바닥과 벽면에 반짝이는 청록색 타일로 줄이 쳐져 있는 수영장이었다. 열대식물과 나무 그리고 꽃들이 그 주변을 장식하고 있었다. 이 원형 수영장은 신神의 눈동자처럼 밤낮으로 파란빛을 발해 그곳을 방문하는 이들의 기억 속에 그 모습을 영원히 각인시켰다. 나는 그곳에 머무는 동안 그 작고 신성한 수영장에서 매일 수영을 했다. 매일 오후 꽃과 나무들에 둘러싸여 홀로 물과 햇빛에 몸을 맡겼던 그 순간들이 발리에서 보낸 시간 중 가장 특별한 기억으로 남아 있다.

내가 발리에 온 표면상의 이유는 4주짜리 요가 및 프라나야마(요가의 호흡법) 집중 워크숍에 참여하기 위해서였다. 젊고 흥미로운 요가 강사 에반이 '땡스기빙'이라는 이름의 카페 겸 채식 식당 2층에서 진행하는 수업이다.

카페 '땡스기빙'의 주인인 톰도 에반의 지도를 받으며 요가 수행을 하고 있었다. 미국에서 온 40대 초반의 상냥한 남자 톰은 식당 2층에서 나를 만나고 얼마 되지 않았을 때, 식당을 매입한 다음 그 옛날 무역선으로 쓰였던 목선의 나무들로 2층을 추가로 지어 올렸다는 이야기를 들려주었다. 톰은 그 오래된 배의 일부분을 발리 현지인 고물상에게 돈을 주고 샀는데, 그 고물상은 항구에서 자리만 차지하며 썩어가던 낡은 배를 공짜로 가져다 그에게 판 것이라고 했다. 그 거래를 통해 2층 요가 센터의 벽과 바닥이 아름답게 나이를 먹은 어두운 빛깔의 목재로 채워질 수 있었다. 고요한 아침에 그곳에서 요가 동작을 할 때면 나무가 삐걱거리는 소리가 들렸고, 발바닥 아래 깔아둔 요가 매트를 통해 마룻바닥의 윤곽과 틈새들을 느낄 수 있었다.

2층 바로 위가 지붕이었다. 직사각형인 요가 센터의 기다란 면을 따라 등고선이 그려진 두꺼운 나무 기둥들이 나란히 지붕을 떠받치고 있었다. 창문 없이 기둥과 기둥 사이의 공간이 그냥 트여 있었다. 실수로 2층 아래 길바닥으로 떨어지지 않도록 엉덩이 높이까지 오는 탄탄한 선반을 달아 발코니처럼 만들었다. 그리고 대나무를 엮어 만든 발을 말아 올려 가느다란 노끈으로 묶어놓았다. 이따금 햇빛을 가리려고 발을 내릴 때도 있었지만 대부분은 열어두었다. 밖에는 넓고 축 늘어진 잎사귀가 달린 열대 나무들이 있었다. 요가 수련을 하다가 잠시 머리를 식히거나 피곤해서 쉴 때면 햇빛이 비현실적일 정도로 강렬하게 나뭇잎과 나뭇가지 위에서 은빛으로 하얗게 빛나는 광경을 볼 수 있었다. 이 고요하고 귀한 아침이면 나뭇가지들 사이로 금빛 활기가 공기를 가득 채웠다. 잊을 수 없는 광경이었다.

에반은 열성 요가 수행자들에게 높이 평가 받는 인물이라 단지 그의 지도를 받겠다는 일념으로 세계 각지에서 요가 수행자들이 찾아왔다. 그중에 거의 절반이 노련한 전문 요가 강사들이었다.

에반 밑에서 요가 수련을 하는 건 육체적으로 대단히 힘든 일이었다. 어떤 날은 아침 수련을 마치고 나면 너무 힘이 들어서 종일 아무 일도 못 했다. 그러나 이 수련이 치료 효과가 매우 크다는 것도 경험을 통해 알게 되었다. 요가를 하다 보면 호흡의 열기와 격한 근육 활동 그리고 정신 집중을 통해 깊이 감춰져 있어 의식하지 못했던 정서적인 콤플렉스들이 녹아 없어지는 느낌이 들었다. 가장 좋을 때는 명상에 누구나 좋아할 만큼의 운동 효과를 더한 것 같은 느낌마저 들었다. 요가의 역동적인 동작들이 내게는 전통 좌선의 정적임과 육체적 소극성을 보완

하여 균형을 맞추는 역할을 했다.

요가 수련을 시작한 이후 나는 그것을 송담 스님으로부터 배운 참선에 접목하려고 노력했다. 나는 참선과 요가가 상호보완적 형태의 심신 수련법이라고 생각한다. 그러나 둘을 접목한다는 것은 무척 어려운 일이었다. 요가와 참선 모두 장기적인 노력이 필요하다. 요가의 복잡한 동작들을 하면서 '이뭣고' 화두를 던지고 참선을 하기가 쉽지 않았다. 또 요가 수련을 하고 난 뒤에는 앉아서 참선을 할 만큼의 에너지가 남아 있지 않았다.

우붓에서 보낸 시간은 내 인생에서 가장 기쁜 동시에 가장 슬픈 나날들이었다. 매일 아침 동이 트기 전에 일어나 씻고, 크리야(kriyas, 우리 몸 중 소홀히 하기 쉬운 부분을 정화하거나 통제하는 수련법)나 요가 호흡으로 몸을 정화한 다음 요가 매트를 집어 들고 우붓의 길거리로 걸어 나갔다.

대개는 아침 6시경에 카페 땡스기빙 2층에 있는 요가 살라에 모여 완전한 침묵 속에서 각자의 동작을 수련하고 있으면 한두 명의 선생님이 도움이 필요하다고 생각되는 사람 옆에 멈춰 서서 특정 자세에 대해 조그만 목소리로 조언을 해주기도 했다.

이 모든 수련과 가르침이 침묵 속에서 이루어진다. 어둑어둑한 이른 아침에 카페 땡스기빙 2층에서 들리는 소리라고는 수십 명의 요가 수행자들이 큰 소리로 부드럽게 숨을 들이쉬고 내쉬며 만들어내는 마치 부서지는 파도 소리 같은 소리와 한 자세에서 다른 자세로 멋지게 넘어갈 때 나무 바닥에서 나는 '쿵' 소리뿐이었다.

내가 가본 요가 센터의 모든 방에서는 독특한 땀 냄새가 났다. 한국, 발리, 인도 혹은 미국 할 것 없이 그리고 함께 수련하는 요가 수행자들의 민족이나 성별, 연령과도 상관없이 그 냄새는 늘 똑같은 것 같다. 뭐라고 콕 집어 설명하기는 힘들지만 금세 알 수 있는 냄새다. 그 냄새를 맡으면 갓 베어낸 소나무나 돌 위의 이끼 혹은 막 갈아엎은 숲속의 흙이 연상된다.

나는 매일 아침 어서 수련하러 가고 싶어서 기다리기가 힘들 정도였다. 또 나처럼 에반 밑에서 수련을 하러 온 세계 각지의 요가 수행자들에게 애정을 느끼기 시작했다. 다양한 자세들을 취하느라 찌푸리기도 하고 노려보기도 할 때 그들의 얼굴에서는 자부심과 불안감이 주도권 다툼을 했다. 처음 2, 3주 동안엔 수련하는 사람들이 너무 많아서 요가 매트들이 손바닥 하나 정도의 간격을 두고 네 줄로 빼곡히 깔려 있었다. 그러나 첫 2주가 지나고 집중 워크숍의 전반부가 끝나자 공간에 상당한 여유가 생겼다.

어떤 날에는 이런 생각이 들기도 했다.

'이 모든 사람이 비통한 일이 있어서 요가 수련을 하는 걸까? 비통하거나 후회스러운 일이 있을 때 치료법을 찾는 것 말고도 할 수 있는 것들이 있다. 요리를 할 수도 있고, 직장을 그만둘 수도 있고, 여행을 가거나 타투를 할 수도 있다. 자원봉사를 할 수도 있다. 종교에 귀의하기도 하고 가지고 있던 종교를 버리기도 한다. 요가도 여기에 해당할까?'

에반은 독특한 인물이다. 처음에는 NBA 농구 선수만큼 키가 커 보였다. 하지만 착시효과였다. 몸이 매우 가는 데다 얼굴은 작고 팔다리는 무척 길어서 실제보다 키가 훨씬 커 보였다. 에반은 모든 면에서 특이했다. 시간을 내서 자기만의 철학적 시각과 모든 것에 대한 자기만의 관점을 구축하려고 노력하는 사람인 것 같았다. 일반 통념이나 검증되지 않은 신념들은 경멸하는 것 같았다. 또한 감동적인 솔직함과 존경할 만한 의지로 태양 아래 존재하는 모든 것을 신중하고 지적인 자세로 관찰하고 사색하며, 능력이 허락하는 한 그렇게 믿게 된 것에 기초해 자신의 정체성과 생활양식을 구축하고 있었다.

그런데 에반을 비롯한 현대 요가 지도자들은 초월에 대한 전통 종교의 가르침들을 매우 불신했다. 그들은 그런 가르침이 건강하지 않다고, 완벽한 세상이나 존재 영역에 관한 판타지를 위해 불완전하지만 거부할 수 없는 경험적 현실을 병적으로 거부한다고 여겼다.

오늘날의 요가 전문가들은 몸과 마음 그리고 그 둘의 관계를 본질적으로 이해하기 위해 심리학과 생물학에 의지하는 것을 선호하는 편이다. 그들은 현대 과학이 인간의 존재와 노력의 가능성들에 대해 더 정직한 설명을 제공한다고 믿는다. 게다가 그 존재를 증명할 수 없고, 자신의 눈으로 보거나 손으로 만질 수도 없는 뭔가를 좇느라 시간과 에너지 그리고 자원을 바치고 싶어 하지 않는다.

나는 이런 현상이 조금 실망스러웠다. 나는 좀 더 낭만적인 감성으로 현대의 요가 수행자들을 사문沙門, 즉 고대 인도 수행자들의 21세기 버전으로 보고 싶었다. 사회적 지위를 포기하고 숲과 산 그리고 도시 변두리에 살았던 전설의 수행자들 말이다. 부처님도 그런 떠돌이 수행자 중 한 분이었다. 당시 사문들은 부처님처럼 그 시대 지배계급의 주요 종교 전통이었던 베다Veda의 가르침과 수행을 거부하고, 어떤 공식적인 직함이나 지위도 갖지 않았다고 전해온다.

어쩌면 나의 이런 마음은 이 시대에도 세계적으로 그와 같은 진리 탐구자들의 흐름이 있기를 바라는 열망이 반영된 것일지도 모른다. 나는 새로운 요가 수행자들이 새로운 사문이 되기를 마음 깊이 바랐다. 그게 정말로 가능한 일인지와 무관하게 말이다. 내가 만나본 젊은 요가 수행자들은 사실 구도자들이었다. 다만 영원한 의미 대신 개인적 의미를 추구하는, 현대적으로 변형된 구도자들이었다. 현대의 요가 수행자들도 '다르마dharma' '사다나sadhana' '목샤moksha' 그리고 '카르마 karma' 등과 같은 힌두교와 불교의 경계가 모호한 산스크리트어 용어를 무심코 사용했다. 그들 중에 고대 인도 종교에 정통하고 요가의 가르침에 무척 진지한 이들도 있었지만 대부분은 그저 최신 뉴에이지 히피 트렌드를 따르는 것뿐이었다. 개중엔 요가를 자신의 직업이자 커리어로 여기는 사람들도 있었고, 취미나 운동의 한 형태로 수련하는 사람들도 있었다. 그리고 거의 대부분은 요가를 진정한 자기 이해의 수단으로 보았다.

이후 1년 6개월 넘게 여행하는 동안 나는 말 그대로 고대의 요가 성전聖典들이 가장 높은 단계라고 가르쳤던 삼매三昧, 즉 자기실현을 추구하는 요가 수행자를 한 명도 만나보지 못했다. 생사의 윤회로부터 해방되는 것을 개인의 인생 목표로 삼는다는 건 현대 요가 문화가 받아들이기엔 너무 추상적이거나 문화적으로 동떨어졌거나 시대착오적이라고 여기는 것 같았다.

우리는 진리를 추구하는 사람들이 마치 울타리를 치듯 지식의 경계를 미리 설정하고 좁게 한정 짓는 매우 이상한 시대를 살고 있다. 심지어 이제는 아무도 '깨달음'이라는 단어를 사용하고 싶어 하지 않는다. 아무도 인간에게 육체 이상의 뭔가가 있을 거라는 생각도 하고 싶어 하지 않는 것 같다. 이제는 육체만이 유일한 생명의 증거이며 내 몸 안에서 일어나는 일만이 확실한 경험이라고 인정한다. 그래서 요즘에는 '체화된 지식embodied knowledge'과 '신체 내부로부터의 변화 경험 somatic experience'이라는 표현을 사용한다. 오늘날의 요가 수행자들 사이에서는 '몸으로 지각할 수 있는 방식 안에서의 자기 변화'가 무언의 원칙으로 통한다. 요가를 처음 개발한 사람들이 그런 원칙을 거부했을 거라는 점은 중요하지 않아 보인다.

나는 더 많은 교리를 배우려고 한국의 불교 사찰을 떠나 발리에 온 것이 아니었다. 더 이상 이론에는 관심이 없었다. 건강을 지키고 참선 수행을 더 잘할 수 있게 해줄 심신 수련의 새로운 방법들을 배우고 싶었다.

사실 나는 한국을 떠나기 직전에 세계 최고의 전통 프라나야마 전문가이자 보존자로 인정받는 옴 프라카시 티와리Om Prakash Tiwari의 프라나야마 초급 과정에 신청서를 제출했다. 그러나 마감 기한을 6개월도 더 남기고 신청했음에도 불구하고 이미 인원이 다 찼다는 연락을 받았다.

실망이 컸다. 티와리가 아주 고령이라는 이야기를 들었기 때문이다. 요가를 하는 사람들 사이에서는 진짜 프라나야마를 배우고 싶으면 티와리가 아직 기운이 남아 가르칠 수 있을 때 서둘러 찾아가는 것이 좋을 거라는 소문이 돌았다. 그런데 그 소문을 귀담아들은 사람이 나 혼자가 아니었던 모양이다.

요즘 나는 요가가 내 생명을 구하고 있다는 느낌을 받는다. 왜인지 모르지만 그것이 내 아픈 마음을 치유해준다. 마치 요가를 하며 그동안 흘리지 않은, 어쩌면 흘리지 못한 눈물을 피부를 통해 땀으로 배출하는 것 같다. 내 가슴과 내 눈 대신에 내 몸을 감싼 피부가 나를 위해 눈물을 흘리는 것이다. 나는 감사한 마음으로 수련을 할 때가 많다. 요가는 나에게 영감을 주거나 동기부여를 해주는 것이 없을 때도 계속 앞으로 나아가게 해주었다.

어느 날 아침 이런 생각을 하며 왼쪽 오른쪽을 살피고 길을 건너기 시작했다. 아무것도 보이지 않아서 길을 건너기 시작했는데 다음 순간, 커다란 흰색 세단이 속력을 줄이지 않은 채 길모퉁이를 돌아 곧장 나를 향해 내달렸다. 속도가 아주 빠르진 않아서 두 손바닥으로 차 앞부분을 막아보았지만 차는 멈추지 않았고, 나는 뒤로 밀렸다. 내가 차바퀴 밑으로 빨려 들어가기 직전, 기적적으로 차가 멈춰 섰다.

분명 그 차가 나를 4미터쯤 밀고 나갔는데 내가 어떻게 똑바로 서 있었는지 모르겠다. 가슴이 들썩거리고 정신이 아득했다. 나는 본능적으로 호흡을 다시 회복하고자 '이뭣고?'를 읊조리려고 애썼다.

그런데 그 순간 갑자기 분노가 치밀었다. 나는 앞뒤 생각 없이 그 운전자가 보이는 차창 쪽으로 다가갔다. 차 안에는 마른 체격에 콧수염을 기른 중년의 남자가 반소매 셔츠 차림으로 앉아 있었다. 내가 아니라 자기가 헤드라이트 불빛 속 사슴인 것처럼 얼어붙은 자세로 눈을 휘둥그레 뜬 채 차창 밖을 보고 있었다. 나보다 더 놀란 것 같았다.

그의 얼굴에서 이마의 깊은 주름과 눈가, 코 주변, 거친 피부 곳곳의 잔주름을 보니 그리고 무엇보다 두 눈에 두려움이 가득한 것을 보니 불같이 타오르던 나의 분노가 금세 무력감과 슬픔, 안타까움으로 바뀌었다.

나는 그에게 차창을 내리라고 손짓했다. 그가 차창을 내리자 나는 정말로 비명을 지르듯 말했다.

"당신이 나를 죽일 뻔했어요! 정말 그랬으면 어쩔 뻔했어요? 감옥에 갈 수도 있다고요!"

그는 아무런 대꾸도 하지 않았다. 계속 차창 밖을 응시할 뿐이었다. 그는 나를 한 번도 쳐다보지 않았던 것 같다.

"좀 더 주의해야죠!"

내가 다시 한 번 고함을 쳤다.

그는 여전히 아무 말이 없었다. 내가 하는 말을 이해하는지조차 알 수 없었다.

나는 한숨을 내쉬었다.

"좋아요, 이제 가보세요. 조심하고요."

그러자 남자는 눈에 띄게 안심한 표정으로 차를 운전해 멀어져갔다. 주위엔 어느새 구경꾼 몇 명이 모여 있었다.

나는 생각했다.

'나는 오늘 죽을 수도 있었어.'

안도의 한숨을 내쉬며 다시 생각했다.

'만약 내가 오늘 죽어야 할 운명이었다고 해도 내가 좋아하는 뭔가를 하러 가는 도중이었으니 다행이야. 외부의 기준과 기대를 따르려고 애쓰다가 죽고 싶진 않아. 내 마음에서 간절히 원하는 것을 따르다 죽고 싶어.'

그러자 이상하게도 만족감이 느껴졌다.

이렇게 생각하니 이상한 징후들이 더해져 걸음걸이가 새삼 가벼워졌다. 가슴에선 차분한 기쁨과 고마움이 느껴지고, 손과 다리는 좀 전에 겪은 공포와 아드레날린의 분출로 인해 미세하게 떨렸다. 나는 가던 길을 계속 갔다. 지구라는 행성의 발리 섬 우붓에 있는 카페 땡스기빙으로 가서 요가 수련을 또 한 번 마쳤다.

38

아사나와 프라나야마 그리고 참선법

나는 발리로 오기 약 2년 전, 절에서 거의 한 시간 거리에 있는 요가 센터에서 요가 수업을 받기 시작했다. 내가 요가를 선택한 것은 몸을 유연하게 할 뿐 아니라 튼튼하고 건강하게 만든다는 평가가 있어서였다. 처음 몇 주간은 수련을 마치고 나면 완전히 나가떨어질 정도로 힘들었다. 팔다리가 떨리고 온몸이 욱신거렸다. 계단을 오르내리는 것도 힘들었다. 그럼에도 내 안의 무언가가 요가를 좋아했다.

어느 날 아침, 요가 센터에 앉아서 몸을 옆으로 비트는 어려운 자세를 취하려고 버둥대고 있었다. 그때 곁눈질로 발레리나 같은 체격의 강사가 조용히 내 뒤쪽으로 다가오는 모습이 보였다. 그녀가 내 뒤에 웅크려 앉았다.

그러고는 말없이 내 한쪽 손목을 잡더니 놀라운 힘으로 팔을 끌어당겼다. 그녀는 온 힘을 다해 내 두 손이 내 등 뒤에서 만나 맞잡을 수 있게 했다. 사실상 나를 바닥에서 들어 올린 거나 다름없었다. 그런 다음 여전히 내게 몸을 기울인 채 내 등 한가운데, 양쪽 어깨뼈 사이에 손바닥을 대고 호흡하라고 조용히 말했다. 그녀는 일부러 큰 소리를 내며 요가 호흡을 하기 시작했다. 내게 따라 하라는 신호였다. 나는 그녀를 따라 함께 호흡하면서 어려운 자세를 유지한 채 그런 식으로 숨 쉬는 것이 어떤 느낌인지 분명하게 이해했다.

요가 수행자가 자세를 취한 채 가만히 있을 땐 의식적으로 호흡을 조절하면서 주의를 내부로 돌려 몸의 여러 부위를 살피고 있는 것이다. 그 자세에 꼭 필요한 신체 부위만 적당한 수준의 긴장을 유지하고, 나머지 사용되지 않는 부분들은 긴장을 풀려고 하고 있는 것이다. 자신의 몸 안에서 일어나는 일을 점점 더 많이 지각하는 동시에 마음을 산만하게 하는 생각과 심상에서 벗어나고자 애쓰는 것이다.

그 결과 갈수록 더 미묘한 수준까지 몸이 실시간으로 느끼고 경험하는 것에 거의 완전히 몰입하게 된다. 이것을 '체화된 인지embodied awareness' 또는 '신체 내부로부터의 변화 경험'이라고 부르는데 대부분의 요가 수행자들은 이를 명상의 한 형태로 여긴다. 비록 몸은 요가 자세를 유지한 채 움직이지 않더라도 마음은 항상 더 깊이 더 섬세하게 그리고 더욱 포괄적인 차원의 자기 인식으로 들어가고자 시도하고 탐구하는 것이다.

내가 요가 자세를 유지하며 호흡을 마치자 강사는 내가 자세를 풀도록 부드럽게 안내했다. 그런 다음 일어서더니 방을 나갔다.

가슴 깊은 곳에서 따뜻한 감사의 마음이 일었다. 몹시 감동했고, 사실 놀랍기까지 했다. 이 경험이 왜 이렇게 가슴 깊이 와 닿았을까? 곧 그 이유를 알았다.

승려로 수십 년의 세월을 보냈음에도 누군가 시간을 내서 내 자세를 바로잡고 호흡을 가다듬어준 일은 그때가 처음이었다. 절에서 뭔가를 체계적으로 배운 적이 없다는 사실을 그 순간 깨달았다.

앞에서도 언급했듯이 이것이 당시 우리 절의 문화였다. 대략적인 소개 말고는 우리가 수행하는 많은 종교적인 과제들 중 어떤 것에 관해서도 추가로 지도를 받은 적이 없었다. 자세, 호흡, 정신 집중을 어떻게 하라는 가르침이나 다른 형태의 전문적이고 체계적인 훈련 역시 받은 적이 없었다.

이른 아침마다 요가 센터에서 수행을 계속하면서 든 생각은 참선 전문가가 되는 것에 그치지 않고 그것을 일반인들에게 가르쳐야 하는 선승이라면 참선 수행의 각 요소를 체계적으로 배우고 최소한 인간의 생리에 관한 기본적인 임상 지식을 갖추어야 한다는 것이었다.

그래서 이에 대한 기본적인 지식을 갖추기로 결심했다. 이것이 내가 실력을 인정받는 여러 요가 지도자들에게 정식으로 요가를 배우기 시작한 계기다. 절을 떠난 이후 발리와 인도로 향했던 이유도 이 때문이다. 나는 참선의 두 요소인 자세와 호흡에 관한 진정한 전문가가 되고 싶었다. 더 나이 들어서도 강도 높게 참선을 할 수 있도록 몸을 보호하고 튼튼하게 하는 방법을 가능한 많이 배우고 싶었다. 이러한 생각은 절을 떠나오기 전 허리를 다친 뒤로 훨씬 더 강해졌다.

나는 개인적인 경험을 통해 요가와 참선이 서로를 지지하고 더 강력하게 만든다는 느낌을 받았다. 그러나 서로 다른 역사를 가진 두 심신 수련법을 조화롭게 합치기 위해서는 먼저 요가와 참선 각각의 특징을 이해하는 것이 도움이 된다.

중국과 한국, 일본의 오래된 참선 문헌들은 대개 참선 수행의 육체적 측면에 대해서 그다지 상세한 정보를 제공하지 않는다. 참선 문헌들은 대부분 참선을 할 때 어떤 마음가짐을 가져야 하는지에 대해 선언하듯 간결하게 언급할 뿐이다.

그러나 실제로 해보면 대부분, 아니 거의 모든 참선 수행자들은 마음을 조절하는 일만큼 몸을 관리하는 일이 어렵다는 것을 알게 된다. 이러한 점은 나이가 들어갈수록 더욱 절감하게 된다. 그래서 이론상으론 참선 수행을 할 때 오로지 내적·정신적 참선에만 집중해야 하지만 현실에서 내가 만난 헌신적인 참선 수행자들은 모두 건강을 관리하는 자기만의 체계적인 방법을 개발했다. 그리고 그 방법엔 언제나 신체 운동과 같은 형태가 일부 포함된다.

고대 중국에서는 수세기 동안 참선 수행자들이 인체 내 기氣를 통제하기 위해 도교에서 유래한 운동법으로 수련했다. 마찬가지로 오늘날 한국에서 참선을 하는 스님들도 시간이 나면 조용히 산을 오르거나 법당에서 절을 한다. 기공이나 태극권 혹은 나처럼 요가를 하기도 한다. 요컨대 그들도 운동을 한다. 여기서 내가 말하고자 하는 건 참선 수행자들이 언제나 참선 외에 다른 수련도 해왔다는 점이다. 이러한 수련법은 대개 그 기원이 불교와 관련이 없지만 그들은 종교적인 이유에서뿐 아니라 신체 건강을 위해서 이를 활용한다.

그렇다면 요가의 이론과 실전 중 어떤 측면이 매일 꾸준히 참선을 하는 데 도움이 될 수 있을까? 아마도 당장 눈에 보이는 실질적인 도움을 주는 것은 '아사나'라고 하는 요가 자세일 것이다.

아사나가 다른 운동들과 다른 것은 몸을 쓰는 와중에 몸을 이완시키는 방법도 배운다는 점이다. 요가에선 근육을 사용하는 방법뿐 아니라 근육을 사용하지 않는 방법도 가르친다. 당장 사용하지 않아도 되는 근육이나 우리가 의식하지 못하는 사이에 긴장한 근육을 편안하게 이완시키는 법을 알면 신체 에너지를 아끼고, 불안과 신경증 그리고 강박적인 걱정과 같은 스트레스 증상을 완화하는 데도 많은 도움이 된다.

또한 아사나를 할 때 하는 요가 호흡법은 일반적으로 들이마시는 산소와 배출하는 이산화탄소와 노폐물의 양을 증가시킨다. 이것은 신체에 더 많은 에너지가 공급되는 동시에 독소는 더 많이 배출된다는 뜻이다.

마지막으로 요가 호흡은 패턴이 규칙적이고 힘이 있어서 상체 근육 표면이 죽 펴지고 손이 닿을 수 없는 근육 안쪽에서부터 마사지가 되는 효과가 있다. 또한 내장 기관까지 압박하고 마사지해서 더 많은 독소를 배출하고 건강하게 기능할 수 있게 해준다.

그러한 요가 호흡법이 몸을 뒤틀고, 굽히고, 구부리고, 팔다리를 벌리고, 감기도 하는 독특한 요가 자세와 결합하면 근육이 적절히 펴지고 운동이 될 뿐만 아니라 소화계와 순환계, 호르몬과 신경계 전체가 정화되고 재조정된다.

요가의 이런 혜택은 참선 수행을 하는 사람들, 특히 초보 수행자들에게 상당히 도움이 된다. 전통적인 가부좌 혹은 반가부좌 자세로 오래 앉아 있으면 몸이 경직되고 척추가 눌리기 쉽다. 게다가 엉덩이가 바깥쪽으로 지나치게 벌어진다. 이로 인해 허리가 약해지고 소화와 배변에도 안 좋은 영향을 끼친다. 또한 참선하는 스님들처럼 매일 오랜 시간 앉아 있으면 대개 시간이 지남에 따라 근육운동 부족으로 몸이 지치고 약해지는 것을 느끼게 된다. 결국 소화와 수면 패턴, 면역력에도 부정적인 영향을 끼친다.

아사나를 규칙적으로 꾸준히 하면 오래 앉아서 참선 수행을 할 때의 부작용을 덜어준다. 그뿐만 아니라 유연성이 부족해 전통적인 가부좌 자세로 단 몇 분도 버티지 못하는 초심자들의 경우 아사나로 유연성을 키우면 참선 자세가 한결 편해진다.

그러나 전통적인 요가에서 아사나보다 더 중요하게 여기는 것은 '프라나야마'라고 하는 호흡법이다. 전통을 따르는 사람들과 현대적인 사람들 모두 더 높은 수준의 명상을 가능하게 하는 것은 프라나야마를 통해 완벽하게 제어된 호흡법이라고 말한다.

참선 초보자에게 프라나야마가 확실히 도움이 되는 점은 세 가지다. 첫째, 프라나야마를 하면 복식 호흡만 할 때보다 호흡조절과 자각이 훨씬 많이 된다. 프라나야마는 놀라울 정도로 다양한 호흡법으로 이뤄진다. 콧구멍을 한쪽만 사용하기도 하고 양쪽 다 사용하기도 하며, 상체의 모든 부분을 효율적으로 이용한다. 아랫배와 윗배, 흉곽 아랫부분과 윗부분, 양쪽 옆구리와 등 아랫부분, 중간, 윗부분까지 골고루 이용한다. 호흡 패턴은 아주 빠른 호흡부터 길게 천천히 들이쉬고 내쉬는 호흡까지 다양하다. 숨을 들이마셔서 폐가 완전히 찼을 때, 숨을 내쉬어 폐가 완전히 비었을 때 각각 숨을 참는 경우도 많다. 그러한 다양한 방법을 통해 숨과 에너지를 신체의 특정 부위로 보내 다양한 효과를 낼 수 있도록 가르친다. 심신을 안정시키는 호흡, 심신을 깨우는 호흡, 심신을 정화하는 호흡, 심신에 활력을 불어넣는 호흡, 심신의 균형을 잡아주는 호흡 등 다양한 호흡법이 있다.

복식 호흡은 오로지 아랫배에만 집중하기 때문에 가슴 중간 부분과 윗부분은 약해지거나 경직될 수 있다는 지적을 간혹 받는다. 심장과 간 등 흉부 내부 기관이 부정적인 영향을 받을 수 있다는 것이다.

아사나를 하면 평소에 잘 쓰지 않는 근육이나 신체 부위를 움직여 혈액순환이 잘되게 하고, 프라나야마는 호흡기관이 완벽한 성능을 발휘하도록 도와준다고 알려져 있다. 따라서 참선 수행자들이 정기적으로 프라나야마를 훈련하면 건강에 도움을 받을 수 있을 뿐만 아니라 다시 복식 호흡을 할 때 호흡이 제어가 잘되고, 의식도 훨씬 예리하고 정확해진 것을 느낄 것이다.

프라나야마의 두 번째 좋은 점은 긍정적인 심리 치료 효과다. 참선 수행을 시작한 사람이 참선을 하다 보면 무의식 깊숙이 묻혀 있어서 의식하지 못했던 생각과 감정들이 드러난다. 고통스러운 옛 기억이 되살아나거나 갑자기 어느 한쪽으로 너무 치우친 감정에 휩싸이는 경험을 할 수도 있다. 분노와 두려움, 적개심, 우울, 불안, 현기증을 느끼기도 하고 과도한 기쁨과 애정을 경험하기도 한다. 강박적인 생각이나 충동이 끊임없이 밀려들기도 한다. 초보자는 그러한 상황에서 오랫동안 앉아서 "이뭣고?" 하며 집중하기가 대단히 어렵다. 프라나야마는 그러한 생각과 감정을 처리해 없애고 심신을 안정적이고 중심이 잡힌 상태로 되돌리는 효과적인 방법이다.

프라나야마의 세 번째 좋은 점은 종교적 헌신을 요구하지 않는다는 것이다. 즉 특정한 종교 교리를 믿으라거나 종교 단체에 가입하라고 요구하지 않는다. 어떠한 종교에도 관심이 없는 사람, 심지어 모든 종교를 거부하는 사람도 프라나야마의 혜택을 누릴 수 있다. 프라나야마는 철저히 치료 목적으로 사용될 수 있다.

　프라나야마의 심리치료 효과와 더불어 그것을 종교와 무관하게 철저히 임상 차원에서 적용해볼 수 있다는 점은 초보자들에게 매우 중요하다. 참선이나 선불교 사원을 처음 찾는 사람들은 거의 대부분 정서적으로 무거운 짐을 지고 오기 때문이다. 사실 대부분의 현대인은 개인적인 불행이나 고통을 덜기 위해 온갖 시도를 다 해보고도 해결이 안 될 때, 그런 다음에도 한참 후에야 최후의 수단으로 참선을 배우거나 절에 가는 방법을 고려한다.

　그렇게 개인적인 문제로 버겁고 괴로운 감정에 마음이 무거워진 사람들은 정서적 에너지나 정신적 안정감이 부족해 참선에 효과적으로 집중하지 못한다. 그들에게 작은 방석 위에 가만히 앉아서 머릿속으로 "이뭣고?"를 반복하라고 하면 매우 어렵거나 불가능하다고 할 것이다. 더 심한 경우 역효과만 불러온다고 느낄 것이다. "이뭣고?"에 대해 생각하는 것이 어떻게 도움이 될 수 있는지 직관적으로 이해하지 못하니 대개는 얼마 안 있어 포기하고 그저 하는 척만 하게 된다. 한 자세로 앉아 있어야 하는 육체적 불편함과 지루함을 잠자코 견디는 것이다.

　그러니 전략적으로 보면 참선을 처음 하는 사람들은 우선 프라나야마 호흡법을 이용해 마음을 안정시키고, 머리를 깨워 맑게 하는 것이 훨씬 더 효과적이다. 그러고 나면 정서적으로 거짓 없이 성실하게 참선을 시도할 만반의 준비가 갖춰질 것이다. 이때 참선을 더 잘 이해할 수 있고 더 쉽게 이용할 수 있겠다는 생각이 든다.

마지막으로, 프라나야마를 참선에 접목할 생각이라면 머리 위에 있는 크라운 차크라까지 프라나를 끌어올리는 이른바 '쿤달리니' 방식은 피하라고 권하고 싶다. 만약 프라나야마를 배우기로 결정하면 우선 자격을 갖춘 강사를 찾는 것이 중요하다. 그런데 그게 쉽지 않다. 안타깝게도 프라나야마가 아직 대중화되지 않았기 때문이다.

하지만 시도해볼 만한 가치는 있으며 만약에 그런 강사를 발견한다면 두 번째로 중요한 것이 있다. 그 강사에게 원래는 참선 수행을 하는데 신체 건강을 위해 프라나야마를 배우고 싶다고, 쿤달리니를 원하는게 아니라고 꼭 말해야 한다. 그 말을 들으면 강사가 당신을 가르치겠다고 할 수도 있고 거부할 수도 있다. 하지만 스스로 선택한 참선법에 대해 솔직해야 한다.

앞으로 절 안에서든 절 밖에서든 참선을 할 사람들은 참선 수행을 뒷받침하는 하나의 방법으로서 아사나와 프라나야마를 배울 기회가 있으면 좋겠다. 참선을 하는 사람들이 전부 요가의 지도 방식을 좋아하지는 않을 것이고 반드시 그래야 하는 것도 아니지만 참선이라는 고된 여정에 도움이 되는 요령과 방법을 알 권리가 있다고 생각한다.

39

나는 당신을 위해 노래하네

발리에서의 두 번째 달에는 요가 반Yoga Barn이라는 곳에서 요가 지도자 과정에 참여했다. 기본적으로 이 요가 지도자 과정을 마치면 요가 강사 자격이 주어진다. 전 세계적으로 장차 요가로 성공하고 싶은 이들에게 꽤 인기가 있는 이 과정은 아널드와 데니스라는 두 선생님이 이끌고 있었다.

나는 직업에 대한 예의로 과정 초반에 아널드와 데니스에게 내가 예전에 '환산 스님'이었다고 밝혔다. 하지만 이제 그 신분은 물론 그에 따른 모든 짐을 벗었다고 설명했다. 그들은 고맙게도 내가 절을 떠나온 것을 용기 있는 모험으로 여기고 내가 스님이었다는 사실을 비밀로 해주겠다고 했다. 지도자 과정이 진행되는 동안 데니스는 이따금씩 나와 짧게 대화를 나누곤 했다. 아마도 내가 어떻게 지내고 있는지 살피기 위해서였을 것이다. 나는 데니스와 아널드 둘 다 새로운 사람으로 변하고자 하는 나의 노력을 진심으로 지지하고 있다고 느꼈다.

이 지도자 과정에는 전 세계에서 온 약 25명의 학생들이 있었는데, 20대에서 60대까지 연령대가 다양했다.

다정하고 성숙한 사람들이 모여 있음에도 불구하고 나는 늘 그래왔듯 사람들과 일정한 거리를 두었다. 금세 친밀한 유대관계를 형성하는 듯한 그들을 보면 때로는 이렇게 주변 사람들과 동떨어져 지내는 것이 옳은 일인가 하는 의구심이 들기도 했다. 지나고 생각해보니 여러 지역을 돌아다니며 다양한 사람들을 만나는 동안 늘 '정상적이고 건강한 사람'인 척 노력했지만 사람들과 어울리기까지는 6개월의 시간이 걸렸다. 그런 다음에도 정말로 편하게 지내지는 못했다.

이것은 불행한 일이었다. 여행을 오래 할수록 사람들이 정말로 꽃을 피우는 부분은 인간관계에 있다는 사실을 더욱 실감했기 때문이다. 혼자서 성취할 수 있다고 생각하는 것이 무엇이든 사람들은 서로 돕고 협력하는 관계일 때 훨씬 더 많은 것을 이루어낼 수 있다. 그런데 나는 지난 몇 년 동안 모든 일을 혼자 하는 것에 익숙해져 있었다. 어디를 가든 사람들이 나를 이해해주길 기대하지 않았고 이해해달라고 요구하지도 않았다. 특히 한국을 떠나 승복을 벗은 뒤에는 내 주변에 나에 대해 궁금해 하거나 나를 더 잘 알고 싶어 하는 사람들이 있다는 사실을 알게 될 때마다 놀라곤 한다.

하루는 아널드와 데니스가 이렇게 말했다.

"오늘 밤 '소리 치유 시간'에 참석해야 해요."

소리 치유는 대개 수정 그릇이나 다른 악기를 사용하여 치유가 되는 음색이나 멜로디를 만들어내는 것을 말한다. 솔직히 나는 '소리 치유'

가 쓸데없는 뉴에이지의 한 형태라고 생각했다. 그런 것을 감상하는 척하며 시간을 허비해야 하는 것에 약간 짜증이 났다. 그랬다. 나는 아직도 경험 많은 종교 지도자의 오만함을 품고 있었다. 정신 수행을 하는데 무엇이 효과가 있고 무엇이 효과가 없는지 다 안다고 생각했다. 내인생 전반에 걸쳐 단 한 가지 방식으로만 훈련받았으며, 그렇게 오래수행하고도 참선의 궁극적인 목표를 달성하지 못했음에도 불구하고그랬다. 실패한 사람들이 성공한 사람들보다 더 오만한 경우가 많다. 실제보다 더 많이 아는 것처럼 행동하는 것이 내면의 당혹감과 죄책감을 감추는 데 도움이 되기 때문인 것 같다.

소리 치유사들은 젊고 날씬한 인도네시아 커플로 둘 다 전통 의상을화려하게 차려입고 있었다. 요가 지도자 과정에 사용하려고 예약한 휑한 스튜디오 한가운데에 다양한 악기와 양초, 향, 다른 자질구레한 소품들을 펼쳐놓고 약간 만다라 모양의 제단처럼 꾸몄다.

우리는 그들의 지시에 따라 제단처럼 꾸며놓은 소품들을 중심으로바퀴살 모양으로 매트를 깔아 원형이 되게 만들었다. 그런 다음 각자의머리가 모두 가운데로 향하도록 매트 위에 누워 담요를 덮었다. 불이꺼지고 향에 불이 켜졌다. 소리 치유사들은 이제 눈을 감고 긴장을 풀라고 했다. 아니면 명상을 하든지.

그들은 전통 북과 셰이커(자갈이나 모래, 콩 등을 조롱박이나 금속제의관에 넣고 흔들어 소리를 내는 타악기), 현악기 그리고 뿔피리 등을 함께연주하기 시작했다. 그 음악 자체가 하나의 의식 같았다. 나른한 리듬에 간간이 북소리가 나는 것이 아메리카 원주민들의 음악이 연상되기도 했다. 생소하면서도 친숙하게 들렸다. 그런데 그 북소리가 내 심장을 뛰게 했다. 왜 그랬는지 모르겠다. 그렇게 큰 소리도 아니었다. 마치 소리의 파동이 내 심장에 직접적으로 영향을 주는 것 같았다. 그리고 어찌된 일인지 뿔피리 소리가 내 피부로 스며들기 시작했다. 오랜만에 라이브 음악을 들은 터라 너무 예민해진 탓이라고 생각하면서 머리를 살짝 흔들었다.

소리 치유사들은 북을 치거나 악기를 흔들며 제단 주변을 둥그렇게 걸었다. 마치 누워 있는 우리 한 사람 한 사람에게 음악으로 된 약을 주는 것 같았다. 악기 소리가 얼마나 크고 날카로운지 놀라울 지경이었다. 가슴과 배의 모든 장기와 근육 그리고 혈관이 부들부들 떨리고 자루에 든 뱀처럼 꿈틀대기 시작했다. 뭔가 심상치 않은 일이 벌어지기 시작했음을 직감했다.

이윽고 여자 치유사가 노래를 부르기 시작했다. 계속 둥글게 돌면서 우리 한 사람 한 사람에게 소리로 빔을 쏘듯이 노래했다. 그 노래는 일반적인 노래 같지 않았다. 반복되는 가락이 아름다웠지만 그다지 음악적이지는 않았다. 마음대로 진동수를 변조시킬 수 있는 소리굽쇠 같았다.

노래하는 여자 치유사가 머리 위로 지나갈 때면 그 목소리가 마치 항구의 탐조등이나 표시등처럼 우리를 뚫고 지나갔다. 머리 꼭대기와 양쪽 어깨에서 목소리의 물리적 영향이 느껴졌다. 파이프라인과 같은 그녀의 목구멍에서 끊이지 않는 진동이 쏟아져 나왔다.

머리 위가 얼얼해지는 느낌이었다. 눈이 촉촉해졌다. '이건 진짜다.' 머릿속에서 어떤 목소리가 이렇게 속삭였고, 눈가에 따뜻한 눈물이 맺

히기 시작했다. 왜 나는 내 자존심과 내 생각에 계속 매달리는 것일까? 그것들은 나를 고통스럽게 할 뿐인데. 슬프고 보잘것없는 인생에서 단 한 순간도 우리를 포기하지 않고 언제나 우리 한 사람 한 사람을 감싸고 스며드는 마법을 보지 못하게 눈을 가릴 뿐인데 말이다.

온몸이 무너지고 분해되고 있었다. 온몸이 원자구름처럼 떨리고 일렁이기 시작했다. 흐릿한 얼룩이 되어 일렁이는 것 같은 심장에 열기가 더해지는 느낌이 들었다. 심장이 있어야 할 공간에 마른 흙덩어리 같은 작은 파편들이 있는 것처럼 느껴졌다. 파편들이 진동을 느끼고 갈라지다 먼지 구름을 일으키며 폭발하는 것 같았다. 마치 고깃덩어리를 꽁꽁 싸매듯 내 심장을 옥죄고 있던 가는 철사들이 풀려 벗겨지는 듯한 느낌이었다. 철사들이 툭툭 끊겨 녹아 없어지는 것 같았다. 눈물처럼 따스한 열기가 가슴 전체로 확 번졌다.

전에는 한쪽으로 치우치게 쌓은 공과 두껍고 뻣뻣한 가죽들을 눌러놓은 것 같았던 몸통의 장기와 조직들이 부드럽게 분리되는 것 같았다. 몸 안에 터널과 통로들이 생겨서 마치 넘쳐흐르는 강물처럼 전에는 갈 수 없었던 곳까지 구석구석 피가 흘러 새로 열린 모퉁이와 틈새까지 흠뻑 적시는 기분이었다.

그러고 나자 소리로 분해하는 과정이 원자보다 작은 아원자 수준으로 넘어가는 느낌이 들었다. 내 몸의 원자들이 뿔뿔이 흩어져 구름처럼 맴돌며 진동하는 것 같았다. 거친 삶에 흔들리고 치여서 지치고 망가진 몸이 다시 제대로 조립되기 위해 완전히 분해되는 것 같았다. 눈에 보이지 않지만 우리 몸의 모든 원자와 세포의 올바른 위치를 나타내는 청사진이 있다. 이렇게 생생하게 의식이 살아 있는 내 몸의 조각들은 올바른 위치로 돌아가기 위해 일시적으로 분해된 것이다. 우리 몸에도 지능과 의식이 있어 진정한 모습을 되찾고 싶어 한다.

소리 치유사의 목소리와 악기의 진동이 최고조에 이르자 전류가 흐르는 것처럼 느껴졌다. 무한한 공간이 되어버린 내 몸을 통해 파도와 물결처럼 열기가 흐르는 것 같았다. 그녀가 지나갈 때마다 내 호흡의 흐름이 더 자유로워지는 동시에 조절이 더 잘되는 느낌이 들었다. 호흡이 마침내 저 위에 드리운 하늘만큼 고요하고 평화로워졌다. 힘들이지 않고도 쉼 없이 흐르는 강물처럼 편안해졌다.

소리 치유 시간이 끝나자 나는 재빨리 눈물을 훔쳤다. 사우나에서 빠져나온 듯 땀범벅이었다. 하지만 몸은 상쾌하고 가벼웠다.

인간의 목소리로 수술과 같은 효과를 낼 수 있다는 것을 누가 알았을까? 알고 보니 나만 빼고 다른 사람들은 다 알고 있는 듯했다. 그러나 안경을 쓴 외과의사가 마스크를 쓰고 장갑 낀 손으로 의식을 잃고 수동적으로 누워 있는 환자를 대하는 그런 수술이 아니었다. 소리 치유는 가슴으로 하는 것이었다. 소리 치유사의 가슴, 노래하는 사람의 마음으로 하는 것이었다. 나는 의식이 진행되는 내내 그녀의 감정을 느낄 수 있었다. 그녀의 슬프고 고통스러운 삶의 이야기가 노래가 되고, 가사 없는 그 노래는 약이 되었다.

그녀에게서 느낀 비통함과 슬픔에 놀라지는 않았다. 치유를 해주는 모든 사람에겐 아픔이 있다. 어쨌거나 우리는 자신의 고통과 슬픔을 통해 공감과 연민을 배운다. 세상의 모든 불행이 사라지기를 바라게 되는 것도 자신의 불행을 통해서다.

치유 노래를 통해 치유받기를 원한다면 자신을 변화시키려는 진정한 의지와 함께 변명을 멈추고 자신의 마음과 머리, 몸속의 병에 맞설 용기부터 내면에 꽃피워야 한다. 소리 치유가 마법처럼 보이고 정말로 마법처럼 느껴질 수도 있지만 결코 마법이 아니다. 그것도 사람이 하는 일이다. 협력이 필요한 일이 늘 그렇듯 진정한 성장이 이루어지려면 기도하려고 맞잡은 두 손처럼 진심과 진심이 만나야 한다. 왜냐하면 모든 것이 현실이고, 우리 말고는 아무도 없기 때문이다.

40

짐을 내려놓아라

요가 지도자 과정 마지막 주에 생생한 꿈을 꾸었다. 꿈에서 나는 또 다른 요가와 프라나야마 프로그램에 참가하기 위해 인도에 도착해 있었다. 함께 모인 참석자들은 대부분 마르고 유행에 밝은 유럽 사람들이었다.

방을 배정받고 미로처럼 끝없이 이어지는 복도와 계단을 지나 방에 도착해보니 내 짐이 보이지 않았다. 문득 불안감이 밀려왔다. 그때 뚱뚱하고 턱수염을 기른 한 외국인이 다소 무례하게 방 배정이 바뀌었다고 알려주었다. 나는 짜증이 난 상태로 그에게 새 방으로 안내해달라고 부탁했다. 그러나 새로 배정된 방에도 내 짐은 없었다. 여행할 때 어디든 가지고 다니는 노트북이 든 배낭과 캐리어가 사라진 것이다. 그런데도 관리자들은 나를 도울 생각이 없어 보였다.

"내 짐이 어디로 갔을까요? 누구랑 얘기해야 하죠?"

나는 점점 화가 나서 물었다.

뚱뚱하고 턱수염을 기른 안내자는 그저 어깨를 으쓱할 뿐 고집스럽게 내 눈길을 피했다.

내 불안감은 분노로 바뀌었다. 결국 다른 관리자와 함께 커다란 방에 가보니 높디높은 천장 아래로 오래된 목재 캐비닛이 벽을 따라 늘어서 있었다. 수십 명이 들어갈 수 있는 큰 방이었는데, 희한하게도 거기에 젊은 한국인 남녀 몇 명이 구석에 앉아 컵라면을 먹고 있었다.

놀라서 처다보는 한국인 젊은이들에게 나는 자포자기의 심정으로 말했다.

"제 짐이 사라졌어요. 미안하지만 저를 좀 도와줄 수 있을까요?"

그들이 서로 눈빛을 주고받기에 그냥 무시하고 계속 라면을 먹을 줄 알았다. 그런데 그중 몸이 마른 청년이 일어나 벽을 따라 서 있는 캐비닛으로 나를 안내하더니 그중 하나의 문을 열었다. 캐비닛에는 여러 종류의 캐리어와 배낭, 더플 백, 여행가방, 이민가방 등 상상할 수 있는 온갖 종류의 가방이 가득했다. 내가 그중 하나를 잡아당기자 순간 눈사태가 난 것처럼 가방들이 바닥으로 쏟아졌다. 바닥에 흩어진 것들과 캐비닛에 남은 몇 개의 가방을 살펴보았지만 내 것은 없었다.

나는 몹시 골이 난 어린애처럼 고개를 뒤로 젖히고 절망감에 소리를 질렀다. 난생처음 비명을 지르며 잠에서 깼다. 다시 우붓이었다. 분노와 두려움 그리고 당혹감이 채 가시지 않아 심장이 쿵쾅거렸다.

아직도 나는 의아했다. 왜 짐을 잃어버렸다는 생각이 나를 그토록 분노와 공포로 몰아갔을까? 내 심장은 꿈에서 느낀 감정들로 여전히 떨리고 있었다. 절을 떠나온 뒤로 내 유일한 동반자인 믿음직한 휴대전화를 집어 들었다. 짐을 잃어버리는 꿈이 어떤 의미를 갖는지 구글에서 검색했다.

검색된 답변이 너무나 명쾌해서 나는 큰 소리로 웃었다. 짐을 잃어버리는 꿈은 길몽이라고 했다. 무의식의 깊은 곳에서 과거를 내려놓으라고 보내는 신호였다. 과거의 집착과 습관이라는 짐을 내려놓으라는 의미였다.

그 순간 나는 더 이상 내가 누구인지 알지 못한다는 것을 깨달았다. 나는 오래전 송담 스님을 찾아다녔던 그 수줍고 혼란에 가득 차 있던 젊은이가 아니었다. 한국의 불교 사찰 문화에 적응하려고 애쓰던 한국계 미국인 스님도 아니었다. 15년 가까이 송담 스님의 시자로서 그를 맹목적으로 숭배하던 충직한 제자도 아니었다. 텔레비전에 출연하는 등 7년 동안 참선을 가르쳤던 환산 스님은 확실히 아니었다.

나는 내가 누구인지 전혀 알지 못했다. 여행에서 만난 사람들과 이야기를 나눌 때면 매번 혼란스러웠던 이유도 내가 누구인지 몰라서였다. 그들에게 나를 소개할 때 어떤 이름을 말해야 할지 몰랐다. 누군가 내게 직업이 뭐냐고 물을 때도 뭐라 답해야 할지 몰랐다.

살아가는 과정에서 우리는 모두 한 정체성에서 다른 정체성으로, 한 역할에서 또 다른 역할로 이행하게 된다. 아이에서 어른으로, 아들이나 딸에서 학생으로, 직원으로, 남편이나 아내로, 아버지나 어머니로. 우리는 성장하고 노화해가면서 스스로 하나의 모습에서 다른 모습으로 변해간다. 지난 수십 년 동안 내가 어떤 사람이었든 그건 이제 꿈에서 사라진 내 여행가방처럼 완전히 사라져버렸다는 것을 깨달았다.

순간 찌르는 듯한 수치심을 느꼈다. 어떻게 이 나이에 자신이 누구인

나는 누구인가?
인간 존재의 본질은 무엇인가?
인생의 의미는 무엇인가?
죽고 나면 내겐 무슨 일이 벌어질까?
결국 인간이란 무엇인가?

지 모를 수가 있을까? 이건 완전히 실패했다는 뜻 아닐까? 나는 아들, 형제, 친구, 사회 구성원, 승려 그리고 한 인간으로서도 완전히 실패한 것이 아닐까? 다 자란 어른이 거울을 보면서 거울에 비친 자신이 누구인지 모른다면 진짜 한심한 일이 아닐까?

그러나 이내 이건 부끄러워 할 일이 아니라는 생각이 들었다. 전혀 그럴 게 아니었다. 그 생각에 너무나 해방감을 느낀 나는 정말로 가슴이 벅차고 눈물이 났다. 그리고 오래전 이 모든 일을 시작하게 만든 그 질문으로 돌아갔다는 걸 알았다.

나는 누구인가?

인간 존재의 본질은 무엇인가?

인생의 의미는 무엇인가?

죽고 나면 내겐 무슨 일이 벌어질까?

결국 인간이란 무엇인가?

인간의 존재에 관한 가장 기본적이고 보편적인 이 질문들에서 30년 전과 똑같은 절박함과 순수함이 느껴졌다. 깨달음을 얻었다는 한 남자를 만나기 위해 한국에 갈 꿈을 꾸기 시작한 젊은 대학생과 비슷한 느낌을 아주 오랜만에 경험했다. 젊은 시절의 순진함과 호기심의 불꽃이 노화와 조직 생활이라는 현실에 완전히 짓밟히지는 않은 것이다.

그때 깨달았다. 생과 사에 관한 중요한 질문인 화두는 송담 스님을 만나기 전에도 언제나 내 가슴속에 자리하고 있었다는 사실을. 그 화두는 이 책을 읽는 여러분의 가슴에도 있을 것이다.

그것은 본질적으로 그리고 원초적으로 무언無言의 질문이다.

> 지구라는 행성에서 삶의 혼란스러움을 이해하게 해줄 그 어떤 설명
> 에 대한 고통스러운 갈망.
> 뭔가 정말 중요한 것을 잊은 듯한, 기억상실증에 걸린 것 같은 느낌.
> 또는 어떤 끔찍한 상실감에 안타까워하고 슬퍼하는 느낌.
> 하지만 잃어버린 것이 정확히 무엇인지 기억하지 못하는 답답함.
> 어디를 가든 아무리 친숙한 곳이어도 낯선 나라에 온 듯한 느낌을
> 주는 일종의 그리움.

볼 수 있는 눈을 가졌지만 볼 수 없고, 뇌는 작동하지만 아무것도 제대로 이해할 수 없으며, 어떤 것도 확실히 알 수 없는 이런 이상한 무지의 상태가 말 그대로 자기 자신을 미치게 할 것이라는 괴롭고 절망적인 의심.

불교나 다른 종교의 가르침을 만나기 전에도 우리의 가슴에는 이미 화두가 존재하고 있었다. 실제로 어떤 불교 스승은 화두를 주지 않고 참선하는 법도 가르쳐 주지 않는다. 언제나 가슴속에 남아 우리를 괴롭히는 그 지독한 질문을 표현하기 위한 몇 마디 말을 던질 뿐이다. 나머지는 각자 하기 나름이다.

"이뭣고?"

내가 정말 아무것도 모른다는 사실을 깨달으니 이상하게 해방감이 느껴졌다. 다시 시작점으로 돌아가는 길을 찾은 것만 같았다.

구글이 친절하게 조언해준 대로 이제 자유롭게 과거의 짐을 내려놓

을 때라고 느꼈다. 나는 이제 종교도 없고 누구의 제자도 아니었다.

이제 아무에게도 속하지 않았다. 나를 얽매는 건 과거의 습관뿐이었다. 습관적인 생각과 감정, 그리고 행동. 가슴이 내게 당장 내려놓고 잊어버리라고 말하는 그 짐은 바로 나였던 모든 것이었다.

송담 스님의 초기 법문에 이런 가르침이 있다.

"이 세상에 태어나지 않은 셈치고 수행하라."

스님은 "곧 죽을 것처럼 수행하라"고 말씀하시지 않았다.

또한 "삶이 끝난 것처럼 수행하라"고 하지도 않으셨다.

"이 세상에 태어나지 않은 것처럼 수행하라."

이렇게 말씀하셨다.

우리의 삶, 우리가 지금까지 알았던 혹은 경험했던 모든 것이 진짜가 아니었던 것처럼 수행하라. 우리를 둘러싼 세상, 우리가 아는 유일한 세상이 진짜가 아닌 것처럼 수행하라. 오랫동안 머물러 살아온 이 몸이 우리의 진짜 육신이 아닌 것처럼 수행하라.

모든 것이 환상인 것처럼 수행하라.

나는 스님의 말씀을 떠올리며 이제 모두 잊어버릴 때가 되었다는 것을 깨달았다. 승려가 되기 전에 미국에서 살았던 삶, 한국에서 환산 스님으로 지냈던 삶, 내가 알고 있거나 믿었던 모든 것을 잊어야 했다. 스스로에 대해 자랑스러워하는 것, 그동안의 업적, 재능, 자질도 다 잊어야 했다. 또한 부끄럽게 여기는 것, 실패했거나 잘하지 못한다고 생각하는 것들도 잊어야 했다. 세상이 다시 새롭고 낯설게 보일 때까지 전에 중요하다고 생각했던 모든 것을 잊어야 했다. 보고 알고 존재하고 자 하는 욕구만 남을 때까지 모든 것을 잊어야 했다.

　나는 일어나서 우붓에 있는 내 작은 방의 창 커튼을 한쪽으로 걷었 다. 하늘과 대기, 아름다운 꽃나무와 지나가는 모든 사람들이 은빛으로 빛나고 있었다.

41

사치타난다

자정이 조금 지난 시각 인도 벵갈루루Bengaluru의 켐페고우다 Kempegowda 국제공항에 도착했다. 택시를 타고 몇 시간을 더 달렸다. 밤공기가 시원하고 축축했다. 도시의 텅 빈 거리들이 적막하다 못해 황폐해 보였다. 인도에 온 건 이번이 두 번째였다.

거의 20년 전에 인도 남부의 유명한 아쉬람에서 여러 달 혼자 머물며 참선을 한 적이 있다. 지금도 그때를 아름다운 추억으로 기억하고 있다. 아쉬람의 많은 복도와 오솔길을 거닐다 보면 마치 안개 속을 걷고, 이슬비를 맞으며 걷는 느낌이었다. 묵직한 공기에서 사랑과 헌신이 느껴졌다. 나중에는 내 옷과 피부마저도 사람들의 감정에 푹 젖는 느낌이었다. 인도에서 또다시 그런 사랑을 느낄 수 있을 거라 기대하지 않았다. 아니, 어쩌면 그러기를 바라고 온 건지도 모른다.

해가 뜨기 한두 시간 전에 마이소르에 도착했다. 택시가 작은 집 앞에 멈추자 온라인으로 예약한 방을 안내해줄 중개업자 프라딥이 기다리고 있었다. 아직 어두운데도 그곳이 교외의 꽤 멋진 동네라는 것을 알 수 있었다. 실제로 처음 만난 프라딥은 상냥하고 온화한 분위기에 키가 크고 마른 청년이었다. 그가 옥상에 위치한 방으로 나를 안내했다. 예상했던 것보다 훨씬 작은 방이었다. 작은 싱크대와 분젠버너 레인지가 있는 부엌은 한 사람이 겨우 설 만큼 좁았다. 침대는 기본적으로 낮은 나무판 위에 얇은 매트리스를 얹어놓은 것이었다. 그러나 벽이 새로 칠을 한 듯 깔끔한 청색이라서 시원하고 밝은 분위기가 났다. 벽에는 전구가 많아서 이번 여행에서 처음으로 밤에도 어두울 것 같지 않은 숙소였다. 내 소박한 예산에 걸맞은 그곳을 나는 한 달 정도 집이라고 부르기로 했다. 프라딥에게 잔금을 지불한 후 셔츠를 담요 삼아 삐걱거리는 낮은 침대에서 곧바로 잠이 들었다.

마이소르는 인구 100만 명이 채 안 되는 작은 도시로 나 같은 요가 수행자가 아닌 대부분의 여행자들에게는 별로 특별할 게 없는 곳이다.

하지만 마이소르에는 요가 외에도 배울 수 있는 것들이 많다. 마이소르 내에 위치한 고쿨람Gokulam 지구의 모든 거리와 도로에서 산스크리트어, 만트라 암송, 베다 철학, 명상, 아유르베다 마사지, 인도 전통 춤 등을 주제로 강좌를 제공한다는 광고를 볼 수 있다. 비록 발리의 우붓만큼 최신 유행이거나 고급스럽지는 않지만 나처럼 인도의 종교 문화를 사랑하는 이들에게 교육의 기회가 많은 건 비슷했다.

하지만 우선은 차이타냐라는 젊은 강사가 하는 수업에 등록했다. 한 수업에 14명만 받는다는 점이 가장 매력적으로 느껴졌다. 그는 날로 유명해지고 있었기 때문에 더 많은 학생을 받으려고 하면 쉽게 그럴 수 있었을 테지만 그럴 경우 학생 한 명 한 명에게 제대로 관심을 줄 수 없을 거라고 생각하는 게 분명했다. 나는 그가 맹목적으로 규모를 확장하지 않고 사실상 그것에 저항하고 있다는 사실이 마음에 들었다.

차이타냐의 요가 샬라는 삼륜차와 스쿠터들이 끊임없이 다니는 고쿨람의 번잡한 중심도로에서 벗어나 나무가 기다랗게 늘어선 평화로운 길가에 자리하고 있었다. 곁에서 보면 요가 센터라기보다는 2층짜리 예쁜 주택 같았다.

차이타냐는 키가 크고 체격이 좋은 40대 인도 남자였다. 목소리는 굵었다. 티셔츠에 운동복 바지를 입고 있으니 요가 스승이 아니라 스포츠 코치처럼 보였다. '에너지'나 '명상 상태'보다 신체를 이용한 기술과 연습을 거르지 않는 것이 중요하다는 점 그리고 아사나 자세를 강조하는 모습 또한 피트니스 트레이너 같았다.

요가 샬라는 2층에 있었지만 어둡고 이른 새벽 시간에 아침 수련을 시작할 때면, 차갑고 축축한 콘크리트 바닥과 발목 주변에서 윙윙거리는 모기들 때문에 지하실처럼 느껴졌다. 마이소르의 다른 요가 샬라들과 달리 차이타냐는 수강생들에게 같은 시간에 모이라고 했다. 그렇게 다 같이 모이면 무릎을 꿇고 앉아 긴 노래를 따라 불렀다. 차이타냐는 아름답게 기도하는 목소리를 가졌다. 그의 노래를 들으면 차이타냐가 얼마나 종교적인 사람인지가 느껴졌다. 그는 착실하고 보수적인 사람이었지만 다른 사람들에게 자신의 종교적 또는 도덕적 견해를 강요하지 않았다. 그것은 확실히 탁월한 점이었다.

차이타냐 밑에서 수련하는 과정은 육체적으로 힘들었다. 당시 나는 2년 가까이 요가 수련을 해왔음에도 차이타냐는 내게 처음부터 다시 시작하라고 했다. 그는 내가 이미 익숙하게 해낼 수 있는 시퀀스의 절반만 하게 했다. 그리고 내가 동작을 할 때마다 계속 다가와 거의 모든 자세를 고쳐주었다. 차이타냐가 고쳐준 자세를 하려면 더 많은 힘과 유연성이 필요했다. 그는 내게 완벽한 자세를 기대하는 게 아니었다. 그가 내게 원한 건 두 가지였던 것 같다. 첫째, 그는 아사나 자세가 어떤 모습이어야 하는지를 몸으로 이해할 뿐 아니라 그 자세를 제대로 취했을 때의 느낌까지도 알기를 바랐다. 둘째는, 어떤 자세를 몸으로 완벽하게 구현할 수 있느냐와 관계없이 어중간하게 하다 마는 것이 아니라 끝까지 노력하기를 기대했다.

만약에 정말로 몸이 너무 뻣뻣하거나 나약하거나 또는 서툴러서 아사나를 시도조차 하지 못할 때는 소위 '변형'이라고 불리는 자세를 가르쳐주었다. 이것은 본래 자세보다 강도가 약한 버전으로서 완전한 자세에 이르기 위한 일종의 중간 역할을 했다.

매일 아침 4시쯤 일어나 크리야로 정화를 하고, 어둑어둑한 길을 따라 차이타냐의 샬라까지 500미터 정도 걸어가는 과정은 즐거웠다.

거의 3주가 지나자 차이타냐는 내게 이제 전체 시퀀스를 다 해도 좋다고 허락했다. 하지만 그는 시퀀스를 절반만 할 때와 똑같은 수준의 정확도와 노력을 요구했다. 이 얘기는 내가 거의 두 배로 열심히 해야 한다는 뜻이었다. 해야 할 동작들을 절반쯤 하고 나니 이미 그날 쓸 수 있는 에너지의 90퍼센트를 써버린 것 같은 기분이 들었다. 나머지 절반을 시작하자 침묵이 흘렀다. 들리는 것이라곤 숨소리뿐이었다. 숨소리의 패턴이 일정했다. 온몸에 강물처럼 땀이 흘렀다. 빨갛게 달아오른 쇳덩어리처럼 내 살과 뼈의 깊은 곳에서 끝없이 열기가 뿜어져 나왔다.

한 자세에서 다른 자세로 움직일 때마다 팔다리가 무겁게 느껴졌다. 마침내 시퀀스의 마지막 아사나인 이른바 '시체 자세'라고 불리는 사바사나savasana를 하기 위해 바닥에 등을 대고 누웠다. 눈은 감았지만 잠들지 않았다. 깨어 있지도 않았지만 꿈을 꾸지도 않았다.

마침내 나는 천천히 일어나 앉아서 요가 매트를 말았다. 그러고는 차이타냐에게 고개 숙여 인사하고 누워 있는 다른 학생들 옆을 조용히 지나 밖으로 나왔다.

길가에 서서 주위를 둘러보았다. 아름다운 나무 위에서 나뭇잎이 반짝였다. 회색 원숭이가 길 건너편 집 지붕에 앉아 있었다. 따뜻한 산들바람이 머리끝에서 발끝까지 내 몸을 부드럽게 어루만졌다.

나는 중앙 도로까지 긴 길을 걷기 시작했다. 사방에서 햇빛이 한없이 비치고 있었다. 이따금 스쿠터가 경적을 울리며 지나갔다. 가끔 소들이 쓰레기 더미를 뒤지는 모습도 보였다.

나무들이 양쪽으로 미끄러지듯 지나갔다. 나는 햇살의 열기를 피부로 느끼며 천천히 걸었다. 눈에 따뜻한 눈물이 차오르기 시작했다. 방금 비가 그친 것처럼 모든 것이 맑게 빛났다.

내가 머무는 집이 있는 길에 들어선 다음에야 비로소 지금까지 생각하는 것을 멈추고 있었다는 걸 알아차렸다. 내가 잠시 아무 생각도 하지 않았다는 사실을 알려주기 위해 생각들이 다급하게 밀려들기 시작했다.

나는 말 그대로 집 밖 거리에 멈춰 섰다. 지난 몇 분 동안 나와 세상의 모든 것이 인도를 가득 채운 햇빛에 녹아들었던 것처럼 느껴졌다. 정말로 광채밖에 없었다. 아주 조용한 기쁨. 고요하게 빛나는 황홀경

같은 것이었다.

아직까지도 희미해져가는 그 빛이 내 생각과 내 마음, 내 몸을 석양처럼 환하게 비추고 있었다. 예전에 절에서도 비슷한 경험을 했던 기억이 났다. 그때처럼 더욱 자유로워진 느낌이 들었다. 더 많은 가능성이 느껴졌다. 사랑과 기쁨과 황홀경의 가능성. 생명의 가능성. 기쁨의 잔여물이 잔광처럼 내 가슴과 몸에 남아 있는 듯했다. 마치 연인과 한 약속의 기억처럼. 그 경험이 나를 변화시킨 것 같았다.

나는 왜 인생의 대부분을 그렇게 뒷걸음질하며 보냈는지 모르겠다. 모든 것을 이렇게 거꾸로 보면서 말이다. 어쩌면 그것은 내가 선불교의 가르침을 진정으로 이해한 적이 단 한 번도 없었기 때문일 것이다. 다른 종교의 가르침 역시 제대로 알지 못하고.

나는 평생 쾌락을 두려워했다. 다른 모든 사람들처럼 나도 그것에 끌렸기 때문이다. 그래서 쾌락의 노예가 되어 진실하고 정말로 살아 있는 것들로부터 영원히 멀어질까봐 두려웠다. 마치 쾌락은 거짓이고 실제가 아니며 죽은 것인 양.

그러나 고통을 제외하면 쾌락이야말로 우리의 삶이 단지 하나의 사건이 아니라 살아 있는 경험이라는 유일한 증거가 아닐까? 쾌락은 우리가 진정으로 살아 있으며, 정말로 존재한다는 증거가 아닐까?

종교가 쾌락을 거부하라고 말하는 것처럼 느껴질 때도 있다. 나는 그래서 현대인들이 종교에 대해 복잡한 감정을 갖는 것이라고 생각한다. 진실과 해답을 약속하는 종교에는 우리를 끌어당기는 무엇인가가 있다. 그러나 우리는 종교가 우리에게 무엇을 요구할까봐, 우리에게 어떤 대가를 원할까봐 두려워한다.

그날 인도에서 처음으로 햇빛 속을 걸은 것 같은 느낌이 들었을 때, 선불교보다 더 오래된 가르침이 기억났다. 대학에서 처음 배웠던 개념이다.

사치타난다Satchitananda.

고대 산스크리트 합성어인 이 말은 문자 그대로 번역하면 "존재—의식—행복"이다. "사치타난다"의 '사트Sat'는 '존재하는' '현실의' '진정한'을 의미하고, '치트Chit'는 '인지하다' '이해하다' '알다'라는 뜻이다. 그리고 '아난다Ananda'는 '행복' '기쁨' '즐거움'을 의미한다. 이 모든 의미를 하나로 합친 "사치타난다"는 궁극적 현실과 완전히 일체가 된 주관적인 경험을 묘사할 때 사용된다.

이 경험을 가리켜 말로 표현할 수 없는 일체감이라고 하지만, 거기에 세 가지 특징이 있다고 보는 것이다. 그중 하나가 '사트', 즉 실제적이고 진실하다는 것이다. 그리고 또 하나가 '치트', 즉 진정한 앎, 진정한 자각이나 의식이 있어야 한다는 것이다. 그리고 마지막이 '아난다', 즉 순수한 기쁨과 행복의 경험이다.

이렇게 궁극의 현실과 하나가 되는 경험의 세 가지 특징은 사실상 궁극의 현실이 지닌 특성이라고 볼 수도 있을 것이다. 다시 말하면, 궁극의 현실과 하나가 되는 경험을 통해 궁극의 현실만이 진실로 존재하며(사트), 그것이 순수한 자각이고(치트), 순수한 기쁨(아난다)이라는 것을 알게 되는 것이다.

여기서 더 나아가면 사실상 궁극의 현실을 경험하는 주체와 경험의 대상이 되는 궁극의 현실 사이에 구분이 사라진다. 다시 말하면, 궁극의 현실과 일체감을 경험한다는 건 분리된 '궁극의 현실'과 결합하는 분리된 '나'라는 존재가 없다는 뜻이다. 왜냐하면 진정한 존재와 의식, 기쁨이라는 특성을 가진 궁극의 현실과 하나 된 경험을 통해서 자기 자신이―그리고 다른 모든 존재들도―본래 그 궁극적 현실이라는 것을 알게 되기 때문이다.

지금, 이야기가 너무 철학적으로 흘러가고 있는 것 같지만 중요한 건 진실과 그 진실의 경험을 묘사하는 표현인 사치타난다에 쾌락의 요소가 들어 있다는 점이다.

사치타난다라는 고대 가르침은 쾌락을 거부하지 않는다. 대신 쾌락에 대해 명확하게 이해할 것을 요구한다. 즉 쾌락의 진정한 원천에 대해 제대로 알아야 한다는 것이다.

현대인들은 쾌락이 우리의 심신 밖에서, 즉 '외부에서' 발견된다고 믿는 경향이 있다. 쾌락과 기쁨을 그것을 촉발시키는 외부 자극과 연결시켜 생각하는 데 익숙하기 때문이다. 맛있는 음식, 즐거운 음악, 친구들과의 웃음, 연인의 포옹 또는 가족의 품으로 돌아오는 것과 같이 '긍정적'이라고 생각하는 자극이든, 술과 담배, 도박처럼 '부정적'이라고 여기는 것이든, 계속해서 이와 같은 촉매제를 쾌락의 원천으로 오해한다. 그러나 고대 가르침에 따르면 좋은 것이든 나쁜 것이든 이런 것들은 모두 외부의 일시적인 촉매제일 뿐이고 모든 기쁨, 모든 쾌락의 진정한 원천은 절대 파괴될 수 없는 요소로서 우리 인간의 본성에 존재한다. 진정한 행복, 즉 아난다는 우리의 존재와 의식에 내재된 하나의 측면으로서 행복과 황홀경은 이미 우리 안에 존재한다는 것이다.

우리가 살면서 경험하게 되는 모든 쾌락이나 행복 또는 기쁨의 원천이 우리 자신인 것이다. 세상은 우리에게 그런 것들을 주지 않는다. 단지 다양한 자극을 통해 우리 안에, 우리의 몸과 마음 그리고 더 깊은 내면에 발견되기만 기다리는 마르지 않는 순수한 기쁨의 샘이 있다는 것을 알려줄 뿐이다.

참선이나 요가 또는 다른 형태의 종교적 수행을 할 때, 우리는 쾌락과 기쁨 그리고 행복으로부터 스스로를 차단하고 있는 것이 아니다. 쾌락과 기쁨, 행복의 진정한 근원을 찾고 있는 것이다. 가장 순수한 형태의 쾌락과 기쁨, 행복을 추구하는 것이다. 각자의 본성, 말하자면 궁극적 현실 안에 숨어 있는 희열과 완벽한 결합을 이루려고 노력하고 있는 것이다.

우리 안에 숨겨진 순수한 기쁨을 느낄 수 있는 엄청난 잠재력을 조금이라도 맛보기 위해 꼭 종교적인 수행을 해야 하는 건 아니다. 예컨대 달리기를 하는 사람들은 '러너스 하이(격렬한 운동 중에 맛보는 도취 내지 황홀감)'를 경험한다. 음악가들과 다른 예술가들도 가끔 환희와 경이감에 빠진다고 알려져 있다. 정신적으로든 육체적으로든 거의 모든 활동에서 고도로 집중하고 깊이 몰두하면 잠시나마 생각과 감정에서 벗어나 훨씬 더 순수하고 본질적인 것을 경험할 수 있다.

그것은 정말 특별한 것이 아니다. 이 사실이 중요하다. 특별하지 않다는 건 누구나 약간의 결단력과 적절한 방법으로 그와 같은 체험을 할 수 있다는 뜻이다.

이 말은 또한 기쁨과 사랑, 행복이 우리가 하는 모든 종교 활동의 자연스러운 일부가 되어야 한다는 의미다. 참선이든 요가든 기도든 사회

봉사든 마찬가지다. 그것을 하고 난 뒤에는 물론이고 하는 동안에도 기쁨과 아름다움, 사랑과 행복을 느껴야 한다는 얘기다. 이 모든 활동은 원래 우리가 가진 행복할 수 있는 역량을 자유롭게 풀어주기 위해 만들어진 것이지 그것을 가두기 위해 만들어진 것이 아니다.

그러므로 우리는 자신에게 몇 가지 간단한 질문을 던짐으로써 특정 종교 수행이나 가르침이 자신과 잘 맞는지 판단할 수 있다.

이것이 마음과 영혼의 깊은 곳에서 나를 기분 좋게 하는가?
이 좋은 기분이 수행을 다한 후에도 한동안 계속 유지되는가?
그것이 더 건강하고 긍정적인 방식으로 행동하도록 만드는가?
보다 현명하고 건설적인 선택과 결정을 하는 데 도움이 되는가?
나 자신을 더 좋아하게 만드는가?

대부분의 전통적인 종교 기관들이 그들의 가르침과 수행이 최고이며 가장 진실하다고 주장하겠지만 실제로 200여 개국 70억 인류 모두에게 완벽하게 들어맞는 단 하나의 가르침이나 수행은 없다. 결과적으로 우리는 종교적인 가르침이나 스승을 찾을 때, 자신의 특정한 성향과 상황에 잘 맞는 가르침을 선택하고, 그에 맞는 스승을 찾아야 한다.

그리고 자신을 위해 현명하고 유익한 선택을 하려면 종교로 향하게 하는 내 안의 감정을 명확히 파악할 필요가 있다. 그러기 위해서 스스로에게 물어야 한다.

"나는 정말 깊은 정신적인 욕구, 즉 실존적 욕구에 의해 움직이는가? 아니면 종교를 갖고 싶게 하는 다른 심리적 문제가 있는가?"

부정적인 자기 이미지나 낮은 자존감 때문에 새로운 종교 수행이나 가르침 또는 공동체를 찾는 이들이 많다. 이들은 스스로를 '교정'하거나 아예 다른 사람이 되기를 바란다. 무의식적으로, 원하는 만큼 성취하지 못했다는 수치심이나 오래된 실수, 실패에 대한 죄책감을 달래고 싶을지도 모른다. 그래서 그 같은 사실을 의식하지 못한 채 자신을 처벌하는 방식으로서 가혹한 종교 수행을 택할 수도 있다. 또는 우리가 얼마나 죄업이 많은지, 얼마나 우매하고 부패했는지를 주로 강조하는 종교적 가르침을 따르기 시작할지도 모른다. 아니면 스스로의 판단을 신뢰하지 못하니 그들의 계율이나 수칙을 따라야 한다고 말하는 공동체에 가입할 수도 있다.

그러한 가르침과 수행의 외형은 다를 수 있지만 그들이 부과하는 조건은 항상 똑같다. 요컨대 지금 고통과 고난의 형태를 기꺼이 받아들인다면 나중에 보상을 받을 것이라고 주장한다. 그러나 오늘 참선하면 내일 깨달음을 얻을 것이고, 오늘 기도하면 내일 축복을 받을 것이며, 이생에서 좋은 업보를 쌓으면 다음 생에서 복을 받고, 지금 희생하면 나중에 보상을 받는다고 이야기하는 소위 돈은 지금 내고 물건은 나중에 가져가라는 식의 오래된 종교 공식은 시대에 뒤떨어진 것이라고 생각한다.

개인적으로 깨달음이라는 뭔가 모호하고 이상적인 것을 기다리느니 지금 참선을 하면서 살아 있고, 깨어 있고, 행복하다는 것을 좀 더 생생하게 느끼는 편(사치타난다)이 훨씬 더 건강에 좋고 도움이 된다는 걸 알았다. 남에게 친절하고 너그럽게 대하는 것도 그들을 염려하기 때문이지 나중에 보상받기 위해서가 아니어야 한다. 기부도 죽은 뒤에 천국이나 극락에 가고 싶은 바람에서가 아니라 마음에 생긴 진정한 사랑으로 해야 한다.

결국 참선, 사랑 그리고 기부 같은 고귀한 행위는 그게 옳다고 느껴질 때 해야 한다. 이 옳다는 느낌은 행복감과 자신감, 희망을 느끼게 한다. 이 아름다운 감정의 중심에는 빛나는 사랑의 느낌, 세상과 자기 자신 그리고 자비로운 행동을 향한 사랑이 있다.

이런 식으로 모든 진실한 종교 수행은 기쁨을 향해 있고, 기쁨을 일깨운다. 종교 수행은 우리가 저지른 죄에 대한 징벌이 아니다. 쾌락은 배척하거나 매달려야 하는 것이 아니다. 우리가 즐거운 것을 추구해야 한다면(우리 대부분은 그것을 추구해야 한다) 모든 쾌락과 기쁨, 행복 그리고 황홀경의 근원을 추구해야 한다.

선불교는 우리의 참선 수행이 무르익으면 내적 평화와 기쁨의 강도가 높아지는 것을 경험한다고 가르친다. 송담 스님은 참선 수행이 고도의 경지에 이르렀을 때 경험하는 기쁨이 얼마나 강렬한지 세속적이고 물질적인 즐거움은 상대적으로 약하고 밋밋하게 느껴진다는 말씀을 자주 하신다. 참선을 이제 막 시작한 사람이라도 가장 먼저 알아차리는 것 중에 하나가 바로 자기 자신을 포함해 세상의 모든 것이 그 자체로 완벽한 것 같은, 뭐라 설명할 수 없는 평화와 행복을 느끼는 것이다.

참선은 삶을 긍정하는 즐거운 가르침이자 수행법이다.

그 가르침과 수행법은 우리에게 이따금 자신이 보잘것없고 사랑받지 못한다고 느끼더라도 우리 모두의 행복과 안녕이 정말로 엄청나게 중요하다고 알려준다. 우리 한 사람 한 사람이 전부 행복할 자격이 있다고 말한다.

나는 참선과 같은 수행은 연구할 가치가 있다고 믿는다. 각자의 시간과 에너지를 들여 확인해볼 가치가 있다. 솔직히 말해서 우리에게 익숙한 세상의 즐거움, 즉 급여, 음식, 음료, 액세서리, 주말, 휴가, 웃음, 간간이 일어나는 로맨스는 지구상의 모든 인간들이 평생 살면서 감당해야 하는 거대하고 충격적이고 가슴 아픈 고통에 비해 작고, 덧없고, 값싸고, 가엾은 보상에 불과하기 때문이다.

우리는 그것보다 훨씬 더 큰 행복을 누릴 자격이 있다. 그리고 어쩌면, 정말 어쩌면 우리가 가장 기대하지 않은 바로 여기에서 그 행복을 찾을 수 있을지도 모른다. 집에 가는 길에, 그리 특별하지 않은 일상에서, 우리의 평범한 마음과 몸속 깊은 곳 어딘가에서 말이다.

사치타난다.

42

그래, 록스타가 되고 싶다고?

차이타냐의 샬라에서 만난 새 친구 줄리언은 재즈 음악가였다. 그는 색소폰을 연주했다. 그리고 말끝마다 "젠장fuck"이라고 말하는 버릇만 빼면 섬세한 지식인이었다. 아르헨티나에서 색소폰을 공부하고 10년 동안 재즈 밴드 활동을 했다. 그러나 마약, 섹스, 복잡한 스케줄, 공연과 파티 그리고 그 사이에서 느끼는 견딜 수 없는 삶의 공허함…. 몇 년 후 거울을 들여다보았을 때, 줄리언은 자신이 마약에 의존하고 있다는 사실을 인정해야 했다. 무엇보다 삶에 문제가 있었다. 삶이 그가 원하는 대로 흘러가지 않았다.

공연이 없거나 여유가 생길 때면 그는 줄곧 책을 읽었다. 인도의 위대한 요가 스승들에 대해 그가 할 수 있는 모든 것을 배웠다. 유명한 신비주의자들. 자기실현을 한 현자들. 그러다 어느 날 갑자기 밴드를 그만두고, 얼마 안 되는 짐을 싸서 인도로 날아가 마치 거기에 자기 목숨이 달리기라도 한 것처럼 요가를 시작했다. 어쩌면 정말로 그의 목숨이 요가에 달려 있었는지도 모르겠다.

우아한 조명이 있고 좋은 차이chai를 마실 수 있는 루프톱 레스토랑 트라토리아에서 테이블 건너편에 앉은 줄리언을 바라보았다. 엄청나게 긴 머리와 턱수염이 그를 제 나이보다 더 들어 보이게 했다. 그는 사실 20대 후반에 불과했고, 공기보다 가볍게 어디든 갈 준비가 되어 있는 젊은이 특유의 경쾌함을 지니고 있었다.

어떻게 말해야 할까? 나는 그에게 강한 동질감을 느꼈다. 그 나이에 말도 안 되는 꿈을 좇는 것이 어떤 것인지 잘 알았다. 그렇게 종종 함께 시간을 보낼 때면 그를 보며 생각했다. '젊은 친구, 내게도 너 같은 시절이 있었어.'

"그래서, 갑자기 절을 떠난 거예요? 거기서 30년이나 살았는데?"

줄리언이 내게 물었다.

"그래, 꽤 오랜 시간이네. 이봐, 넌 재즈 뮤지션인데, 그게 놀라워?"

나는 미소를 지으며 말했다.

"30년은 긴 시간이잖아요."

"아니, 그렇지는 않아. 돌아보면 그렇게 길지 않은 것 같아. 그 시간이 다 어디로 갔는지 궁금할 뿐이지."

"젠장, 말도 안 돼!" 그가 웃었다.

"대부분의 사람들이 스님이 되는 걸 미친 짓이라고 생각하지."

나는 혼잣말하듯 말했다.

"아니요, 그건 미친 게 아니죠. 알 것 같아요."

줄리언이 진지한 표정으로 고개를 끄덕이며 덧붙였다.

"나라면 그렇게 할 수 없겠지만, 이해해요."

"음, 그래서 인도에 있는 거군. 요가를 짐승처럼 연습하면서."

"맞아요, 내일 아침에도 정말 미친 듯이 짐승처럼 연습할 거야."

우리 둘 다 소리 내어 웃었다. 줄리언은 전염성 있는 웃음을 가졌다. 그는 그냥 키득거리는 게 아니라 입이 귀에 걸릴 정도로 함박웃음을 지었다. 눈에는 유쾌함과 애정이 가득했다. 우리는 자주 만나 비싸지 않은 식사와 차를 즐기며 재즈와 선과 요가에 대해 이야기를 나누었다. 나는 오랫동안, 사실 수십 년 동안 그런 대화를 나누지 못했다.

1950년대 미국 작가이자 비트 세대(Beat generation, 1960년대 히피 족들의 선구자들)의 대변인으로 유명한 잭 케루악Jack Kerouac은 재즈와 일본식 불교 젠Zen에 대한 애정을 글로 남겼다. 그는 그 시절의 비밀스럽고 섹시하고 연기와 음모로 가득한 듯한 재즈 클럽에서 듣는 음악을 좋아했다. 그리고 일본 불교에 관한 고전들을 학술적으로 번역하고 논평해놓은 글들을 즐겨 읽었다. 제2차 세계대전이 끝난 후 미국의 문화 엘리트들은 일본에 관한 모든 것, 말하자면 문화적 예술적 전리품을 모조리 수입하기 시작했다. 일본의 전통의상과 인쇄물, 차는 물론이고 일본 전통 시 하이쿠haiku까지 들여왔다. 그중에서 젠이 전위예술가들 사이에서 가장 유행했다.

케루악과 당시 비트세대는 아메리칸 재즈와 일본의 젠이라는 매우 동떨어진 두 전통에 공통된 주제가 있다고 보았다. 그것은 철학적 욕망 혹은 어쩌면 종교적인 욕망과 관련이 있었다. 그 주제, 그 욕망의 대상은 바로 자유였다. 폐소공포증을 느끼게 하는 주류에서 벗어날 자유. 육체의 쾌락을 누릴 수 있는 자유. 외부 기준에 얽매이지 않고 속에 있는 열정을 표현할 자유. 이제껏 없었던 새로운 사람이 될 수 있는 자유. 그리고 마지막으로, 그저 존재할 자유.

미국 음악 중 가장 즉흥적인 형태를 취하는 재즈는 그러한 자유를 감각적으로 구현해내는 것처럼 보였다. 순전히 즉흥적으로 연주하는데도 수학적 일관성을 이뤄내는 도저히 가능할 것 같지 않은 곡의 구성과 현장에서 받은 영감에 의존해 펼치는 기적 같은 공연. 재즈 라이브 공연을 지켜보는 건 혼돈으로부터 예상치 못했던 질서가 나타나는 광경을 목격하는 일이었다.

당시의 이런 미국 청중들에게 일본 젠 또한 자유의 길을 상징했다. 그들은 젠이 종교라기보다 삶의 방식이며 언제나 인간 의식의 근원, 힘차게 고동치는 심장과 직접적으로 연결되는 것이라고 배웠다. 그러나 그 표현 방식은 뭔가 즉흥적이어서 겉만 봐서는 이해할 수 없는 것들이었다.

"길에서 부처를 만나거든, 죽여라!"

"부처가 무엇인가? 말라비틀어진 똥막대기다."

"한 손으로 손뼉 치는 소리를 들어봐."

당시 미국 학생들은 깨달음을 얻은 일본 선사들이 남긴 이런 선문답禪問答에 매혹되었다. 그들에게 젠은 저항적이고, 창의적이며, 터무니없고, 무모하고, 심오하고, 이상적이며 무엇보다도 재미있는 것이었다. 미국 역사에서 냉전시대가 시작되는 이 시기는 모든 사람에게 순종과 순응을 요구하고, 합리적이고 진지하면서도 깊이 파고들지 않고 실용적으로, 무엇보다도 조용히 단조롭게 살기를 요구했던 때다. 그때는 물론이고 오늘날까지도 동아시아를 제외한 세계 전역에서는 젠, 즉 선을 종교 의식보다 자발성이나 역설과 연결한다.

줄리언은 요가와 재즈에 관한 책들과 함께 젠에 관한 초기 해설서들도 읽어본 적이 있었다. 그래서 우리가 함께 배우고 있던 요가와 그가 사랑하는 재즈만큼이나 참선을 했던 내 배경에 관심이 많았다. 나처럼 그 역시 자유를 찾고 있는 것 같았다.

나는 줄리언에게 내가 예전에 진행했던 TV 프로그램 「안녕하세요, 환산 스님입니다」 영상을 유튜브로 보여주었다.

"안녕하세요, '아무것도 모른다'입니다."

내가 장난을 쳤다. 줄리언에게 방송을 촬영할 때 유용한 정보를 담으려고 최선을 다했으니 혹시라도 한국 참선에 대해 배우고 싶으면 도움이 될 거라고 말했다.

"요~, 유명했었어요?"

그가 물었다.

"아냐, 유명하지 않았어. 내가 케이팝을 하는 사람도 아니고."

내가 대답했다.

그는 낄낄거리기 시작했다.

"오, 저런. 하지만 당신은…!"

그는 마음을 가라앉힌 후 애정 비슷한 눈빛으로 나를 바라보았다. 그는 고개를 가로저으며 차이를 한 모금 더 마셨다.

"나는 정말로 유명한 록스타들과 어울리곤 했어요. 아르헨티나 사람은 누구나 다 알 정도로."

"그들을 위해 연주했어?"

"네, 뭐, 가끔이요. 순회공연 할 때 색소폰 연주자가 필요하면. 기타도

쳤어요.”

“와, 정말 재미있군!” 나는 몸을 앞으로 숙였다. “아르헨티나 록스타들은 어때?”

“그들은 정말 더럽게 불행해요, 젠장!” 그는 경멸하는 눈빛으로 내뱉듯 말했다. 그러더니 갑자기 말을 멈추고 미친 듯이 낄낄거리기 시작했다. “아니, 정말. 웃으라고 하는 소리 아니에요. 진짜예요. 그들은, 젠장, 정말 비참해요!”

“무슨 소리를 하는 거야? 그들은 록스타야! 누구나 한때는 록스타가 되고 싶어 해.”

나는 놀리듯 웃었다.

“알아요, 안다고요. 그렇지만 그게 사실이에요! 그들은 더럽게 불행하다고요! 내가 아는 사람들 중 가장 불행한 사람들 같아요!”

“왜? 이해가 안 되는데.”

나는 어깨를 으쓱하고 껄껄 웃었다.

“그들은 항상 주목받아야 하니까요! 젠장 아기들 같아요! 혼자 있으면 우울해지고 마약을 해요. 혼자 있는 걸 못 견딘다니까요! 걔네들 집이나 뭐 그런 데서 같이 어울려 놀다보면, 정말 불안해해요. 그런 다음 말하죠. ‘이봐, 밖에 나가서 뭐 좀 먹자.’ 너무 뻔하잖아요, 젠장!”

“뭐가 뻔하다는 거야?”

내가 물었다.

“걔들은 그냥 사람들 많은 데 가고 싶은 거예요. 그래야 사람들이 와서 사인을 해달라고 할 테니까요. 그게 걔들이 사는 이유예요. 혼자서는 아무것도 할 수가 없다니까요. 주목을 받아야만 해요, 아저씨.”

"농담이지? 그런 얘기를 들은 적은 있지만 과장이라고 생각했어."

"내 눈으로 직접 봤어요. 게다가 피해망상증까지 있어요. 사람들이 모두 자기들한테서 돈을 뜯어가려 한다거나 자기들을 이용하려 한다고 생각해요. 하여튼 걔네들 옆에 있으면 짜증 나. 항상 이유 없이 싸움을 시작해요. 그리고 아무 이유 없이 오랜 우정을 끝내요! 정말 끔찍한 애들이에요."

"허! 그거 정말 이상하군. 내가 아는 사람들은 전부 평생에 한 번은 록스타가 되고 싶어 했는데. 그들이 그렇게 불행하다는 것을 누가 알겠어? 말도 안 돼."

나는 고개를 저었다.

"난 진실을 말하는 거라고요, 친구."

"알아, 그래서 말이 안 되는 것 같다고 하는 거야."

나는 살짝 웃으며 계속 말했다.

"자기를 행복하게 해줄 것이라고 생각했던 일이 실제로는 그들을 비참하게 만들었어. 내 말은, 말이 되는 것 같다고."

"그래요, 그래서 내가 떠난 거예요. 난 유명해지려고 연주한 적은 없지만 그들을 보니까 절대로 그들처럼 되고 싶지는 않았어요!"

"명예와 권력은 마약과 같아. 매일 마약을 하는데 중독자가 되지 않는 사람은 없어, 무슨 말인지 알지? 이 세상에 코카인이나 헤로인을 매일 복용하는데도 중독자가 되지 않는 사람은 아무도 없다는 말이야. 명성과 권력은 바로 그런 거야."

"오, 이런. 그래서 한국을 떠난 거예요?"

줄리언이 눈을 휘둥그레 떴다.

"물론, 그런 이유도 있어. 나는 현대에 맞게 불교의 정신적 가르침을 전하는 사람으로 소개되었거든. 그래서 사람들 앞에서 겸손하게 행동하지. 알잖아. 미디어라는 서커스에서 어떻게 하는지. 하지만 속으로는 바보 같은 짓이라는 걸 알아. 전부 다 그냥 쇼일 뿐이고 진짜는 하나도 없다는 것. 그건 분명해. 하지만 솔직하게 내면 깊은 곳을 들여다보면 내 안에 그런 것을 좋아하는 무언가가 있다는 것을 알게 돼. 카메라 앞에 서는 걸 좋아하고 중요한 사람인 듯 대접받는 걸 좋아하지. 한국의 유명한 승려나 지위가 높은 승려들은 명성이나 권력에 관심이 없다고 말할 거야. 자신들은 그런 걸 원치 않고 오히려 큰 부담이라고 말이야. 하지만 모두 헛소리야. 명성이나 권력은 마약과 같고 세상에 마약을 거부하는 유전자 같은 것은 없어. 어떤 사람이든 충분히 오래 즐기면 중독되고 말아. 명성과 돈, 권력에 깊이 빠지면 중독될 수밖에 없어, 끝이야."

"무슨 말인지 알아요, 나도 경험이 있어요. 우리 밴드도… 그걸 영어로 뭐라고 하지? 소녀 팬들이 있었어요. 처음엔 재밌어요. 하지만 뮤지션들과 어울리는 건 마약과 같다는 걸 깨닫게 돼요. 그들은 상대를 신경 쓰는 게 아니라 그 상대가 얼마나 유명한지에만 신경을 써요. 그래서 더 유명해질수록 팬을 원하는 대로 고를 수 있고 모델처럼 생긴 더 예쁜 팬들이 생겨요. 하지만 그건 진짜가 아녜요."

"그래. 너무 오랫동안 권력이나 돈을 쥐고 있는 바람에 망가진 명상가들을 많이 봤어. 나 역시 예외가 아니라고 생각했지. 내가 계속 더 유명해지면 나도 중독되고 말 거라고 생각했어. 그래서 처음부터 시간제한을 두었지. 3년. 처음부터 딱 3년만 하고 그만두겠다고 생각했어."

나는 그에게 털어놓았다.

"그러니까 이제 아저씨는 아무것도 아니군요, 저런!"

그가 낄낄거리기 시작했다.

나도 함께 웃었다. 나는 그가 항상 실없는 농담 하나에도 1초도 망설이지 않고 바보처럼 웃는 게 마음에 들었다.

줄리언은 나를 스쿠터에 태워주곤 했다. 그와 함께 스쿠터를 탔던 일이 아마도 내가 남아시아를 여행하며 했던 가장 위험한 일이었을 것이다. 처음에는 줄리언도 조심스러워했다. 차들이 몰릴 것 같으면 도로에서 벗어나고, 앞에 다른 사람이 끼어드는 것을 봐주기도 했다.

"이 젠장맞을 인도 운전사들!"

내가 그의 뒤에 앉아서 소중한 생명을 붙잡고 있을 때 줄리언은 허공에 대고 이렇게 소리치곤 했다. 그게 다였다.

하지만 차츰 성질을 부리기 시작했다. 공격적인 운전자들에게 양보하거나 속도를 줄이려고 하지 않았다. 결국엔 다른 운전자들이 옆으로 피할 수밖에 없도록 난폭하게 운전했다.

"줄리언!"

끊임없이 경적을 울려대고 연기를 내뿜으며 떼 지어 움직이는 인도의 차량 사이를 전속력으로 비집고 다닐 때, 내가 줄리언의 뒤통수에 대고 소리쳤다.

"네 얼굴 좀 봐! 네가 지금 사나운 인도 운전자들을 위협하고 있어. 이런 걸 원하는 거야?"

"젠장 난 내가 누군지 잘 안다고요!"

그가 다시 소리치며 낄낄거렸다.

"다른 운전자들, 엿 먹어라!"

"난 네가 요가 수행자인 줄 알았는데!"

"이런 도로에는 젠장, 요가 수행자는 하나도 없다고요, 아저씨!"

우리가 살고 있는 지역에서 2~3킬로미터 정도 떨어진 곳에 꽤 괜찮은 아이스크림 가게가 있었다. 가끔 줄리언이 내게 문자를 보내곤 했다.

"우리 죽이는 아이스크림이나 먹으러 가요, 좋죠? 내가 8시에 데리러 갈게요, 친구."

여름의 끝자락이라 마이소르는 저녁 8시면 꽤 어두웠다. 도로에는 가로등도 신호등도 없었다. 자동차, 트럭, 스쿠터는 제각기 원하는 방향으로 움직였다. 그래서 혹시라도 용기를 내어 밤에 나온다면 눈앞에 끝없이 이어지는 형형색색의 헤드라이트 불빛이 각기 다른 모양으로 굴절하며 전혀 예측할 수 없는 방향으로 서로를 맴돌고 있는 모습이 펼쳐진다. 마치 어쩌다 우리의 유치하고 자그마한 행성에 들른 UFO들이 우리를 위해 도로에서 춤을 추는 것 같다.

"좋지, 친구. 8시에 보자."

나는 그에게 이렇게 답 문자를 보내곤 했다.

우리는 초콜릿 퍼지 아이스크림을 남학생들처럼 4분 이내에 해치우고 8시 30분이면 이미 아이스크림 가게에서 나와 다시 도로를 달리고 있었다. 양옆으로 들쭉날쭉한 모양의 나무들이 윙윙거리며 지나갔다. 따뜻하면서도 쌀쌀한 바람에 흙먼지가 옷과 피부에 날아들었다. 내일 아침 요가 연습이 예정되어 있다는 사실이 따뜻한 꿀처럼 우리의 가슴을 든든하게 채웠다.

"이쪽이 훨씬 낫네!"

나는 줄리언의 귀에 대고 큰 소리로 외쳤다.

"뭐라고요?"

그는 경찰을 피해 도망치듯 스쿠터를 좌우로 격렬하게 움직이며 물었다.

"우린 짐승처럼 지독하게 연습하잖아!"

내가 말했다.

"맞아요, 맞아!"

그가 웃기 시작했다.

"모기한테 뜯기지! 음식은 형편없지! 공기는 오염됐지!"

나는 계속 큰 소리로 말했다.

밤하늘이 검은색에서 회색으로 그리고 갈색으로 계속 변해갔다.

"그렇지만 그 반대였으면 어땠을지 생각해 봐!"

내가 소리쳤다.

"무슨 소리예요?"

줄리언이 되물었다.

"우리가 곧게 뻗은 좁은 길로 쭉 갔더라면! 넌 양복을 입고, 머리도 짧게 깎고, 사무실에서 일하고 있었을 거 아냐!"

나는 멍청이처럼 횡설수설했다.

"난 뒈졌을 거야!"

그가 웃으며 말했다.

"맞아!"

"당신이라면?"

그가 물었다.

"난 두 번 이혼하고 알코올중독에, 원치 않았던 아이들을 키우고 있 겠지!"

"아하하하하하!"

그는 마치 자기가 들어본 말 중에서 가장 웃긴 말인 듯 마녀처럼 웃 어댔다.

"지금이 더 좋네!"

나는 인도의 밤하늘에 대고 소리쳤다.

인도의 밤공기가 우리의 반대 방향으로 내달리며 과거를 더 먼 과거 로 밀어붙이고 있었다.

43

덧없음

내 아버지는 20대 초반에 교환학생으로 미국 유학을 떠났다. 미국에 도착했을 때 손에는 가방 하나와 현금 200달러가 전부였다고 했다. 보통의 아버지들처럼 내 아버지도 평생 부지런히 일했다. 공부하기 위해 일했고, 취업한 후에도 자신의 삶을 온통 회사에서 일하는 데 바쳤다. 직장에서의 지위와 권한에 따라 아버지의 정체성이 만들어졌다. 아버지가 받은 사회적 존경 역시 직업적 성취가 그 바탕이었다. 그랬던 그가 퇴직한 것이 벌써 20년 전의 일이다.

퇴직과 동시에 아버지는 자신을 지탱해주던 모든 것을 잃었고, 삶의 전환점에서 공허감과 위기감을 느꼈다. 그러던 어느 날 아버지는 한국의 한 사찰에서 열리는 참선 수련회에 일주일 정도 참가하겠다고 하셨다. 그 절의 참선 수련회는 힘들기로 유명했을 뿐만 아니라 아버지는 참석자들 중 가장 연장자여서 모두들 아버지가 끝까지 해낼 수 있을지 걱정했다.

아버지는 그 전까지 한 번도 참선을 해본 적이 없었음에도 하루 7, 8시간씩 참선을 하셨다. 몸이 너무 힘들어서 끝까지 해낼 수 있을지 모르겠다고 생각하면서도 계속 참선을 하셨다고 한다. 그러던 중 영어도 잘 못하는 상태에서 문화도 다르고 낯선 사람들뿐이었던 미국으로 건너가 수십 년을 살아낸 사실이 떠올랐다고 했다. 그동안 겪어온 많은 일들을 떠올리다 보니 새삼 자신이 너무 힘들게 살아왔다는 생각이 들었다고 했다. 그렇게 삶이 고난의 연속이었다는 생각이 들자 마음속이 온통 슬픔, 허전함, 공허함으로 가득 차 '내가 무엇을 위해 그 모든 일을 했지?' 하는 느낌이 들었다고 했다.

그 후 아버지는 인간사의 덧없음과 무상함을 깊이 알게 되었고, 내가 왜 출가 수행자가 되었는지 비로소 이해가 되셨다고 했다. 수련회에서 돌아오신 아버지는 처음으로 내가 가는 길에 진심 어린 축복을 해주셨다. 나로서는 무척 놀라운 일이었다. 그간 내가 보아온 아버지는 현실적이고 실리적인 분이셨다. 관념적인 것에는 전혀 관심이 없는 분이라 아들인 나를 늘 몽상가라고 부르곤 하셨다. 그런 아버지가 수행자의 길을 가는 나를 인정하고 격려해주는 것이 나로서는 무척이나 놀라웠다.

그런데 정확히 언제 그렇게 되었는지도 모르게 부모님은 부쩍 노쇠해지셨다. 아버지는 이제 80대 중반, 어머니는 이제 막 80대가 되셨다. 그리고 나는 지금 이렇게, 부모님에게서 아주 오래전에 떠났음에도 여전히 나의 궁극적인 목표와는 거리가 먼 채로 있다.

인도에서의 생활이 끝나갈 무렵 매주 부모님과 전화 통화를 했다. 그리고 몇 년 전부터는 정기적으로 미국을 드나들며 부모님과 시간을 보내기 시작했다. 내가 그곳에 없을 때는 적어도 일주일에 한 번은 꼭 부모님과 대화하려고 노력했다. 너무나 오랜 세월을 부모님과 떨어져 보냈기 때문에 그제야 보상하려고 애쓰고 있었던 것 같다.

"그래, 잘 지내니?"

아버지는 늘 그렇듯 영어로 인사하셨다.

나는 아버지가 전화로 말씀하시는 것을 들으면 언제나 속으로 웃음이 났다. 뭔가 조금 어색했다. 리듬이나 타이밍이 한 박자씩 어긋나서 그런 것 같다. 하지만 내가 한국어로 얘기할 때도 틀림없이 그럴 거라 생각했다.

아버지의 제1 언어가 나의 제2 언어이고, 나의 제1 언어가 아버지에겐 제2의 언어라는 게 이상했다. 부모님이 한국에서 미국으로 건너가 내가 태어나고 자랐는데 나는 다시 그들의 고향인 한국으로 건너갔다는 것도 이상했다. 부모와 자식은 늘 이렇게 서로를 놓치면서 오가는 걸까? 나로서는 앞으로도 영원히 알 수 없을 것 같다.

아버지는 매년 받는 정기 건강검진에서 '특발성 폐섬유증idiopathic pulmonary fibrosis'이라는 폐질환 진단을 받았다고 했다. 머리 뒤쪽에서 작은 알람이 울렸다. 부모님은 크게 걱정하시는 것 같지 않았다. 그 연세에는 자주 질병이 오가게 마련인데 고맙게도 부모님은 건강한 편이셨다.

아버지는 의사가 약을 권했지만 거절했다고 하셨다. 이 또한 자주 있는 일이었다. 부모님은 서양 의약품이 너무 독해서 혹시 부작용이 생기지는 않을까 걱정하셨다. 그래서 처방받은 약의 절반만 드시는 경우가 잦았고, 불쾌한 증상이 나타나면 이따금 아예 복용을 중단하기도 했다.

나는 평소처럼 잘 지내고 있다고 말씀드렸다. 우리는 서로 보고 싶다는 말을 주고받았다. 부모님은 내게 가능한 한 빨리 미국으로 돌아오라고 하시곤 전화를 끊으셨다. 전화를 끊자마자 인터넷에서 '특발성 폐섬유증'을 검색했다.

내용을 읽자 돌덩이를 얹은 듯 마음이 무거워졌다. 특발성 폐섬유증은 폐에 섬유증이나 흉터가 생겨 폐 세포를 파괴하고 혈액에 산소가 공급되지 못하게 막는 불치병이다. 원인은 밝혀지지 않았고 치료법도 없었다. 현재 의학으로 할 수 있는 대응은 섬유화 과정을 늦추는 것뿐이었다. 증상이 나타나는 것을 좀 더 효과적으로 지연시킬 수 있는 희망적인 신약이 개발되고 있지만 이러한 것들이 언제 상용화될지 알 수가 없었다. 통계적으로 보면 지금 나와 있는 가장 좋은 약으로도 아버지에게 남은 시간은 2년에서 3년 정도, 어쩌면 그보다 훨씬 짧을 수도 있었다.

다음 날 나는 부모님께 전화해 당장 의사에게 가시라고 말했다. 아버지는 빨리 약을 드셔야 하고, 우리는 선택할 수 있는 모든 방법을 찾아봐야 한다고 말했다.

"글쎄다, 이 정도면 잘 살았어. 나는 행복해. 우리 가족도 행복하고, 모두 잘 지내고 있잖아. 그럼 됐어. 이 정도면 남들보다 오래 살았어. 만약 내게 남은 시간이 그 정도라면, 괜찮다. 그것 때문에 요란 떨고 싶지 않아. 마지막까지 하루하루 즐겁게 살고 싶어."

아버지는 강한 모습을 보이려고 하셨다.

"무슨 말씀인지 잘 알겠어요, 아버지. 그래요, 누구나 영원히 살지는 않아요. 그렇지만 우린 최선을 다해야죠, 그렇죠? 우리가 부여받은 시간에 감사해야 하고요. 우린 축복받았어요. 더 달라고 요구할 수 없죠. 하지만 최선을 다해야 한다고요."

나도 강한 모습을 보이려고 애썼다.

부모님이 그 순간 사태의 심각성을 진정으로 느꼈는지 잘 모르겠다.

전화를 끊고 가만히 앉아서 지저분하고 축축한 마이소르 아파트를 둘러보았다. 이것이 내 인생이다. 동화책에나 나오는 마법의 환상을 좇아 바보처럼 이리 헤매고 저리 헤매는 인생. 어떻게 다 큰 어른이 이렇게 살 수 있었을까?

서른 살 이후로 자주 꾸는 악몽이 있다. 정확히 말하면 꿈이 아니라 환영 같은 것이다. 이 환영에서 나는 아버지의 임종을 지켜보고 있다.

아버지가 내게 묻는다.

"그래 너는 평생 뭘 했니? 내가 너에게 준 그 모든 것들로 뭘 했니? 그것들을 다 버릴 만한 가치가 있었니? 네가 미국에 살았다면 할 수 있었을 일들보다 더 대단한 무언가를 정말 찾았니?"

송담 스님은 법문을 통해 부지런히 참선하여 깨달음을 얻으려 하지 않는 스님은 두 가지 차원에서 용서받을 수 없는 죄를 짓는 것이라고 했다. 첫 번째는 사회 구성원으로서 모든 책임을 회피하고 아무것도 실질적으로 기여한 바가 없는 것. 두 번째는 불교 수행 공동체의 일원으로서 깨달음을 얻어 모든 중생들에게 전해야 하는 본연의 임무를 실행하는 데에도 실패한 것. 능력이나 재능이 부족해서 그런 것이라면 용서받을 수 있겠지만 성실하지 못하고 도덕성과 양심이 부족해서 그런 것은 용서받을 수 없다. 그래서 이 두 가지를 사회와 절이라는 '두 개의 집에서 얻은 죄'라는 뜻의 '양가득죄兩家得罪'라고 하는데, 내가 꼭 그렇게 된 것 같았다.

언제나 효율적으로 문제를 해결해온 내 동생은 이후 며칠 동안 좀 더 긍정적인 소식을 들려주었다. 내가 인터넷에서 살펴본 자료는 불과 몇 년 전에 나온 것이었지만 그새 옛날 정보가 된 모양이었다. 지난 2년 동안 개발된 신약은 아버지의 수명을 3년에서 5년 정도 더 연장시킬 수도 있었다. 우리는 그 사이에 기적의 치료제라도 나오기를 기대해볼 수 있었다. 동생 부부는 아버지를 폐질환 전문의에게 모시고 갈 계획이었다.

가족들은 내게 원래 계획대로 인도 여행을 다 마치고 오라고 했다. 아직 위급한 상황은 아니라면서. 하지만 내 안에서는 먹구름이 몰려오고 있었다.

그러다 우연히 한국에 있는 옛 요가 선생님과 문자를 주고받았다. 나는 아버지가 심각한 폐질환을 앓고 있는데 내가 무슨 도움을 드릴 수 있을지 모르겠다고 간략하게 언급했다.

그녀는 빠르게 답장을 보내 세계적으로 유명한 프라나야마 전문가 티와리에게 연락해 조언을 구해보는 게 어떻겠냐고 했다. 티와리는 100년 가까이 요가와 프라나야마의 임상 효과에 관한 실험적인 연구를 진행해온 세계적인 연구소이자 교육 기관인 카이발라다마 요가 연구소Kaivalyadhama Yoga Institute의 책임자였다. 그는 지난 50년 동안 서양 과학에서 치료가 불가능하다고 여기는 병들을 프라나야마로 치료할 수 있다고 말해왔다. 그는 더 나아가 자신의 연구소에서 그 주장을 뒷받침할 과학적 근거를 제시할 수 있다고 주장했다.

나는 티와리의 상당한 업적을 존경했음에도 불구하고 그에게 연락하는 것이 무슨 소용이 있을까 하는 미심쩍은 생각이 들었다. 무엇보다도 몇 달 전 그의 프라나야마 초급 과정에 신청했다가 탈락했다. 게다가 티와리는 세계적인 인물이었다. 늘 추종자들에게 둘러싸여 있고, 수많은 사람들이 그를 만나고 싶어 한다. 그러니 내가 보낸 메시지가 그에게 전달된다는 보장도 없었다. 하지만 그러한 제안을 해준 요가 선생님이 고마웠다.

그리고 한두 시간이 지나자 태도를 바꿀 때라는 생각이 들었다. 무슨 일이든 기꺼이 시도해봐야 했다. 그것도 아버지가 아직 기운이 남아 있을 때 해야 했다. 그래서 바다 한가운데서 오도 가도 못하는 선원이 병속에 편지를 넣어 바다에 던지는 심정으로 티와리에게 이메일을 써서 카이발랴다마 웹사이트에 있는 공식 이메일 주소로 보냈다. 그런 다음 생각하지 않으려고 했다.

일주일 후 티와리에게서 답장이 왔다. 이렇게 적혀 있었다.

"당신의 아버지 일은 매우 유감입니다. 그런 상태라면 수리아베단 Suryabhedan을 한 후에 바로 쉬탈리Sheetali와 우자이Ujjayi를 하라고 조언하고 싶습니다. 수동적인 들숨은 신경 쓰지 말고 날숨에 집중해야 합니다. 날숨은 적극적인 행위거든요. 이 방법이 도움이 될 것이라고 확신합니다. 15일 후에 어떻게 됐는지 꼭 알려주기 바랍니다. 고맙습니다. 회복을 기원합니다."
— 옴 프라카시 티와리

어떻게든 티와리의 직원들이 내 메시지를 그에게 전달했고, 그는 시간을 들여 내게 답변을 보내주었다. 무엇보다 중요한 건 그가 프라나야마 호흡법으로 의학적 처방을 내려주었다는 사실이다. "수리아베단" "쉬탈리" 그리고 "우자이"는 내가 발리에 있을 때 요가 지도자 과정에서 배운 것이라 아버지께 방법을 가르쳐드릴 수 있었다. 이제 아버지를 위해 나도 뭔가 할 수 있는 일이 생겼다.

자신 혹은 자신이 사랑하는 사람들이 죽는다는 사실을 알면, 갖지 못한 것에 대한 집착을 멈추고 자기가 할 수 있는 것에 집중하게 된다. 당장. 오늘. 죽음을 무찌를 수는 없겠지만 불필요한 고통은 막을 수 있다.

티와리의 답장을 받고 나는 매일 부모님과 화상 채팅을 시작했다. 그렇게 두 분에게 프라나야마를 가르쳐드렸다. 아버지는 하루에 10분에서 15분 정도만 연습을 했는데도 효과가 즉시 나타나기 시작했다.

아버지는 혈액 속 산소 농도를 측정하는 기기를 갖고 있었다. 아버지의 주치의에 따르면 산소측정기 수치가 계속 88 이하로 떨어지면 산소마스크를 써야 했다. 프라나야마를 시작할 무렵에 아버지의 산소 농도는 90에서 94를 기록했다. 괜찮았지만 그렇게 안심할 수치는 아니었다. 그런데 프라나야마를 시작하고 불과 며칠 만에 산소 농도 수치가 97을 기록했고, 곧 98로 올라갔다. 99까지 올라갈 때도 있었다. 이 수치는 아버지가 건강하고 젊은 성인보다도 혈중 산소 농도가 높다는 뜻이었다.

아버지에게 프라나야마를 가르치기 시작한 첫 주에 나는 이것이 치료법이 아니라는 걸 분명히 알았다. 죽음을 치유하는 치료법은 없다. 죽음을 잠시 미룰 뿐이다. 그러나 피할 수 없는 것을 지연시키려 했던 과거의 모든 바보들처럼 나는 수명을 연장하고 더 건강해지려 노력하는 아버지를 돕지 않을 수 없었고, 그건 지금도 마찬가지다. 그렇다고 사랑하는 사람을 보고 "맞아요. 이 정도면 잘 사셨어요. 충분해요"라고 말할 수는 없다. 죽음이라는 현실을 인정하는 것과 그 앞에서 포기하는 것은 다르다.

몇 달 뒤 마침내 미국으로 돌아갔을 때, 나는 아버지가 다니는 폐질환 환자들을 위한 교육 과정인 '더 나은 호흡Better Breathers' 프로그램 회원들에게 프라나야마를 가르쳐 달라는 요청에 응했다. 아버지를 담당하는 의료진이 아버지의 병세가 갑자기 호전되어 놀랐던 모양이다. 그러니 혹시라도 폐질환을 앓고 있는 사람이 있다면 프라나야마를 배워보는 것이 도움이 될 거라고 말해주고 싶다.

사랑은 바보의 지혜를 낳는다. 불가능한 것을 시도하려는 어리석은 의지. 돌이킬 수 없는 것을 되돌리려 하고, 치료할 수 없는 것을 치료하려 하며, 완전한 어둠 속에서 빛을 찾는 것. 인류라는 종과 인간 문명의 진화에서 진정한 진보를 추진하는 것은 항상 상식이나 실용성이 아니라, 바보의 지혜, 즉 불가능한 임무에 뛰어드는 의지였다.

나는 죽음을 치료할 방법이 없다는 걸 잘 안다. 그러나 특발성 폐섬유증의 치료법은 있다는 것도 안다. 다만 아직 발견하지 못했을 뿐이다.

그래서 우리는 바보처럼 불가능한 해결책을 찾고 시간이 없을 때 더 많은 시간을 벌려고 노력한다. 단지 죽음을 미루기 위해서가 아니라 우리가 아직 살아 있는 동안 깨달음에 한 걸음 더 다가갈 수 있기 위해서

다. 죽음을 넘어서는 의식의 세계가 있을지도 모른다는 것을 생전에 발견할 가능성. 사실 죽음을 전혀 두려워할 필요가 없다는 점. 죽음은 끝이 아니라 시작일 수도 있다는 점을 깨닫기 위해서다.

아버지에게 프라나야마를 가르쳐드린 첫 주에 나는 '내가 평생 해온 모든 것이 아버지의 이 순간을 위해 나를 준비시켜 온 것이 아닐까'라는 생각이 들었다. 아버지는 이제 기꺼이 참선을 하고 싶어 하셨다. 나는 6년이나 대중을 상대로 참선을 가르쳤으니 아버지를 가르쳐드릴 준비가 되어 있었다. 또한 아버지를 가르치려면 그 연세의 한국계 남성이 어떻게 생각하고 어떻게 느끼는지를 이해할 필요가 있었는데, 나는 이미 아버지보다 몇 살 위이고 훨씬 더 전통적인 한국인 스승님을 15년 가까이 모신 경험이 있었다. 이제 나는 몸뿐만 아니라 마음으로도 아버지 인생 여정의 이 구간을 함께할 준비가 되어 있었다. 내 허리를 치료하기 위해 배우고 있었던 요가와 프라나야마 역시도 아버지에게 도움이 되었다.

그 일주일이 지나자 카이발랴다마 요가 연구소에서 또 하나의 이메일이 도착했다. 프라나야마 초급 과정에 갑자기 자리가 하나 생겼다는 내용이었다. 몇 달 전에는 거절당한 프로그램에 알 수 없는 이유로 받아들여진 것이다. 깜짝 놀랄 일이었다.

더 이상 내 삶을 내가 통제하는 게 아니라는 느낌을 받았다. 사실 어쩌면 나는 처음부터 내 삶을 통제해본 적이 없는지도 모르겠다. 젊은 나이에 송담 스님을 만나 그의 제자가 되고, 그의 시자가 되고, 최근에 그를 떠난 일까지. 나에게 일어났거나 내가 해온 모든 일들이 이제는 우주의 더 거대한 계획의 일부인 것처럼 보였다. 우주가 나의 삶을 이끌고, 나는 단지 거기에 올라타고 있다는 느낌이 들었다.

처음에는 카이발랴다마로 가는 대신 하루빨리 가족에게 돌아가야 한다고 생각했다. 그러나 부모님은 놀랍게도 내게 티와리에게 가서 배우고 오라고 하셨다. 그러면 미국으로 돌아가는 일정이 몇 달 늦어지는데도 불구하고 말이다.

예상하지 못했던 변화들이 너무나 많았다. 나는 카이발랴다마에 가기로 했다. 어쩌면 티와리가 내 이메일에 답장을 쓴 뒤에 담당자에게 내 상황을 알리고 받아들이도록 주선했을지 모른다. 내가 그에게 처음 메일을 보낸 뒤로 몇 달 동안, 내가 정말 카이발랴다마로 갈 때까지, 티와리는 나와 계속해서 연락하며 내 아버지의 경과를 살피고 프라나야마에 대해 조언해주었다. 그는 내가 누군지 전혀 몰랐지만 낯선 사람에게 기꺼이 도움을 주려 했다.

내가 프라나야마 과정에 들어갈 수 있도록 티와리가 영향력을 행사했는지는 끝내 확인하지 못했다. 그럼에도 불구하고 나는 티와리와 내 이메일을 그에게 전해준 직원들 그리고 카이발랴다마 요가 연구소 직원 모두에게 감사하다.

사람들은 우리가 기대하는 것만큼 친절하지 않아 보인다. 하지만 실제로는 우리가 예상하는 것보다 훨씬 더 친절한 경우가 많다. 그리고 무의미한 우주에 아무렇게나 주어진 것 같은 환경 안에도 보이지 않는 질서가 정말로 존재하는 것 같다.

그러니 절대 희망을 버리면 안 된다.

44

희망

카이발랴다마 요가 연구소에서 티와리의 초급 과정을 마친 후, 나는 드디어 캘리포니아에 있는 가족에게 돌아왔다. 공항으로 마중 나온 부모님과 동생의 모습은 거의 1년 전 마지막으로 봤던 때와 똑같아 보였다. 그러나 부모님 댁으로 가는 차 안에서 아버지는 내가 기억하는 것보다 자주 기침을 했고, 나는 그 기침이 예전과는 약간 다르다는 걸 느꼈다.

아버지의 병에 대해 알기 한 달 전쯤 나는 동생과 대화를 나누었다. 그 무렵 그의 아내는 자칫 생명이 위태로울 수도 있는 병에 걸렸다는 진단을 받았다. 얼마 지나지 않아 아버지도 편찮으시다는 사실을 알게 되었을 때, 우리 가족이 위기의 국면으로 접어들고 있는 것이 명백해졌다.

나는 가족들의 건강 문제로 동생이 정서적으로 힘이 들까봐 걱정됐지만 동생은 평소처럼 동요하지 않는 태도로 조용히 말했다.

"괜찮아. 상황이 언제나 좋을 거라고 기대할 수는 없으니까."

나는 집에서 아버지가 프라나야마를 하실 수 있도록 도왔다. 그뿐만 아니라 손으로 치유하는 법, 장거리 치유, 샤머니즘, 시각화 등에 관한 이해하기 힘든 책들에 푹 빠져들었다.

용어와 방법론은 달라도 정신 혹은 에너지를 기반으로 하는 거의 모든 형태의 치유는 주요 전제가 비교적 간단하고 쉽다. 에너지 치유 전문가들과 연구자들은 물질적 현실이 보다 미묘한 의식세계와 직접적으로 연결되어 있다고 본다. 그 결과 우리가 머리와 가슴으로 생각하고 느끼고 의도하는 것이 물리적인 세계에 직접적으로 영향을 미친다고 믿는다. 그 물리적인 세계에는 병든 환자의 몸도 포함된다.

강렬한 사랑의 힘이나 레이저를 쏘는 듯한 정신 집중의 힘을 통해 다른 사람의 몸과 마음에 치유 효과를 내는 것이 가능하다고 보는 것이다. 물리적으로 멀리 떨어져 있을 때조차도. 어떻게 이런 일이 일어나는지에 대해서는 다양하고 복잡한 이론적 설명들이 있으며 대개 양자물리학의 원리를 언급한다. 하지만 그런 일이 벌어진다는 사실 자체에 대해서는 이러한 현상을 연구해온 과학자들 사이에 이견이 없다. 지난 100년 동안 인간의 정신이 장애물이나 시간적·공간적 거리에 상관없이 물질세계에 직접적인 영향을 미칠 수 있다는 것을 증명하는 수많은 임상 자료와 증거가 계속 축적되었다. 이런 과학 정보는 관심 있는 사람이라면 누구나 이용할 수 있다. 그러나 자신 혹은 자신이 사랑하는 사람이 곤경에 빠졌을 때조차도 그런 걸 알아보려고 하는 사람은 별로 없다.

나는 물질에 미치는 정신의 힘에 대해 조금도 의심하지 않는다. 내가 처음 송담 스님의 시자 소임을 맡게 되었을 때, 스님이 병원에 가는 것을 좋아하지 않는다는 것을 곧 알 수 있었다. 스님은 환자 취급을 받는 것이 싫다며 죽을 때가 되면 자연스럽게 받아들이겠다고 거듭 밝히셨다.

그러던 어느 날, 우리는 스님을 설득해 건강검진을 받으시게 했다. 검사 결과를 살펴보던 의사는 스님의 몸에 이미 말기까지 진행된 종양이 있을 가능성이 매우 높다고 알려주었다. 빨리 조직 검사를 받고 가능한 한 수술을 서두르는 것이 좋겠다고 했다.

내가 스님에게 이런 결과를 전했을 때 스님은 표정의 변화가 전혀 없었다. 마치 차 타고 돌아가는 길에 비가 올 것 같다는 말을 들은 것 같은 무심한 표정이셨다. 스님은 MRI 스캔을 보자고 하시더니 종양이 자라고 있는 것으로 의심되는 위치만 확인하셨다. 그런 다음 스님이 머무시는 암자로 데려가 달라고 하셨다.

그게 다였다. 스님을 다시 병원에 모시고 가는 데 실패했다.

우리는 불길한 마음으로 일상을 보냈고, 그렇게 몇 달이 흘렀다. 언젠가는 스님을 병원으로 급하게 모셔야 할 날이 올 것이라 예상했다. 하지만 그런 일은 일어나지 않았다. 사실 겉으로 봐서는 스님의 거동이나 상태에는 변화가 없었다.

거의 6개월 뒤, 우리는 어렵게 스님을 설득해 다시 병원에 모시고 갔다. 검사 결과 그의 몸에 암이 존재한다는 모든 표시가 사라지고 없었다. 의사로부터 설명하기 힘든 결과를 전해들은 나는 스승님과 함께 대기실에 앉아 있었다.

나는 스님에게 몸을 기대며 재미있는 비밀을 좀 알려 달라고 하는 말투로 조용히 물었다.

"어떻게 해내셨습니까?"

스님은 장난기 어린 눈을 반짝이며 천천히 내게로 몸을 돌리며 대답하셨다.

"뭘? 나 아무것도 안 했는디. 뭔 말이냐?"

"스님께서 병 고치셨잖아요."

나는 속삭이듯 아주 작은 목소리로 말하며 웃었다.

"아! 그거."

그는 내가 하는 말을 방금 깨달은 것처럼 약간 고개를 끄덕이셨다.

"예, 스님. 그거요."

나는 미소를 지으면서 고개를 살짝 저었다. 스님은 확실히 나를 놀리는 것을 좋아하셨다.

스님은 장난꾸러기처럼 웃기 시작했다.

"그건 아무것도 아녀."

나는 조르듯 말했다.

"중요한 일인 것 같은데요."

"그렇게 알고 싶어?"

"스님!"

여기서 우리는 믿을 것이냐 말 것이냐의 기로에 서게 된다. 기적처럼 들리는 송담 스님의 회복 이야기를 하면 사람들은 기본적으로 두 가지 반응을 보인다. 진심으로 믿는 사람들은 이런 이야기가 자신들의 믿음이 옳다는 것을 확인시켜준다며 매우 기뻐한다. 이들은 이 이야기를 듣기 전에도 이미 인간은 놀라운 심적 능력을 발휘할 수 있다고 믿었던 사람들이다. 사실 나도 이렇게 진심으로 믿는 사람들 중 하나다. 그러니 내가 너무 잘 속는 사람이 되지 않기 위해 혼자 정리해본 생각을 말해주겠다.

송담 스님이 정말로 초인적인 심적 능력을 발휘했음을 '증명'할 충분한 증거는 없다. 우리는 스님이 정말로 암에 걸렸다는 걸 확인하지 못했다. 나는 다만 스님의 검사 결과를 보고 진심으로 놀라움을 표한 의사들과의 대화를 근거로 스님이 혈액의 암 수치를 낮추신 건 분명하다고 믿는다.

그러나 이런 이야기가 과장에 불과하거나 순전히 조작된 이야기라고 생각하는 '회의론자'들도 있다. 그런 사람들에게 할 수 있는 이야기는 이것뿐이다. 나는 송담 스님을 신격화하고 싶은 생각이 전혀 없다. 단지 우리의 정신적·신체적 능력을 검증해보기도 전에 그 한계를 안다고 단정하면 안 된다는 이야기를 하고 싶은 것뿐이다. 의사든 심리학자든 인간의 몸과 마음에 대해 우리가 아는 것보다 모르는 것이 더 많다고 말할 것이다.

마지막으로 참선의 궁극적 목적은 치료가 아니다. 그리고 송담 스님은 참선을 이용해 병을 치료한 게 아니다. 스님은 오히려 자신의 심리작용을 놀라울 정도로 통제할 수 있다는 것을 보여주신 것 같다. 내 생각엔 그런 능력을 발휘할 수 있는 사람은 송담 스님만이 아니다. 어쩌면 우리 모두가 그럴 수도 있다.

스님은 우주를 가득 채운 기를 흡수해 그것이 몸에 있을 수 있는 어떤 질병이나 상처를 향하게 하는 방법이 있다고 설명하셨다. 스님은 다른 질병도 이런 식으로 치유될 수 있다고 주장하셨다.

나는 다른 모든 방법이 실패한다면 최후의 수단으로서 우리 가족에게도 비슷한 일이 일어날 수 있기를 바란다. 그러나 알다시피 우리 가족이 겪고 있는 일은 세계 어느 곳에서나 일어나고 있다. 항상 그래왔고 앞으로도 그럴 것이다. 우리는 모두 그렇게 여기 한 배에 타고 있다. 숨 쉴 때마다 그리고 매일 밤 잠잘 때마다 조금씩 더 죽어가면서.

선불교 선지식들의 말이 옳을지도 모른다. 삶과 죽음이라는 중대한 일, 즉 생사일대사는 정말 알 수 없는 문제일지 모른다. 그리고 만일 그렇다면, 삶과 죽음이 정말로 거대한 문제라면 그 해답은 무엇일까?

사랑일까?

사랑은 우리가 선택할 수 있는 것일까?

과연 우리가 생과 사의 경계를 초월하는 사랑을 진정으로 찾을 수 있을까?

45
◦◦◦◦

카이발랴다마

인도 로나블라에 카이발랴다마 요가 연구소를 설립한 스와미 쿠발라야난다Swami Kuvalayananda는 요가 수행이 인체에 미치는 영향을 과학적으로 엄밀히 연구한 초기 요가 전문가 중 한 명이다.

1966년에 세상을 뜨기 전까지 그는 수십 년 동안 인도 전역에 현대화된 요가 연습 센터는 물론 수많은 연구소와 대학, 병원들을 설립했다. 지금껏 요가의 효과에 관한 과학적 데이터가 축적된 것은 대체로 쿠발라야난다와 같은 초기 현대 요가 개척자들 덕분이다. 현대의 요가 수행자들, 특히 삼매나 깨달음 같이 전통 종교에서 볼 수 있는 목표를 위해 요가를 하는 사람들조차도 그 수행을 과학적으로 해석하는 것에 대해 두려움을 느끼지 않는 이유도 그들의 노력 때문이다.

카이발랴다마는 '과학이 요가를 만나는' 첫 번째 장소이자 시작점이다. 내가 아버지의 병을 알기 전부터 그곳을 방문해보고 싶었던 이유도 이 때문이다. 나는 카이발랴다마가 21세기의 도전과 필요에 부응할 수 있는 종교 수행과 종교 가르침, 종교 연구의 모델을 개발하는 데 성공했을 거라는 생각이 들었다.

12월 초에 카이발랴다마 요가 연구소에 도착했다. 절을 떠난 지 1년이 지났을 무렵이다. 나는 마지막 순간에 운 좋게 들어간 2주간의 프라나야마 초급 과정에 참석할 예정이었다. 더 길고, 더 집중적인 코스를 해보고 싶은 마음도 있었지만 동시에 언제든 여행을 그만둘 준비도 되어 있었다. 지난 13개월 동안 한 달 단위로 한 주거지에서 다음 주거지로 옮겨 다니며 내내 떠돌이 생활을 해왔다. 바람에 나부끼는 낙엽처럼 이리저리 굴러다니는 게 이제 피곤했다.

연구소는 작은 대학 캠퍼스처럼 조성되어 있었다. 양쪽으로 늘어선 아름다운 나무들이 쾌적한 그늘을 만드는 산책로가 기숙사와 강의실 그리고 중앙도서관으로 이어졌다. 도서관은 이미 절판된 희귀 도서들 심지어 100년 넘은 책들도 소장하고 있었다.

처음 며칠은 캠퍼스를 거닐 때마다 그 모습이 적잖이 부러웠다. 오래전에 내가 몸담았던 절이 현대적으로 다시 조성될 날을 꿈꿨던 적이 있다. 참선의 잠재적인 치료 효과와 위험성을 과학적으로 조사하는 연구시설과 함께 집중적인 교육 프로그램을 갖춘 그런 곳이 되기를 바랐다. 수도승과 일반인들이 가능한 한 최고 수준의 지식을 배우고 올바른 참선법을 익힐 수 있는 그런 곳을 꿈꿨다. 그러한 시설이 갖춰지면 이미 마련된 대규모 선방을 지원하는 부속기관의 역할을 할 수 있을 거라고 생각했다. 그러면 기존 수행자들에게는 최신 정보를 제공하고 참선을 처음 시작하는 사람들에겐 현대적인 차세대 수행자가 될 수 있도록 도움을 줄 수 있을 것으로 생각했다.

초급 프라나야마 워크숍은 매일 아침 6시에 크리야를 배우는 것으로 시작되었다. 크리야는 일반적인 생리적 배설 작용으로는 배출할 수 없는 체내 독소와 노폐물을 배출하기 위한 특별한 자가 정화 활동이다. 가장 흔히 하는 크리야는 간단한 도구를 이용한다. 예를 들어, 작은 주전자를 이용해 한쪽 콧구멍에 따뜻한 식염수를 부어 다른 콧구멍으로 나오게 함으로써 양쪽 콧구멍을 연결하는 비강을 깨끗이 닦는다.

크리야는 단계가 올라갈수록 더 힘들어지고, 대부분은 어떤 형태로든 역류를 포함한다. 이것을 시도할 만큼 모험심이 강한 학생들은 금세 친해진다. 함께 구토하다보면 서로 다른 나라에서 온 낯선 이들 사이에 놀랄 정도로 끈끈한 동지애가 생길 수밖에 없다.

크리야가 끝나면 마침내 티와리가 직접 이끄는 아침 프라나야마 수업이었다. 티와리는 키가 크고 체격이 건장한 노인이었다. 그는 깃이 약간 올라가고 어깨가 둥근, 길고 하얀 인도식 상의를 입었다. 또한 엄격한 인상을 주는 안경을 썼고, 콧대가 두드러지고 흰머리가 풍성했다. 나는 나중에 그가 여든 살이 훌쩍 넘었다는 사실을 알게 되었는데 언뜻 봐서는 70대처럼 보였다. 그곳에 모인 학생들은 전부 그에게서 배움을 얻고자 멀리서 찾아온 이들이었다.

티와리는 스와미 쿠발라야난다의 제자 중 유일하게 살아 있는 인물로 세계 최고의 프라나야마 전문가라는 평가를 받고 있다. 티와리는 1958년에 당시 유명했던 카이발랴다마 아쉬람(카이발랴다마 요가 연구소의 전신)에 네루 총리가 방문했다는 기사를 우연히 보게 되었다. 그

기사엔 카이발랴다마 아쉬람에서 2년간 요가와 프라나야마를 배울 남학생들을 모집한다는 내용이 있었다. 이미 접수 기한이 지났지만 티와리는 지원서를 보냈고, 놀랍게도 스와미 쿠발라야난다가 직접 입학해도 좋다고 쓴 편지를 받았다고 한다.

티와리는 당시 쿠발라야난다 밑에서 공부한 6명의 학생 중 한 명이었다. 티와리는 쿠발라야난다로부터 직접 지도를 받으며 8년간 프라나야마를 공부했다. 1960년대에는 프라나야마 수행이 뇌에 미치는 영향에 관한 쿠발라야난다의 과학적 연구에도 참여할 수 있었다.

쿠발라야난다는 세상을 뜨기 1년 전인 1965년, 당시 비교적 신인이었던 티와리를 기관의 사무총장으로 지명해 모두를 놀라게 했다. 티와리는 임명되자마자 카이발랴다마의 재무 및 행정 기반시설을 현대화했다. 그 후 전 세계에 인도 요가와 프라나야마를 알리는 역할을 하며 그 당시 대체로 이국적이고 낯설게 여겨졌던 요가와 프라나야마가 주류 사회로부터 인정받을 수 있도록 했다. 미국, 프랑스, 중국, 대만, 태국 등에서 워크숍을 개최하고 학회에도 참석했다. 또한 그가 저술한 카이발랴다마식 요가에 관한 입문서가 여러 언어로 출판되었다.

내가 카이발랴다마에 도착했을 때는 티와리의 경력이 끝을 향해 달려가고 있는 것이 분명했다. 그럼에도 불구하고 그는 요가에 관한 한 여전히 왕성하게 활동했고 국제적으로 인정받는 권위자였으며 인도 내에서 엄청난 정치적·사회적 영향력을 지닌 존경받는 스승이었다.

프라나야마 수업이 열리는 돔 형태의 샬라에 모습을 드러냈을 때 그는 혼자가 아니었다. 크리야 수업 때 만난 강사가 함께 들어왔는데 티와리의 비서로도 활동하는 모양이었다. 그리고 또 한 명이 있었는데 30

대로 보이는 티와리의 손녀였다. 티와리의 움직임은 아주 꼿꼿하여 장엄한 분위기마저 풍겼다. 목소리는 대규모 청중에게 연설하는 것에 익숙한 듯 힘 있고 낭랑했다.

그의 피 속에 여전히 불같은 열정이 흐른다는 것을 알 수 있었다. 요가의 가르침을 세계와 공유해야 한다는 절대적이고 흔들림 없는 평생의 의무감이 느껴졌다. 그는 더 오래되고, 더 절제되고, 더 품위 있는 문화로서 인도 전통을 알리는 마지막 문화 사절처럼 보였다. 그는 또한 지나치게 흥분하는 쪽으로 잘못 나아간 문명에 유익하고 적절하고 분별 있는 삶을 사는 법을 가르치는 종교 사절이었다.

아흔에 가까운 나이에도 하루 두 번 1시간 반씩 전 세계에서 온 약 40명의 방문객에게 강의를 하고 실습을 지도한다는 게 쉽지 않을 듯한데도 그는 바람 속을 걷는 것처럼 모든 수업을 힘 있게 이끌어나갔다. 그곳에 있었다면 누구라도 그의 헌신에 감동과 영감을 받지 않을 수 없었을 것이다. 그는 수업이 있을 때마다 원하는 사람이 있으면 누구에게나 고대 아유르베다식(힌두교식) 점검을 해주었다. 매일 한 반에 절반은 그에게 직접 점검을 받았다는 의미다. 그를 보면 대부분의 사람들이 첫눈에 본능적으로 애정과 믿음이 생겨 기회만 있으면 그에게 가까이 가려 했다.

나 역시 그의 대단한 인간애에 감동하지 않을 수 없었다. 하지만 나는 얼마 전까지 훌륭한 스승님을 모시는 데 인생의 거의 3분의 1을 바친 상황이었다. 더는 카리스마 있는 지도자를 둘러싸고 벌어질 수밖에 없는 서커스에 동참하고 싶은 마음이 없었다. 나는 주변에서 관찰하는 것으로 만족했다.

그러나 한 번쯤은 그를 따로 만나고 싶었다. 어쨌거나 아픈 가족들을 대신해 프라나야마 처방을 받으려고 그곳에 간 것이기 때문이다. 티와리는 한 번에 15분 남짓 학생들과의 면담을 위해 매일 오후 시간을 따로 비워두었다. 그러나 그 시간이 너무 빨리 채워졌기 때문에 나는 좀처럼 약속을 잡을 수가 없었다.

카이발라다마는 현대식 대학처럼 보였지만 본질은 분명 종교 기관이었다. 준비된 모든 것과 행해진 모든 작업이 그곳의 직원들과 자원봉사자들의 종교적 신념과 헌신으로 이루어졌다. 내가 처음 송담 스님을 만나기 위해 절에 갔을 때가 떠올랐다. 모두들 자신이 더 큰 무언가의 일부, 그러니까 온 세상에 영향을 미치는 어떤 것의 일부라고 느끼는 것 같았다.

어떻게 그럴 수 있었을까? 나는 종종 생각했다. 그들은 어떻게 요가와 과학의 통합이라는 목표에 집중할 수 있었을까? 그 목표는 거의 한 세기 전에 만들어진 것이고, 그 목표를 세운 창시자는 이미 오래전 세상을 떠났는데도 불구하고 말이다.

그 해답은 물론 티와리였다. 그는 스승의 업적을 이어나갔지만 맹목적으로 지시를 따르는 단순한 모방자가 아니었다. 티와리에겐 자기만의 비전이 있었다. 말하자면, 스승의 비전에 대한 자기만의 비전이 있었다. 카이발라다마를 이끄는 항해사로서 그는 지난 100년 사이 인도에서 벌어진 복잡한 사회적·문화적 변화는 말할 것도 없고, 인터넷의 등장이나 지구 생태계 위기 같은 예상치 못한 변화에 맞춰 항로를 조정하는 법을 알고 있었다.

아직은 경력의 황혼기에 있는 티와리를 대신할 또 다른 카리스마 있고 선견지명이 있는 지도자가 등장할 것 같지 않다. 어쩌면 그런 일은 더 이상 필요하지 않을지도 모른다. 아마도 카이발랴다마는 고용, 훈련, 관리, 계획, 실행이라는 자체 시스템으로 운영될 수도 있을 것이다. 나는 이 놀라운 조직의 미래가 궁금했다.

어느 날 점심을 먹고 나서 티와리와의 면담 시간을 잡을 수 있기를 바라며 행정실을 향해 천천히 걸어갔다. 나는 여의치 않으면 행정실 직원들에게 우리 가족의 상황을 장황하게 늘어놓을 작정이었다. 그런데 중년의 인도 여성들로 구성된 직원들은 내게 티와리가 있는 집무실 문을 가리키며 당장 안으로 들어가보라고 했다. 그때까지 인도에서는 무슨 일만 하려고 하면 예상치 못한 온갖 장애와 지연을 맞닥뜨렸던 터라 티와리를 이렇게 쉽게 만날 수 있다는 게 믿기지 않았다. 나는 내가 잘못 들은 게 아닌가 생각하며 미리 준비해간 말을 늘어놓기 시작했다.

"선생님, 지금 만날 수 있어요. 그냥 들어가시면 돼요."

한 여자가 인도 억양이 강하게 묻어나는 말투로 내게 말했다.

나는 약간 열려 있는 그의 사무실 문을 활짝 열었다. 티와리가 커다란 책상 앞에 앉아 마치 기다렸다는 듯 나를 올려다보았다.

"아, 들어와요, 들어와. 뭘 도와드리면 좋겠소?"

그가 밝은 목소리로 말했다.

나는 그의 책상 앞에 있는 의자에 앉아 두꺼운 안경 뒤에 있는 그의 눈을 보았다. 다정하게 배려하는 할아버지 같은 태도와 따뜻하고 낭랑한 목소리, 예의를 갖추는 모습 뒤로 그의 눈이 신비로운 빛을 내며 반짝였다. 강철에 반사되는 햇빛 같았다. 확실히 평생 명상과 프라나야마를 수행한 사람다운 시선이었다. 그의 눈에 우주의 기운이 흐르고 있었다. 많은 학생들이 그가 자기실현을 했다고, 불교식 표현으로 하면 깨달음을 얻었다고 믿는 것도 놀랄 일은 아니었다.

나는 아버지가 편찮으시다는 이메일을 보낸 사람이 나라고 말했다. 그는 곧바로 나를 기억하고는 아버지의 근황을 물었다. 나는 그의 지원에 감사를 표하고 프라나야마가 정말로 도움이 되었다고 말했다. 티와리는 만족스러운 미소를 지으며 고개를 끄덕였다. 그에겐 익숙한 소식인 듯했다.

그런 다음 나는 우리 가족과 병으로 고통 받고 있는 몇몇 친구들을 위한 프라나야마 처방을 구하기 시작했다. 87세의 티와리는 마치 세상 모든 시간을 다 가진 사람처럼 책상 위에 놓인 시계에 한 번도 눈길을 주지 않고, 어려움에 처한 친구들에게 도움이 될 것이라고 믿는 일련의 방법들을 끈기 있고 명쾌하게 설명해 주었다.

사무실 한쪽 벽에 매우 큰 사진이 걸려 있었다. 그의 스승인 쿠발라야난다였다. 나는 무심코 그 사진을 바라보다 티와리의 시선을 느꼈다.

"그분 밑에서 8년 동안 공부했어요."

"네, 들었습니다."

"알고 있군요."

티와리는 나와 함께 쿠발라야난다의 사진을 보았다. 그가 처음으로 소년 같아 보였다. 신문에 난 모집 광고에 답했던 소년. 나는 쿠발라야난다의 사진에서 눈을 떼지 못하는 티와리의 얼굴에 어린 미소가 어떤 것인지 잘 알았다. 나도 거의 평생 그런 미소를 지으며 살았으니까. 자신의 영웅을 바라볼 때면 절로 지어지는 미소.

티와리는 다시 내게로 시선을 돌렸다. 그는 강조하듯 검지로 허공을 가리키며 말했다.

"그는 언제나 모든 과학 실험의 첫 번째 대상이 자신이어야 한다고 주장했어요."

"스와미 쿠발라야난다."

"맞아요. 그는 자기가 직접 경험하지 않은 실험을 학생들이 겪게 하지 않았어요. 그래서 카이발랴다마에서 발행하는 요가 과학 계간지 「요가 미맘사」에 실린 초기 실험 사진에 나오는 사람은 모두 그예요."

"놀라워요. 그의 용기가."

나는 숨을 한 번 크게 쉬고 말했다.

"맞아요, 그는 겁이 없었어요."

티와리가 편하게 말했다.

"티와리."

내가 정중하게 이름을 부르자 그가 금세 허리를 꼿꼿이 펴고 정중한 자세를 취했다.

"아버지와 우리 가족을 도와주셔서 정말 고맙습니다. 인도의 프라나야마와 요가라는 선물을 온 세상과 공유해주셔서 정말 감사합니다."

티와리는 무표정하게 내 눈을 가만히 쳐다보았다. 내 스승이 그러셨듯이 그도 진심 어린 감사의 표현 앞에서 상투적인 말로 답하거나 겸손한 척하지 않았다. 그저 조용히 자신이 한 행동의 결과를 받아들였다.

"한국에서 저는 승려였습니다."

나는 솔직하게 털어놨다.

티와리는 여전히 아무 말도 하지 않았다.

"한국에서는 종교가 쇠퇴하고 있어요." 나는 이야기를 계속했다. "특히 현대 젊은이들은 더 이상 권위를 신뢰하지 않아요. 경쟁이 심한 사회에서 스트레스를 받으며 살아가는 그들에게 믿음을 요구하지 않고도 공유할 수 있는 것이 있을까요? 의학적 처치나 경험처럼 그들이 해보고 혜택을 누릴 수 있는 어떤 것이 있을까요? 절이나 아쉬람에 들어갈 필요 없이 말입니다."

"있지요. 프라나야마는 맹목적인 믿음을 요구하지 않아요. 맹목적인 복종도 요구하지 않고. 프라나야마는 다른 무엇보다도 과학이니까요. 요가의 과학…"

그가 말하기 시작했다.

그는 몇 분간 요가의 임상 효과에 대해 말했다. 그는 요가가 얼마나 훌륭한지 상기시킨 다음 사람들에게 전할 수 있는 몇 가지 간단한 프라나야마 방법을 가르쳐주었다.

티와리가 알려준 방법도 내가 그동안 배운 대부분의 프라나야마 방법과 마찬가지로 그 자체가 명상법은 아니었다. 심신을 더 건강하게 만들기 위한 보조 기법 같은 것이었다. 일반 사람들은 철저히 건강을 생각해서 하나의 운동법으로서 프라나야마를 할 수도 있고, 평소 참선을 하는 사람들은 정식으로 참선을 시작하기 전에 준비 운동 차원에서 프라나야마를 할 수도 있을 것이다.

"제가 시간을 많이 빼앗았네요."

내가 말했다.

"천만에요. 난 바쁘지 않아요."

"당신은 제가 만난 가장 바쁜 사람 중 하나일 거예요."

그는 다시 내 눈을 똑바로 쳐다보며 장난꾸러기 아이처럼 활짝 웃었다. 많은 위대한 지도자들과 마찬가지로 그의 눈은 이렇게 말하는 것 같았다.

"우리는 한 팀이야. 알지? 가서 잘 싸워봐. 나는 네 편이야."

"이제 그만 가볼게요."

나는 일어서서 그를 마주보았다.

"언제든지 와요. 난 항상 여기 있으니까."

5부

참선과

미래

46

선방과 컴퓨터

지난 30년간 내가 아는 한국의 선불교 스님들은 전통적인 생활 방식에 과학기술이 침투하는 것을 막으려고 노력했다. 내가 처음 절에 들어갔을 때만 해도 다양한 형식의 자료들을 관리하기 위해 컴퓨터 시스템을 설치해야 하나 마나를 놓고 스님들이 논쟁을 벌이고 있었다.

대다수의 스님들은 전자기기에 강한 불신을 나타냈다. 이렇게 현대적이고 편리한 것들이 스님들을 게으르게 만들고 공동체 문화를 파괴할 거라고 우려했다. 모든 것을 손으로 직접 하는 전통적인 작업 방식이 시간은 오래 걸리지만 스님들을 하나의 공동체로 묶어주고, 그러다 보면 사소한 다툼이 해결되며, 몸과 마음에 새로운 활력을 준다고 강조했다. 이 스님들은 과학을 중시하는 현대 문화와 오래된 종교 전통은 조화를 이룰 수 없다고 굳게 믿었다.

한편 나를 포함해 소수의 몇몇 스님들은 과학기술의 도움을 받으면 참선에 집중할 시간을 좀 더 확보할 수 있을 거라고 주장했다. 우리는 현대 과학과 전통 종교가 인간의 발전과 깨달음이라는 동일한 목표를 추구한다고 믿었다.

우리는 이 문제를 송담 스님께 여쭈었고, 스님은 절에 컴퓨터 시스템을 갖추라고 지시하셨다. 나는 스님의 결정에 놀라지 않았다. 나는 송담 스님이 전통주의자의 옷으로 위장한 미래주의자라고 생각했다. 그래서 현대와 전통 사이의 문화적 갈등이 더 높은 차원의 통합으로 해소되는, 지금보다 더 나은 미래로 우리를 이끌고 계시다고 믿었다.

하지만 시간이 지날수록 스님의 그런 결정이 과학기술에 의존하는 삶을 옹호하는 건 아니라는 느낌이 들었다. 가능하다면 스님은 계속 전통을 따르는 쪽을 더 원하셨을 것이다. 하지만 다가오는 미래를 내다보시고 변화에 적응해야 한다고 판단하신 것이다.

시간이 흐르고 보니 컴퓨터 시스템을 두고 양측으로 갈렸던 스님들의 의견이 한편으로는 둘 다 옳고, 다른 한편으로는 둘 다 틀린 것으로 드러났다. 우선 현대 기술을 받아들임으로써 일 처리가 한결 수월해진 덕분에 우리 절은 급속도로 성장할 수 있었다. 그뿐만 아니라 거의 30년 전에 이미 비교적 힘들이지 않고도 카세트테이프와 CD 형태로 송담 스님의 법문을 전국 곳곳에 널리 소개할 수 있었다. 과학기술의 도움이 있었기에 스님의 가르침으로 수많은 사람들의 삶이 달라질 수 있었다.

게다가 기술 혁신은 전국 곳곳의 사찰을 누비는 선객 스님들의 생활 또한 편리하게 변화시켰다. 내가 처음 한국에 왔을 때만 해도 이 산 저 산의 선방을 찾아다니며 수행하는 스님들에게 연락할 방법이 없었다. 스님들이 일단 일주문 밖으로 걸어 나가면 그대로 사라져버리는 것이나 마찬가지였다. 이리저리 떠돌아다니는 삶이다 보니 선객 스님들은 소지품을 모두 등에 짊어지고 다녀야 했다. 도반 스님을 만나고 싶어도 여기저기 수소문하며 직접 찾아다녀야 했다.

그런데 20여 년 전, 무선호출기(일명 삐삐)의 등장으로 모든 것이 바뀌었다. 갑자기 거의 모든 스님들이 하나의 통신망으로 연결된 것이다. 이후 휴대전화와 개인용 컴퓨터PC, 태블릿이 연이어 등장하면서 산속에서 생활하는 스님들과도 꾸준히 연락하고, 서로의 이동 경로를 공유할 수 있게 되었다.

덕분에 전보다 훨씬 더 유연하면서도 창의적으로 안거 계획을 세울 수 있었다. 저렴한 택배 서비스도 생겨 거처를 옮겨 다니며 수행하는 스님들이 짐을 짊어지고 다니지 않고 미리 택배로 보낼 수 있게 되었다. 그 결과 비교적 짧은 시간 만에 선승들은 서로 연락을 유지하는 동시에 언제 어디서든 자유롭게 수행하는 것이 가능해졌다. 이것은 역사적으로 유례가 없는 일이었다.

그러나 시간이 갈수록 사찰에 더 많은 기술이 도입됨에 따라 공동체 생활이 와해되는 면도 분명히 있었다. 스님들이 손수 하던 일을 기계가 대신함에 따라 스님들을 하나로 묶어주던 외부 요인이 사라진 것이다. 그 결과 스님들 간에 거리가 생기고 세대 간에 틈이 생기는 것이 보였다. 스님들도 의견 차이를 조율하는 것보다 서로를 피하는 것이 더 편하다고 느낄 때가 있다. 또한 스님들도 사회생활을 하는 다른 사람들과 마찬가지로 다른 스님들과 어울리기보다 다양한 형태의 미디어에 의존해 머리를 식히거나 위안을 받고 싶을 수 있다.

부담스러운 의무와 책임에서 벗어난다고 해서 자신이 추구하는 목표에 저절로 더 몰두하게 되는 것은 아니다. 대개는 덤으로 주어진 시간을 의미 없는 여가로 낭비하곤 한다. 기술 혁신으로 더 많은 시간과 에너지가 생기면 새로운 기술에 맞는 새로운 동기부여 전략을 개발하고 생활 방식도 변화시킬 필요가 있다. 그러지 않으면 내가 지냈던 절의 전통주의 스님들이 우려했듯이 새롭게 얻은 여유 시간이 영감의 원천이 되기는커녕 구성원의 의욕을 떨어뜨리고 산만하게 만들기 쉽다.

30년 전에는 컴퓨터를 설치할지 말지를 우리가 선택할 수 있었다. 그러나 이제는 아무리 사찰이라 해도 선택할 수 있는 문제가 아니다. 사회와 완전히 단절하고 모든 물품을 자급자족하지 않는 이상 말이다. 스님들도 이미 과학기술 시대에 살고 있다.

첨단 기술이 생활의 구석구석까지 스며든 것을 보면 아직도 놀랍기만 하다. 이른바 '소셜 미디어'를 통해 기술이 우리의 사회적 관계에 미치는 영향력도 점점 커지고 있다.

이제 우리 모두 다 정말로 기계 속에서 살아가고 있다.

기술이 우리 사회와 문화 그리고 개인의 행복에 미치는 영향을 여기서 다 다루기에는 너무나 방대하다. 하지만 인간의 발달이라는 맥락에서 몇 가지 질문을 던지고, 그것에 대한 내 생각을 밝히고자 한다.

먼저, 기술을 기반으로 한 생활 방식이 우리의 신체적·정신적 능력 발달에 미치는 영향은 무엇일까?

세계 주요 도시 어디를 가든 길을 걷다 보면 지나치다 싶을 만큼 많은 헬스클럽과 실내체육관, 복싱클럽, 요가 센터를 발견할 수 있다. 체지방 비율이 한 자릿수밖에 안 되는 멋진 피트니스 모델을 내세운 광고판을 사방에서 볼 수 있다.

신체를 단련하는 피트니스 산업은 수익성이 좋은 글로벌 산업 중 하나다. 그렇다면 이 산업은 왜 존재하며, 그렇게 수익성이 좋은 이유가 무엇일까?

당연히 사람들이 멋진 몸매를 갖고, 건강하고 아름다워지기를 원하기 때문이다.

그런데 현대인 중에는 건강하지 못한 사람들이 왜 그렇게 많을까?

그에 대한 진짜 답은 과학기술에 기반을 둔 현대 생활 방식이 우리의 건강을 지켜줄 수 없기 때문이다. 사실 그런 생활 방식은 우리의 건강을 해친다.

건강 관련 산업과 피트니스 산업이 번창하고 수익성이 좋은 이유도 현대의 사회생활이 신체 건강에 끼치는 손상을 만회하기 위한 하나의 보완 체계로 존재하기 때문이다. 현대적 생활 방식은 우리에게 충분한 운동이 되지 않는다. 그래서 우리는 평소 업무와 개인적인 생활에서 부족한 부분을 채우기 위한 일종의 대응 체제로서 신체를 중시하는 문화와 산업을 설계하고 구축해 관리해야 하는 것이다. 직설적으로 표현하면 현대 피트니스 문화는 우리의 쇠약해진 몸을 지탱하기 위해 필요한 목발 같은 것이다. 어쩌다 이렇게 되었을까?

대부분의 사람들은 고등학교를 졸업할 때까지 최소한의 체육 수업을 받는다. 현대의 체육 수업은 거의 경쟁을 벌이는 스포츠들로 구성되어 있어 팔다리를 어떻게 움직이고, 팀플레이를 어떻게 하면 되는지만 가르친다. 예컨대 스스로 혈압과 혈액순환, 소화기능을 조절하는 방법 같은 것은 배우지 않는다. 스트레스에 실시간으로 대처하는 법도, 신체 에너지를 비축하고 소비하고 만들어내는 법도 배우지 않는다. 지금의 체육 및 보건 교육 체계에서는 매우 한정된 운동 기능만 가르치며 그마저도 훗날 직장생활을 할 때 활용하기 어려운 것들이 대부분이다.

현대사회는 전 세계적으로 육체노동보다는 머리를 써서 문제를 해결하는 직업에 더 많은 특권을 부여한다. 소위 말하는 사무직이 보수도 많고, 평판도 더 좋다. 반면에 손과 몸을 쓰는 일은 상대적으로 보수도 적고, 존경받거나 선망의 대상이 되지도 못한다.

그래서 우리는 어릴 때부터 성인이 되어서까지도 이런 문화적 가치와 경제적 현실이 몸에 배어 가능하면 신체 활동이 적은 생활 방식을 추구한다. 이는 곧 하루 종일 컴퓨터 앞에 앉아 경쟁자들보다 더 똑똑하다는 것을 증명하려고 필사적으로 애쓰는 인생을 의미한다. 이렇듯 우리의 업무 환경은 최고조의 스트레스와 최소한의 신체 활동이라는 조건 속에 놓여 있다.

위협적인 상황에 처하면 우리 몸에서는 투쟁―도피 반응이 일어나 짧고 강렬한 움직임을 준비한다. 현대의 업무 환경은 우리 몸에서 이런 반응이 일어나도록 압력을 가하지만 몸을 움직여 그 에너지를 해소할 기회는 주지 않는다. 투쟁―도피 반응은 원래 순간적으로 짧게 일어나는 반응이라 너무 오래 지속되면 건강에 해롭다. 그럼에도 불구하고 많은 사람들이 하루 종일, 일주일에 닷새나 엿새는 그런 위협에 시달리며 지낸다.

기술의 엄청난 발달과 도입으로 대부분의 사람들이 온종일 육체적 활동 없이 가만히 앉아 있어야 하는 사회가 되었다. 그 결과 인류 역사상 가장 많은 양의 의학적·생물학적 지식이 축적되었음에도 불구하고 우리는 자기 몸을 어떻게 사용하고 보살펴야 하는지 거의 알지 못한다.

의도한 바는 아니지만 과학기술에 기반을 둔 우리 사회는 마치 모든 위험으로부터 아이를 지켜주려고 과잉보호하는 부모처럼 신체 발달의 한계를 매우 낮게 설정한다. 기계에 의해 돌아가는 우리 사회는 자식을 위해 무엇이든 다 해주려는 부모처럼 몸을 움직이며 해야 할 일을 남겨두지 않는다. 우리가 종일 할 수 있는 일이라고는 그냥 앉아서 걱정하는 것뿐이다. 내가 모든 사람들이 언제 어디서나 참선하는 법을 배워야 한다고 고집스럽게 강조하는 이유가 바로 이 때문이다.

이제부터는 과학기술에 의존하는 생활 방식이 우리의 정신 발달에 미치는 영향을 생각해보자. 내가 어렸을 때, 그러니까 휴대전화가 없었을 때는 머릿속에 훨씬 많은 정보를 넣고 다녔다. 자주 사용하는 전화번호와 주소는 대부분 외웠다. 내가 아는 한 대부분의 사람들이 그것을 자연스럽게 여겼다. 돌이켜 보면 일상생활에서 지금보다 훨씬 다양한 정신 기능을 사용했다는 걸 알 수 있다.

나는 기술에 대한 지나친 의존이 학생들의 정신에 미치는 영향을 직접 목격했다. 내가 처음으로 한국의 대학생들에게 참선하는 법을 가르친 때가 20년 전이다. 그때 나는 참선을 처음 해보는 학생들에게 한 번에 20분간 앉아 있으라고 했다.

7년 전에 다시 대학생들에게 참선을 가르치기 시작했을 때, 학생들은 평균 10분 이상을 앉아 있지 못했다. 불과 5분만 지나도 고통스러워했다. 가장 놀랐던 건 학생들이 참선을 시작하고 처음 몇 분 동안도 가만히 앉아 있지 못하는 모습이었다. 손발을 꼼지락거리고, 다리를 떨고, 주위를 두리번거리고, 손을 가만두지 못했다. 그러나 몇 분이 지나자 학생들의 행동은 더욱 놀랍게 바뀌었다. 몇몇이 꾸벅꾸벅 졸기 시작한 것이다. 그 또한 처음 보는 광경이었다. 초보자의 경우 참선 자세가 몹시 불편하기 때문에 잠이 든다는 건 정말 흔치 않은 일이다.

참선 시간이 끝나고 학생들에게 어떻게 그렇게 빨리 잠이 들 수 있었냐고 묻자 학생들이 웃으며 지루해져서 그런 것 같다고 대답했다.

그동안 어린이들이 집중할 수 있는 평균 시간이 줄어들고 주의력 결핍 장애가 늘어나는 현상에 대해 많은 이야기가 있었다. 하지만 젊은이들이 집중력이 떨어져 눈동자를 가만히 두지 못하고 새장 속의 새처럼 끊임없이 이리저리 눈길을 돌리는 모습을 직접 보면 누구라도 저릿한 슬픔을 느끼게 될 것이다. 그리고 이런 의문이 생길 것이다.

'대체 우리가 어떤 세상을 만든 것일까?'

이렇게 말하면 현대의 기술 의존 현상에 대한 강력한 비판으로 들린다는 걸 안다. 하지만 나는 과학기술과 정신 수련이 상호 배타적인 관계라고 생각하지 않는다. 오히려 그 반대다. 나는 과학기술과 정신 수련이 훌륭하게 양립할 수 있다고 믿는다. 각각이 서로의 단점을 보완해주기 때문에 사실 이 둘을 결합할 필요가 있다고 생각한다. 그래서 두 전통이 서로 소통할 수 있는 이 시대에 살고 있는 우리가 대단히 운이 좋다고 생각한다. 나는 기술적인 방법론에 정신 수련법을 결합하면 앞으로 인간이 진화할 수 있는 길이 활짝 열릴 것이라 믿는다. 그 길에는 마침내 세계 평화와 행복을 이룩할 수 있는 가슴 벅찬 가능성들이 함께할 것이다.

행복을 향한 진화라는 비전을 실현하기 위해서는 먼저 기술 의존도가 높은 현대 문화와 참선 전통의 공통된 관심사를 연결하는 다리를 놓아야 한다. 나는 사실 과학기술과 정신 수련은 둘 다 같은 목표를 이루기 위해 만들어진 것이라고 믿는다. 그 목표는 고통으로부터 벗어나 행복해지는 것이다.

과학기술과 참선 전통이 정말로 다른 점은 그 동일한 목표를 달성하는 데 사용하는 전략이다. 두 전통을 갈라놓는 듯한 가치와 이상, 방법론의 차이가 전부 전략상의 차이에서 비롯된다. 우리는 이 차이에 속으면 안 된다. 과학과 참선은 그 시작과 끝이 형제처럼 닮았다.

과학기술은 복잡해 보이는 겉모습과 달리 기본적인 접근은 아주 단순한 아이디어에서 출발한다. '어떻게 하면 무방비 상태인 인간의 고통을 끝내고 기쁨을 얻을 수 있을까?' 과학기술이 추구하는 답은 인간을 둘러싼 세상을 인간의 욕구와 기호에 맞게 이용하고 바꾸는 것이다. 예컨대 인간의 피부가 자연환경으로부터 인간을 보호하지 못한다면, 옷이라는 형태의 두 번째 피부를 개발하는 것이다. 그래도 부족하다면 새로운 몸, 즉 집을 지어 그 안에 살게 한다. 기술을 중시하는 사람들은 세상의 자원을 활용해 인간의 타고난 신체 역량을 확장하고 강화한다.

정신 수련을 하는 불교 전통 중에서도 과학기술을 조금도 이용하지 않은 곳은 없다. 선불교의 경우, 옛날 스님들도 사실 많은 기술을 이용했다. 예를 들어 한국의 산속에 자리 잡은 고대 사찰들은 건축 설계와 공학이 낳은 경이로운 결과물이다.

한국의 사찰 음식들 또한 단순히 요리의 즐거움에서 그치는 것이 아니라 경이로운 생화학 지식의 결정체다. 김치와 된장, 간장 같은 음식은 항아리라고 하는 전통 옹기에 보관한다. 몇 주 혹은 몇 달이 아니라 몇 년씩 그렇게 냉장하지 않고 항아리에 저장한다. 그 시간 동안 발효가 일어나 복합적인 유기화합물이 풍부하게 생겨나니 음식의 풍미가 좋아질 뿐만 아니라 영양가도 더 높아진다.

선불교에서 오래전부터 기술이 발달한 이유는 인간이 아무리 자기 수양을 많이 해 정신이 발달해도 자연 상태에서 아무 도움 없이 살 수는 없기 때문이다. 물론 초인적인 능력을 발달시킨 수행자들에 대한 전설은 있다. 하지만 그런 이야기를 액면 그대로 받아들인다 해도 그런 사람들은 예외적인 존재다. 모든 사람들이 그토록 높은 경지에 이르도록 훈련시킬 수는 없다. 따라서 대부분의 선불교 선사들과 스님들은 언제나 집 안에서, 해진 옷을 입고, 도구를 사용하며 살아왔고, 앞으로도 그렇게 살아갈 것이다.

선불교의 참선 전통이 지금껏 과학기술과 정신 수련법을 모두 이용해온 것과 대조적으로 오늘날 우리 사회가 기술에만 의존하고 심신 수양법을 전혀 활용하지 않는 것은 주목해야 할 부분이다. 인류 역사상 물질적인 방법에만 절대적으로 의존하는 문명은 현대사회가 처음이다.

알베르트 아인슈타인이 한 유명한 말이 있다.

"종교 없는 과학은 절름발이와 같고, 과학 없는 종교는 장님과 다름없다."

그는 선견지명이 있었던 것 같다. 우리는 이미 과학기술에 지나치게 의존하면 몸과 마음이 얼마나 균형을 잃게 되는지를 보았다. 현대인들은 이런 사회에서 살아가면서 겪는 정신적 괴로움과 육체적 고통에 대한 해답을 얻고자 아우성이다.

현대인들이 한쪽 다리를 절룩거리는 상황이라면 오로지 종교에만 의지하는 사람들도 자주 두 눈이 먼다고 말하는 것이 공평할 것 같다. 나를 포함해 내가 아는 아주 많은 스님들이 전설로 전해지는 초인적인 수행자들처럼 되기 위해 인간의 생물학적 한계를 무시하려고 했다. 선승들은 음식과 잠을 줄일 뿐 아니라 최소한의 의복만 입고 버티려다 결국 병에 걸리기도 한다. 어떤 스님들은 오랜 기간 한 가지 음식만 먹다가 마찬가지로 병에 걸리기도 한다. 절을 많이 하거나 육체노동에 매달리는 등 극단적으로 몸을 혹사시키는 일과를 고집하다 병이 드는 경우도 있다.

일부 스님들의 이런 행동이 비이성적으로 보일 수도 있지만 그들이 현명하지 못해서 그러는 것은 아니다. 오히려 기존의 사회적 통념에 의문을 갖기 시작했기 때문이다. 참선을 하는 스님들은 거의 대부분, 한두 번쯤은, 의지만으로 신체적 욕구와 한계를 뛰어넘을 수 있다고 순수하게 믿는다. 그러나 시간이 지나고 고통스러운 경험들을 하면서 이런 믿음은 항상 올바른 방법으로 무장되어야 한다는 것을 배운다. 그리고 그런 방법론을 개발하려면 올바른 교육과 훈련이 필요하다는 것도 알게 된다.

앞에서 나는 기술과 참선이 형제처럼 닮았다고 말했다. 기술과 참선이 시도하는 분야가 모든 인간 의식의 특별한 능력을 상징적으로 보여준다고 믿기 때문이다. 잘 알려진 바와 같이 과학은 그 자체가 인간의 이성, 즉 자연계의 법칙과 현상들을 분석하고 통합하고 활용하는 능력을 표현하는 것이라고 말한다. 역사에 남아 있는 고대의 명상 전통들도 과학과 같은 열정으로, 명상 전통이야말로 인간의 지혜를 대표하는 것이라고 주장한다. 존재 자체의 원리와 근원을 인식하고, 느끼고, 경험하는 능력 말이다. 하지만 이런 능력들은 모든 인간이 갖고 있는 것이다. 그것들 모두 탐구해볼 만한 가치가 있고 인류에게 이로움을 줄 수 있는 엄청난 잠재력을 가진 능력들이다. 과학과 정신 중에 하나만 선택할 필요는 없다. 둘 다 서로 결합하여 실험해볼 수 있는 지식과 통찰력 그리고 방법론을 제공한다. 게다가 그것은 특정 단체나 개인이 다 써버릴 수 없을 만큼 그 양이 방대하다. 미래를 열어줄 과학과 정신 수련의 결합이 우리의 선택을 기다리고 있다.

그래서 나는 첫 번째 조치로 기술 의존도가 높은 현대사회에 정신 수련 시스템을 널리 도입해볼 것을 제안하고 싶다. 지금 우리가 살아가는 방식은 너무 한쪽으로 치우쳐져 모두를 병들게 한다.

그러나 그보다 더 중요하고 긴급한 것은 우리가 과학기술로 얻은 엄청난 힘을 제어하는 법을 배워야 한다는 것이다. 핵폭탄이 발명된 후로 현대인들은 자연에 가할 수 있는 그 엄청난 힘에 놀라움과 두려움을 동시에 갖고 있다.

우리가 어떤 가능성을 실현할지, 낙관적인 것일지 비극적인 것일지는 우리가 어떤 충동을 따르느냐에 달려 있다. 현재의 기술력으로 무장하고, 머리와 가슴에 들어 있는 친절과 관용, 통찰과 인내심을 바탕으로 행동하고 결정을 내린다면 기적 같은 결과를 만들어낼 수 있을 것이다. 불가능한 문제들을 해결하고 수많은 생명을 구하게 될 것이다. 불과 200년 전만 해도 신의 영역으로 보였던 놀라운 일들을 이루어낼 수 있다.

반면에 우리가 머리와 가슴속의 이기심과 옹졸함, 탐욕과 악의에 굴복하면 공포와 왜곡, 잔혹한 일들이 벌어질 것이다. 우리는 제2차 세계대전 당시 이 세상에 있는 모든 악의 근원이 인간이라는 것을 확실히 증명했다. 어느 때고 뉴스를 보면 우리 인간은 오늘도 그게 사실임을 입증하고 있는 것이 가슴 아플 정도로 분명하게 드러난다.

현재 우리의 의식은 개인적으로나 집단적으로나 너무 불안정한 상태라 우리가 가진 기술의 힘을 감당하기 힘들다. 이따금 바르게 행동할 때도 있지만 잘못 행동하는 경우가 많다. 불행히도 우리에겐 그렇게 자주 어리석게 행동할 여유가 없다. 우리가 현명하지 못하게 힘을 사용하면 되돌릴 수 없을 정도로 심각한 피해를 낳는다. 아무리 좋은 의도를 갖고 뉘우쳐도 우리가 이 지구와 인류에 가한 손상은 되돌리지 못한다.

인류에게는 의식의 전환이 절실히 필요하다. 나는 참선 같은 정신 수양법을 널리 가르치는 것이 의식의 변화를 이루어내는 데 필요한 첫걸음이라고 믿는다.

송담 스님과 역사상 깨달음을 얻은 모든 선지식들은 참다운 지혜가 지능에서 발휘되는 게 아니라고 말한다. 다시 말하면 똑똑하다고 해서 저절로 지혜로워지는 건 아니라는 얘기다.

송담 스님은 지혜에 대해 이렇게 말씀하셨다.

"참선을 해보지 않은 사람들에게는
작은 지혜가 매우 크게 보이고,
큰 지혜는 하찮고 어리석게 보인다."

"참선을 해보지 않은 사람들에게는 작은 지혜가 매우 크게 보이고, 큰 지혜는 하찮고 어리석게 보인다."

스님이 말씀하신 '작은 지혜'는 지적 영특함이나 지능을 뜻한다. 참선을 모르는 일반인들은 지적 탁월함에 감탄하기 쉽다는 것이다. 우리는 말 잘하고, 똑똑해 보이고, 재치와 순발력으로 남을 설득해서 이기는 사람들을 부러워한다.

반면 큰 지혜를 가진 사람들을 어리숙하다고 생각하는 경우가 많다. 큰 지혜를 가진 사람은 남의 칭찬이나 욕에 반응하지 않아서 때로는 사회화가 덜 된 사람처럼 보일 수 있기 때문이다. 그래서 사회적으로 소외되거나 멸시받기도 한다. 그러나 그 마음을 들여다보면 큰 지혜를 가진 사람은 확신으로 가득 차 있는 반면, 작은 지혜를 가진 사람은 경쟁심과 불안감으로 가득할 때가 많다.

그리고 이 두 사람의 삶은 시간이 흐를수록 달라지는데, 작은 지혜를 가진 사람의 경우, 나이가 들수록 자신이 살아온 삶에 한계를 느끼게 된다. 늙고 병들면 지능과 재능도 퇴화하고 둔해지기 때문이다. 그러므로 그런 한시적인 것에 삶을 의지한다는 것은 너무나 불안한 일이 아닐 수 없다. 아무리 똑똑하고 부자이고 권력자라도 세월 앞에는 장사가 없다. 그 무상감을 극복하지 못하면 결국 슬픔과 괴로움만 남게 된다.

반면 참선을 오래 하다 보면 삶의 본질을 꿰뚫는 큰 지혜가 생긴다. 수행이 깊어질수록 점점 더 내면에 집중하게 되니 일상적인 문제에 대한 관심이 저절로 줄어든다. 그래서 삶이 던지는 일상의 고통들을 작은 파도가 지나가듯 대수롭지 않게 넘기고 나이가 들수록 더 여유로운 태도로 삶을 바라보게 된다.

선불교에 따르면, 지식과 정보는 우리를 지혜롭게 만들지 못한다. 어떤 일을 하는 법을 알고, 그 일을 할 수 있는 도구를 가졌다고 해서 우리가 정말로 해야 할 일을 저절로 알게 되는 건 아니라는 이야기다.

현대의 교육과 훈련 체계는 계산과 문제해결, 해석하는 능력 등을 향상시키는 데 중점을 두느라 지혜를 기르는 데 필요한 능력 개발에는 소홀하다.

불교에서는 지혜를 얻게 해주는 것이 뛰어난 기억력이나 분석력 심지어 창의력도 아니고 오로지 올바르게 집중하는 것이라고 말한다. 명상 수련으로 어떤 대상에 집중할 때, 우리는 그 대상과 하나가 되는 경험을 한다. 그런 일체감 속에서 그 대상을 꿰뚫어보는 통찰을 경험한다. 대상을 있는 그대로 보고, 그 본질을 발견할 뿐 아니라 그것이 지닌 가능성도 보게 된다. 그것과 그것을 둘러싼 우주를 연결하는 무수히 많은 관계의 네트워크까지도 인지하거나 느끼게 된다.

지혜로운 통찰의 특별한 점은 파노라마처럼 전체를 보는 동시에 레이저처럼 세세한 것에 집중할 수 있다는 점이다. 대량의 신비로운 정보(심지어 지식까지)를 얻게 되지만 이는 어디까지나 부수적인 효과일 뿐 본질은 아니다.

지혜는 인간 의식의 기능으로서 현대사회에서 가르치는 그 어떤 것과도 다르다. 오늘날 대부분의 사람들이 지혜를 기르는 법을 배우지 않기 때문에 우리는 지혜를 잃어버릴 위기에 처해 있다.

과학과 정치, 경제 분야의 지도자들이 세상을 변화시키는 재능뿐 아니라 지혜까지 발달시켰다면, 그리고 우리의 종교 지도자들이 통찰력 뿐 아니라 지식까지 갖추고 대중을 교화했다면 우리가 사는 세상이 어 떠했을지 생각해보자. 한 걸음 더 나아가 과학과 심신 수련이 결합한 다면 우주의 모습은 물론이고 인간의 능력과 책임에 대해 완전히 다른 지도를 가진 새로운 유형의 문명이 탄생할 것이다.

우리는 가만히 주저앉아 막연히 그런 날을 꿈꾸며 기다릴 필요가 없 다. 각자의 삶 속에서 과학과 정신 수양의 결합을 실행할 수 있다. 참선 하면서 배우고, 배우면서 참선할 수 있다. 그러면 새롭게 태어난 것 같 은 우리의 몸과 마음에서 그 미래 문명의 조짐이 느껴질 것이다. 이것 이 우리 모두의 앞에 놓인 인간의 가능성을 보여주는 놀라운 길이다. 우리는 그저 앞으로 나아가 그 기회를 맞이하기만 하면 된다.

47

참선과 차세대 과학 혁명

대중을 상대로 강연에 나서기 시작한 지 2년째부터 유튜브에서 내 동영상을 본 미국인들로부터 참선을 주제로 강연을 해달라는 요청이 들어오기 시작했다. 흥미로운 건 그런 요청을 해온 사람들이 전부 IT 기업이나 병원 소속이었다. 캘리포니아에 있는 팔로알토 참전군인병원뿐 아니라 페이스북과 애플에서도 강연 요청이 들어왔다. 강연을 요청한 병원이나 기업의 직원들은 종교에는 관심이 없었다. 그들은 '명상법'을 배워 더 창의적으로 일하고 다른 사람들과의 갈등을 줄이는 데만 관심이 있었다. 페이스북에서 강연할 때 한 젊은 컴퓨터프로그래머가 했던 말이 기억난다.

"우리는 당신을 '마음 기술 전문가'라고 생각해요. 우리가 물질과 정보에 관한 전문가인 것처럼요."

나는 이 말이 당시 승려였던 나를 기꺼이 과학자나 컴퓨터 기술자처럼 마음을 다루는 전문가로 인정하는 뜻에서 한 말이었다고 생각한다.

오늘날 전 세계에서 불교를 가르치는 사람들은 심지어 불교 승려들까지도 불교, 힌두교, 도교와 같은 아시아 전통 종교의 아주 오래된 가르침과 수행법이 과학적이라고 말한다.

불교와 같은 고대 종교를 과학이라고 이름 붙이려고 하는 데에는 기본적으로 두 가지 이유가 있다고 생각한다. 첫째, 20세기에 유럽과 북아메리카에 아시아 종교의 가르침이 널리 전파되었을 때 그것을 접한 서양인들은 불교 교리에서 우주의 본질을 설명하는 방식이 물리학과 생물학의 최신 이론과 매우 유사하다는 것을 빠르게 간파했다. 예를 들어 부처님은 현대의 물리학자들과 마찬가지로 물질세계가 분명히 실재하는 듯 보이는 것은 환상에 불과하며, 물리적 구조는 대부분 '비어' 있다고 주장했다. 또한 부처님은 현대의 생물학자들처럼 물 한 방울에도 육안으로는 보이지 않는 무수한 작은 유기체들이 들어 있다고 주장했다. 그리고 마지막으로, 부처님은 현대의 심리학자들과 마찬가지로 사람들의 의식적인 행동에 강력한 영향을 미치면서도 잘 드러나지 않는 무의식 층이 인간의 정신에 존재한다고 보았다.

그러나 전통적인 불교의 가르침에서 가장 놀랍고 흥미로운 점은 아마도 최첨단에 속하는 양자물리학자들의 관찰결과 및 이론적인 설명과 유사해 보인다는 점일 것이다. 연구자들은 실험을 통해 적어도 아원자 수준에서는 그것을 관찰하는 인간의 의식이 아원자 현상에 영향을 미친다는 것을 발견했다. 눈으로 볼 수 있는 구체적이고 종합적인 물리적 실체가 만들어지기 위해서는 사실상 인간 정신의 참여가 필요한 것으로 보이기 시작했다.

예를 들어 사람이 없는 상태에서 전자는 개별적으로 공간이나 시간을 차지하고 있는 것이 아니라 '중첩'이라고 하는 여러 가지 가능성을 드러내며 파동 같은 현상으로 존재하는 것 같다는 실험 결과가 있다. 전자의 이러한 상태가 바뀌는 건 인간 관찰자가 나타난 시점에 파동이 기적적으로 어느 한 지점에서 입자로 변하는 경우다.

그러한 발견들은 인간의 의식이 철저히 물질적 과정의 산물이며, 전적으로 뇌와 신경계가 만들어낸 현상이라는 전통 과학의 관점에 강력한 의문을 제기했다. 현대 과학 역사상 처음으로 인간의 의식이 절대적으로 물질에 기반한 현상은 아니라는 생각이 논리적으로 그럴듯해진 것이다.

20세기 초중반의 서양 지식인들은 과학계의 이러한 혁명적인 발견들을 소화하려고 애쓰는 과정에서 모든 현실은 의식이 만들어내는 것이라고 주장하는 불교 가르침을 접하게 되었다. 또한 우주는 여러 가지 패턴의 파동으로 이뤄진 거대한 네트워크이며 우주를 구성하는 '원자' 역시도 사실은 미세한 진동이며 각기 다른 빈도로 진동하는 음표와 유사하다고 보는 힌두교 가르침도 접했다. 그뿐만 아니라 마음과 에너지와 물질은 매끄러운 하나의 완전체를 이루며, 정신을 집중하는 것만으로도 에너지나 물질과 같은 효과를 낼 수 있다는 도교의 가르침도 접했다. 놀랍게도 고대 아시아의 종교적 가르침이 과학 역사상 가장 혁명적인 실험 관찰에 그럴듯한 이론적 설명을 제공하고 있는 것 같았다.

아시아의 종교 전통을 과학이라고 부르는 또 다른 이유는 고대 불교와 힌두교 성서에서 엄격한 논리와 대단히 전문적이고 체계적인 용어들이 폭넓게 사용되고 있기 때문이다. 불교든 힌두교든 도교든 유교든 간에 모두 면밀히 살피고 따져 봐도 논리적으로 일관성이 있고, 직관적으로 봐도 합리적이며, 정서적으로 수용될 수 있는 교리를 가지고 있다. 적어도 이론상으로는 잠재적 추종자들에게 자신의 논리와 이성에 위배되는 생각이나 신념을 받아들이라고 강요하지 않는다.

그 결과 오늘날 힌두교나 불교 교리를 처음 배우는 사람들은 마치 세계 역사상 가장 정교한 철학적 주장과 논리를 접하는 것처럼 느끼게 된다. 지적인 분석과 논리적 증명 또한 종교적 명제를 제시하는 도구일 뿐 눈에 보이지 않는 현상에 대해 검증할 수 없는 주장을 늘어놓는 것이 아니다. 종교적 호소를 하더라도 우리의 감정과 직관보다는 이성에 호소한다.

아시아의 종교적 가르침을 처음 접한 서양의 지식인들에게는 이것이 교회에서 접했던 종교적 가르침의 형태나 방식과 너무나 달라서 놀랍고 충격적이었다. 그들이 들었던 설교와 비교하면 불교와 힌두교의 가르침은 과학적으로 들렸다. 그러나 과학적으로 들린다고 해서 실제로 과학적이라는 의미는 아니다.

전문가들의 방식을 보면 실제로 과학을 구분 짓는 것은 그 방법론이다. 관찰과 실험, 이론 구축, 이론 검증, 응용 등의 특정한 기법들이 있는데, 이러한 기법들은 세계 역사상 현대 과학에서만 볼 수 있으며, 그 강력함을 입증할 수 있는 것들이다.

과학의 첫 번째 특징은 실험 관찰을 위해 측정 기구를 사용한다는 점이다. 과학자들은 인간의 신체 감각에만 의존한 관찰은 신뢰성이 떨어진다는 사실을 알고 있으며, 임상심리학자들이 이를 증명하기도 했다. 그보다 더 중요한 점은 잘 알려진 바와 같이 인간의 인식과 기억이 감정과 인지적 편견에 의해 심각하게 왜곡된다는 사실이다.

두 번째 특징은 관찰 결과를 반드시 실험으로 검증해야 한다는 점이다. 전문적인 과학 실험은 예상치 못한 요인이 영향을 미치지 못하게 하고, 우연의 역할을 최소화하기 위해 아주 꼼꼼한 기준과 규정에 따라 진행된다.

이것은 '실험 결과의 복제'라는 세 번째 특징으로 이어진다. 누군가가 예상하거나 기대했던 결과를 단 한 번의 실험으로 얻었다고 해서 그것을 과학이라 부르지는 않는다. 과학자들은 절대 일어날 것 같지 않은 실험 결과라도 어쩌다 한 번 우연의 일치로 얻을 수 있다는 사실을 안다. 예를 들어 동전을 백 번 던지면 앞면이 60번, 뒷면이 40번 나올 수 있다. 그렇다고 해서 이것이 동전의 앞면이 나올 확률이 언제나 60퍼센트라는 것을 '증명'하지는 않는다.

따라서 과학자들은 모든 실험에 대해 결과를 정직하게 설명하는 것은 물론이고 우연만으로도 그러한 결과를 얻을 수 있는 확률이 어느 정도인지 보여주는 통계적 분석까지 제공해야 한다. 보통은 그 확률이 0.25퍼센트 이하여야 한다. 실험을 1만 번 반복했을 때, 우연히 그런 결과를 얻는 경우가 25번 이하여야 한다는 얘기다.

그러나 '통계적으로 유의미한' 결과를 얻는 것으로는 여전히 부족하다. 전 세계의 다른 과학자들이 유사한 결과를 복제할 수 있어야 한다. 다른 과학자들이 각자의 실험실에서 똑같은 실험을 반복했을 때 유사한 결과를 얻을 수 있어야 한다는 의미다.

지금껏 세계 어떤 종교도 현대의 과학적 방법론만큼 철저하거나 혹은 조금이라도 유사한 방법을 고수해본 적이 없다. 그러나 지금까지 이런 얘기를 한 것은 과학의 한 형태로 인정받고 싶어 하는 아시아 종교의 위상을 깎아내리기 위해서가 아니다.

내가 이 얘기를 꺼낸 이유는 두 가지다. 첫째, 정확하게 아시아의 종교는 과학이 아니기 때문에 이제 그 가르침과 수행에 대해 진짜 전문적이고 과학적인 조사를 해야 할 때라고 생각한다. 이렇게 하는 것이 거의 모든 인류에게 이익이 될 것이라고 확신한다. 비록 우주나 인간 정신의 본질에 대한 모든 아시아 종교의 주장이 사실로 증명되리라고 예상하지는 않지만, 그 못지않게 놀라운 새로운 데이터가 만들어져 우주와 인간 의식에 대한 이해는 물론이고 앞으로 세상을 바꿀 기술에 접근하는 방식에도 혁명을 일으킬 수 있을 거라 생각한다.

이것은 내가 이 장을 쓴 두 번째 이유와 연결된다. 우리가 불교, 힌두교, 도교의 가르침을 '과학'이라고 부정확하게 주장할 경우, 우리는 결국 그것이 정말로 과학이라고 오해할 만큼 아주 '과학적'으로 들리는 교리에 모든 관심을 쏟게 된다. 그 결과 수백 년 동안 아시아 종교가 만들어낸 기술들을 완전히 놓치고 만다.

"과학이 아닌 종교가 어떻게 기술을 만들어낼 수 있는가?"

이렇게 반문할지도 모른다. 그에 대해선 우리가 의식하지 못하는 문화적 편견을 들여다보고 거부해야 한다고 답하겠다.

따라서 '기술technology'이 무엇인지 일반적으로 수용할 만한 명확한 정의를 내려보자. 나는 물질적인 대상을 사용해 인간의 정신과 육체의 능력을 높이고 강화하는 것이 '기술'이라고 생각한다. 그래서 우리의 영장류 조상이 더 많은 개미를 잡기 위해 막대기를 집어 개미구멍 안으로 밀어 넣었을 때, 그것은 기술이었다. 그 막대기는 손가락이 도

달하는 범위를 확장하고 증폭시켰다. 우리의 또 다른 영장류 조상이 똑같은 막대기로 경쟁자의 머리를 내려쳤을 때, 그 또한 기술의 활용이었다. 막대기는 손의 타격력을 증폭시켰다. 바퀴와 자전거는 우리가 더 빠른 속도로 더 먼 거리를 갈 수 있게 함으로써 다리의 힘을 증폭시킨다. 망원경과 현미경은 우리의 시력을 확장한다. 그리고 컴퓨터는 두뇌의 처리 능력을 향상시킨다. 역사를 통틀어 기술이 사용된 경우는 하나같이 물질적 도움으로 우리가 타고난 두뇌와 신체 능력을 향상시키기 위한 것이었다. 그리고 세계의 모든 문화는 이 세상을 살아가면서 겪는 어려움에 대처하는 고유한 기술을 만들어왔다.

한국의 선불교에는 또 어떤 형태의 기술이 존재할까? 전국의 어느 절이나 전통 선방에 가보면 볼 수 있다. 바로 불상, 향, 꽃, 죽비, 목탁, 요령, 범종 등이다.

잠깐, 이렇게 생각하는 사람도 있을 것이다.

"그것들은 종교적 예술품이거나 기껏해야 의식에 사용되는 도구일 뿐인데, 이런 것들이 어떻게 컴퓨터나 휴대전화는 고사하고 바퀴나 망치와 같다고 할 수 있지? 이런 것들이 구체적으로 어떻게 인간의 정신이나 육체의 힘을 확장한다는 얘기지?"

나는 원시적이고 오래된 종교 물품으로 보이는 것들이 사실은 앞으로 발달할 기술을 상징적으로 보여주는 것이라고 생각한다. 대부분의 과학자들은 그것들을 미신으로 치부할 수도 있다. 그러나 나는 그 물건들에 기술과 그 활용에 대한 우리의 이해를 획기적으로 바꿀 수 있는 열쇠가 들어 있다고 믿는다. 생각해보자. 왜 이런 물건들이 존재할까? 제사를 지내고 결혼식을 거행하기 위해서가 아니다. 원한다면 그런 것들 없이도 그러한 의식들을 치를 수 있다. 그렇다면 그 물건들의 진짜 목적은 무엇일까?

나는 종교적인 물건들이 인간 의식에 잠재된 변혁의 힘을 끌어올리기 위한 도구로서 개발된 기술적 장치라고 생각한다.

양자물리학으로 돌아가보자. 만약 인간의 의식이 물질적 현실을 창조하는 데 어떤 역할을 한다면, 인간의 의식은 온 우주에서 가장 강력한 힘이 될 수 있다. 양자물리학 실험 결과는 인간의 정신적 관심이나 인식만으로도 물질적 존재의 가장 근본적인 차원, 즉 아원자 수준에서 그것을 변화시키는 효과를 일으킨다는 것을 시사한다는 점에서 가히 급진적이다. 아원자 수준은 말 그대로 물리적 현실이 만들어지고 우리의 정신이 어떻게든 그것과 직접적으로 연결되는 곳이다.

만약 과거의 힌두교와 불교, 도교의 예언자들이 양자물리학의 이런 관찰 결과에 이르렀다면 두뇌의 계산 속도나 주먹의 타격력보다는 인간 의식 자체의 창조적이고 초월적인 힘을 강화하는 기술을 발전시키려 했을 것이다. 그리고 그것이 승려를 비롯한 종교 수행자들이 참선과 기도를 할 때 종교적인 상징물을 활용하는 이유이다. 우리의 의식에 내재된 우주를 변화시킬 그 능력을 고양시키려는 것이다.

모든 종류의 진정한 종교 수행에서는 어떤 특정한 정신적·신체적 작용이 아니라 우리 인간의 의식에 내재된, 현실을 바꾸는 양자적 힘을 향상시키기 위해 기술을 사용해왔다.

우리는 양초와 향, 그림을 기술적인 장치로 생각하는 데 익숙하지 않다. 모든 기술적인 것은 기계일 것이라고 짐작하기 때문이다. 그러나 마음이 물질을 직접적으로 변화시킬 수 있는 양자 우주에서는 우리의 생각과 감정, 신념과 의도에 영향을 주는, 기계가 아닌 형태도 기술에 포함될 수 있도록 기술에 대한 이해의 폭을 넓혀야 할 것이다. 왜냐하면 이러한 모든 정신 활동들이 앞으로, 어쩌면 현재에도 모든 것에 영향을 미칠 수 있기 때문이다.

따라서 기계가 기술의 유일한 형태는 아니다. 북과 종, 양초와 수정, 향, 그림이나 조각 등도 기술이 될 수 있다. 말 그대로 강력한 정신적 반응을 불러일으키는 것이면 어떤 물건이든 인간의 정신력을 고양시키기 위해 기술적으로 활용될 수 있다.

그렇다고 양자 기술의 세계에서는 기계적인 장치가 더 이상 쓸모없다는 의미는 아니다. 오히려 정반대. 기계적인 장치는 전통적이고 종교적인 물건들보다 인간 의식의 양자 효과를 강화할 수 있는 잠재력이 훨씬 클지 모른다. 그러나 이 또한 아직 모를 일이다.

참선의 힘을 향상시키거나 전달하는 기계를 발명할 수 있을까? 그런 기계는 어떻게 생겼을까? 전통적인 종교 환경에서는 그런 기계가 어떤 역할을 할 수 있을까?

참선 수행을 오래 한 사람들은 대개 같은 물리적 공간에서 여러 명이 함께 수행할 때 거의 언제나 참선 경험이 질적으로 향상된다고 말한다. 왠지 몰라도 한 방에 함께 있음으로써 우리의 내적인 의도와 집중의 효과가 서로 연결되고 합해져 거의 모든 사람이 더 심오하고 더 많은 변화를 일으키는 참선을 경험하게 되는 것 같다.

그렇다면 예를 들어, 우리의 정신이 인터넷을 통해 연결될 수 있도록 휴대전화와 태블릿을 변형하는 것도 가능할까? 만약 안전하게, 도덕적으로도 문제없이 그렇게 할 수 있다면 1년 365일, 하루 24시간 내내 전 세계에 걸쳐 수많은 사람들이 참여하는 디지털 참선방을 만들 수 있을 것이다. 다른 사람들과 같이 참선을 하고 싶을 때 접속하면 언제든 곧장 열 명이나 스무 명이 아니라 세계 각지의 수백, 수천 명, 어쩌면 수백만 명의 참선 수행자들의 기운과 영적인 존재감을 느낄 수 있는 그런 참선방. 그런 가상의 참선방에서 참선을 하면 어떤 기분이 들까? 그렇게 참선하는 사람들의 심신에 어떤 일이 일어날까?

수년 동안 송담 스님의 시자로 지내면서 알게 된 한 가지는 송담 스님처럼 의식이 발달한 사람은 비록 눈에는 보이지 않지만 빛을 내뿜는 것 같다는 점이다. 물리적으로 스님 옆에 있을 때마다 스님이 내뿜는 그 빛이 내 몸의 모든 세포에 스며들어 나를 곧장 깊은 참선 상태로 밀어 넣는 것을 느낄 수 있었다. 그러나 비디오 화면을 통해 스님이 법문하시는 모습을 보면 아무리 생방송이라 해도 그 빛을 느낄 수 없었다. 지금껏 스님의 물리적인 육체보다 그 빛이 진짜 스님이라고 여겨왔는데도 불구하고 스님의 물리적 형태만 보일 뿐 스님이 내뿜는 빛은 느낄 수 없었다.

같은 맥락에서 스님이 앉아서 법문을 하시는 법상 앞에서 참선을 할 때면, 나는 내 몸과 마음을 씻어주는 정화의 빛으로 가득한 바다에 완전히 빠져드는 느낌을 받곤 했다. 나는 그것이 내 스승님과 법당 안에 있는 모든 사람들의 참선 에너지가 합해진 결과라고 생각했다. 머리에서 발끝까지 진흙에 덮여 있다가 맑은 호수로 걸어 들어가는 모습을 상상해보라. 몸을 덮었던 진흙이 빠르게 씻겨 완전히 사라지는 느낌을 상상해보라. 그 시절 법상 앞에 앉아 있으면 그런 느낌이 들곤 했다.

그러나 거듭 얘기하지만 스승님의 법회를 텔레비전으로 보았다면 아마 그런 심오한 정화 효과는 경험하지 못했을 것이다. 실제로 보나 화면으로 보나 눈에 보이는 것은 아주 똑같은 것 같지만 그 에너지를 느끼느냐, 그렇지 못하느냐의 차이가 있다는 점에서는 완전히 다르다.

깨달음을 얻은 사람의 빛나는 에너지를 전송할 수 있을 뿐 아니라 디지털 형태로 저장하고 보존할 수도 있는 방법이 있다고 상상해보자. 예를 들어, 깨달은 선사의 시각적 이미지는 물론 변화를 일으키는 그들의 에너지까지 기록으로 남기고 저장할 수 있는 것이다. 그렇다면 그들의 육신이 지구상에서 사라진 지 오랜 후에도 그 에너지를 세상과 사람들의 삶 속으로 보낼 수 있을 것이다. 심지어 그 에너지를 저장한 파일의 복사본을 만들어 널리 배포함으로써 온 세상이 선사의 영원한 존재감에 깨끗이 씻기도록 할 수도 있을 것이다.

이러한 말들이 공상과학 소설처럼 들리는가? 터무니없는 소리처럼 들리는가? 그렇다고 한다면 페이스북의 CEO, 마크 저커버그Mark Zuckerberg의 지성과 비즈니스 감각을 너무 얕보는 것이다. 사람의 에너지를 널리 전송한다는 건 내 아이디어가 아니다. 마크 저커버그의 아이디어다. 그는 2년 전쯤 캘리포니아에 있는 페이스북 본사에서 열린 주주총회에서 인터넷을 통해 '존재감을 전송'하는 개념을 언급했다. 당시 그는 페이스북 친구들이 인터넷 연결을 통해 서로의 신체적·정서적 존재감을 느낄 수 있게 되는 미래 비전을 공개한 바 있다. 그러니 오늘날의 기준으로 보면 그건 이미 낡은 생각이다. 그리고 내가 아는 한

이 기술은 현재 세계에서 가장 유명한 IT 기업 중 한 곳에서 개발하고 있다.

그러니 미래가 여기에 있다. 그것은 로봇이 아니다. 우리의 의식이다. 다시 말하면 그것은 바로 우리 자신이다.

48

생사일대사

내가 대학에서 불교 참선 수행에 관심을 갖기 시작했을 때, 이미 다양한 형태의 불교가 미국에 뿌리를 내리고 있었다. 대표적으로 1950년대부터 1970년대까지 D.T. 스즈키D.T. Suzuki와 순류 스즈키Shunryu Suzuki 선사의 글이 미국 사회에 일본 선불교를 알렸고, 같은 기간에 일본 젠센터와 절들이 많이 세워졌다.

1980년대에는 달라이 라마Dalai Lama로 대표되는 티베트 불교의 명상 수행도 널리 알려졌고 티베트 불교 사원도 건립되었다. 비슷한 시기에 베트남의 선사 틱낫한Thich Nhat Hanh이 미국에서 이름이 알려져 티엔Thien이나 베트남 선불교에 대한 그의 해석이 소개되기도 했다. 얼마 후, 비파사나Vipassana 명상과 태국, 미얀마, 스리랑카의 테라바다Theravāda 불교 전통도 들어왔다. 그리고 미국과 중국의 국제 관계가 가까워짐에 따라 1990년대부터는 다양한 형태의 중국 불교가 미국에 들어와 뿌리를 내리기 시작했다.

그러니 불교를 배우기 위해 굳이 한국에 올 필요는 없었다. 미국에 이미 여러 형태의 불교가 자리를 잡은 상태였다. 한국어와 한국 전통문화를 배우는 어려움을 겪지 않고도 영어로 불교의 수행법과 교리를 공부할 수 있었다.

그러나 나는 매우 구체적인 이유로 송담 스님의 제자가 되기로 했다. 내가 알기로 송담 스님은 죽음과 인생무상이라는 고통을 초월하는 구체적인 방법으로서 참선을 가르치는 유일한 불교 스승이었다.

내가 절에 도착하고 며칠 후 아직 만나지 못한 송담 스님에게 보낼 간단한 편지를 써 달라는 요청을 받고, 참선을 배우고 싶은 이유를 설명하는 편지를 썼다.

"저는 대학을 졸업했지만 정말로 아는 것은 언젠가는 죽는다는 사실 한 가지뿐입니다."

그 시절 나는 불교가 모든 존재의 죽음과 무상이라는 문제에 정면으로 맞서는 종교라고 이해했다. 대학에서 불교를 전공으로 선택한 이유도 이 때문이다. 내가 알기로 불교는 인간 존재에 관한 그런 보편적인 문제에 대처하기 위해 만들어진 종교다.

'사문유관四門遊觀'이라는 유명한 전설에 따르면, 고타마 싯다르타 왕자가 왕실의 의무와 특권에 대한 모든 흥미를 잃게 된 건 노인과 병자 그리고 시체를 보고 죽음과 무상함이 피할 수 없는 현실임을 발견하고부터다. 게다가 왕자는 네 번째이자 마지막으로 만난 사문이라고 불리는 떠돌이 수행자의 모습에서 죽음이라는 인간의 고통을 초월할 어떤 희망이나 가능성을 보았다. 그 후 궁전을 떠나 무상의 고통으로부터 해방되는 길을 찾고자 명상 수행을 배웠다.

여기서부터 불교가 시작되었다. 우리가 사랑하는 사람과 사랑하는 것들을 잃게 되는 것. 그리고 마침내 우리 각자의 몸과 우리가 유일하게 아는 단 하나의 삶을 잃게 된다는 것. 죽음에 대한 그러한 슬픔과 두려움, 고뇌로부터 자유로워지려는 탐구에서 불교가 시작되었다.

그런데 많은 사람들, 특히 서양에서, 그리고 시간이 갈수록 한국과 불교 전통을 가진 다른 아시아 국가에서도, 불교의 가르침과 수행이 애초에 존재하게 된 이유를 점점 잊어버리는 것 같았다. 그래서 나는 싯다르타 왕자가 감당하려 했던 문제들을 기꺼이 해결해줄 불교 스승을 찾고 싶었다. 그렇게 해서 찾게 된 스승이 송담 스님이었고, 참선이 그러한 수행법이 될 수 있겠다고 판단했다.

송담 스님은 세속적 행복이나 심리적 행복으로 인생무상이라는 문제를 해결할 수 있는 것처럼 말씀하지 않으셨다. 내가 만나본 불교 선사 중에 그런 분은 처음이자 마지막이었다. 그분은 출가자나 재가자들에게 법문의 시작에서 끝까지 언제나 참선만이 우리가 생사의 윤회로부터 해방될 수 있는 진정한 길이라고 말씀하신다. 송담 스님은 참선의 다른 효과에 대해서는 거의 설명하지 않는다. 그러한 것들은 영구적인 해결책이 되지 못한다고 여기기 때문이다.

마찬가지로 적어도 최근까지는 한국의 선사들이 가르치는 선불교만이 심리적 건강이나 행복을 추구하라고 조언하지 않는 불교 전통인 것 같았다. 그 대신 선사들은 혼돈의 세계를 살아가는 연약한 유기체로서 사느냐 죽느냐 하는 심각한 문제에 직면해 있음을 깨우치라고 충고했다.

그래서 내게는 한국의 참선이 부처님이 깨달음을 얻기 위해 사용했던 방법과 똑같지는 않지만 불교의 가르침과 수행이 처음 만들어질 때의 본래 목적을 지키고 전달하고 있는 것처럼 보였다. 모든 종교를 탄생시킨, 인간 존재에 관한 가장 근본적인 문제를 해결하려고 시도하고 있는 것 같았다.

선사들은 이를 가리켜 '생사일대사, 삶과 죽음이라는 단 하나의 거대한 문제'라고 이야기한다.

이것이 바로 싯다르타 왕자가 처음으로 자신의 안락한 궁전을 나와서 목격한 노인과 병자, 시체 그리고 떠돌이 수행자의 모습을 보고 생각한 문제다. 우리가 그러한 현실을 목격하고 알게 되었을 때 우리는 무엇을 해야 할까? 진정한 불교의 가르침과 수행의 역사는 전부 이 간단한 질문에 답하기 위한 노력이다.

나는 세계의 모든 종교 중에 불교의 가르침이 가장 심오하다는 얘기를 하려는 게 아니다. 모든 불교 형태 중에서 한국 선불교가 가장 진실하다고 주장하려는 것도 아니다.

어느 날 문득 "인생의 의미는 무엇인가?" "인생의 목적이 무엇인가?" "나는 누구인가?" "도대체 인생에 어떤 가치가 있는가?" 하는 커다란 질문을 스스로에게 던지게 된다면 그것이 본질적으로 종교적인 질문이라는 사실을 분명히 알아야 한다는 것이다. 종교적인 질문이란 초월적인 대답을 요구하는 것이다. 그리고 초월적인 대답이란 삶과 죽음 그리고 우주 등 모든 것의 전체적인 의미를 설명할 수 있는 대답을 의미한다.

그러나 이런 종류의 질문들이 마음을 짓눌러 궁극적인 대답을 갈망하게 되더라도 이것이 꼭 종교를 가져야 한다는 의미는 아니다. 그것은 마음과 인생을 진정으로 변화시키는 실질적인 해답을 구할 자격이 있다는 의미다.

내가 이렇게 생각하는 이유는 그런 불가능한 질문을 던지기까지는 내면의 용기가 필요하고, 다른 사람들이 모두 그런 문제를 무시하는 것 같은 세상에서 그 무게를 견디려면 내면에 구체적인 힘이 요구되기 때문이다. 그러므로 진정한 대답을 구할 자격이 있는 것이다.

스트레스 해소. 분노 관리. 우울해졌을 때 해야 할 일. 결혼 생활을 더 원만하게 하는 법. 사랑을 찾는 법. 좀 더 즐겁게 지내는 법. 이러한 것들은 진정한 답이 아니다. 일시적인 문제에 대한 일시적인 해결책일 뿐이다. 그러한 답은 좌절과 분노, 소외감, 외로움, 두려움, 절망의 근원을 다루지 않는다.

그 모든 고통의 근원은 죽음과 인생무상이라는 문제다. 그 문제, 즉 '삶과 죽음이라는 하나의 거대한 문제'의 진정한 해결책은 존재의 본질에 대해 알려주는 것이어야 한다. 즉 우리의 육체가 죽으면 의식도 사라지는지, 우주에는 생명이 없는 물질과 에너지 외에 다른 것이 더 있는지, 모든 것이 어디에서 오고 어디로 가는지, 그리고 어떻게 존재하게 되는지를 알게 해야 한다. 그뿐 아니라 진정한 해결책이라면 설명이나 묘사를 할 필요도 없이 그 질문에 스스로 답을 인식할 수 있도록 자기를 단련하는 길을 제시해야 한다.

전통적으로는 종교적인 스승들과 종교 단체가 그러한 해결책을 제공해왔다. 개인적으로 대부분의 종교 가르침이 올바르게 이해되고 실천된다면 효과가 있을 것이라고 생각한다. 진실에 이르는 길은 여러 가지라고 믿기 때문이다.

그러니 각자 자유롭게 원하는 종교적 가르침을 선택하면 된다. 만약에 마음을 무겁게 짓누르는 의문들에 대해 진지하게 고민하고 있는데 어떤 사람이나 단체 혹은 책에서 손쉽게 써먹을 수 있는 해결책을 제시한다면 다음과 같은 질문을 떠올리며 점검해볼 수 있다.

"이것이 죽음이라는 문제를 해결하는가?

인생무상에 대해서는?

모든 것이 무의미해 보이는 문제에 대해서는?"

만약 그렇지 않다면 그것은 전체적인 진실이나 의미를 담은 해결책이 아니니 다른 해답을 계속 찾아봐야 할 것이다.

얼마 전 미국에 갔을 때 오랜 친구를 만났다. 그 친구는 암 치료를 받고 성공적으로 회복하고 있는 것 같았다. 처음 암 진단을 받았을 때부터 마지막 수술에 이르기까지, 그 친구는 한 번도 생명이 위태롭다고 느끼지 않고 치료를 잘 받았다. 이제 몸이 약간 약해졌다고 느끼는 것 외에는 정상적인 삶으로 돌아와 다시 풀타임으로 일하고 있었다.

그럼에도 그 친구가 시련을 겪은 건 분명했다. 워낙에 친한 사이라 나는 그녀에게 정신적으로는 어떻게 느끼는지 물었다. 몸이 회복되고 있는 건 잘된 일이지만 정신적으로도 건강하게 느끼는지가 궁금했다.

친구는 놀랍게도 이렇게 되물었다.

"너는 죽음에 대해 어떻게 느끼는데? 참선 수행으로 답을 찾았어?"

"글쎄, 너도 알겠지만 불교에서는 우리 의식에 파괴될 수 없는 영원한 면이 있다고 가르치잖아. 의식의 근원 말이야. 참선 수행을 충분히 오래 하면 비록 깨달음을 얻지 못해도 자기 안에서 어떤 빛이나 광채 같은 것이 뿜어져 나오는 것을 느끼기 시작하거든. 사실 무엇을 보든, 그게 생물이든 무생물이든 말이지. 더 좋은 단어가 생각이 안 나서 그러는데, 그 안에서 빛 같은 게 발산되는 것처럼 느껴져. 옳고 그름을 떠나서 그게 의식의 빛이라고 느끼기 시작해. 만물이 일어나는 숨겨진 바탕."

친구는 점잖게 고개를 끄덕이며 내가 한 말을 곰곰이 생각해보는 듯했다.

"하지만 이런 대답은 참선을 하지 않는 사람에겐 별 도움이 안 돼. 내가 전에 호스피스 환자들에게 했던 이야기를 해볼게. 우리 육신이 죽은 다음에 벌어질 수 있는 일은 두 가지야. 의식이 완전히 파괴되거나 아니면 의식의 일부가 살아남아 다른 형태로 혹은 다른 영역에 계속 존재하는 것이지. 주류 과학자들이 주장하듯 육체의 죽음과 함께 의식도 사라진다면, 죽음은 고통의 끝이야. 모든 정신적·육체적 경험의 끝이니까. 고통, 걱정, 후회, 슬픔, 두려움도 끝이지. 뭔가 느낄 수 있는 우리가 사라졌으니 느낄 것도 상처받을 것도 없겠지.

하지만 깨달음을 얻은 선사들의 말처럼 육신이 죽은 뒤에도 의식은 계속 살아 있다면 어떤 의미에서 우리는 계속 사는 거야. 그래도 두려워할 건 없어. 내 스승이신 송담 스님이 즐겨하시는 말처럼 애초에 생사가 없는 거니까. 우리의 정신은 생겨나거나 파괴되는 게 아닌 거야. 영원히 현재인 의식 안에서는 삶과 죽음이 변화에 불과하니까. 바뀌고 이행하는 것뿐이지.

어떤 관점으로 보든 죽음은 두려워할 대상이 아니야. 하지만 육체적 죽음을 피할 수 없다는 건 우리가 꼭 의식해야 하는 사실이지. 그래야 인생의 모든 순간이 훨씬 소중하게 느껴질 테니까. 죽음이라는 현실을 받아들이면 삶에 애정이 더 생길 거야."

내 말을 가만히 듣고 있던 친구가 말했다.

"나는 이미 삶을 사랑해. 내가 두려운 건 죽음이 아니야. 내가 걱정하는 건 쇠약해지는 것, 정신적·신체적 능력이 저하되는 거야."

나는 고개를 끄덕였다.

"참선 수행을 하지 않으면 스스로에 대해 아는 건 육체뿐이야. 그 육체와 자신을 동일시하지. 그러니 육체를 상실할 것 같다는 생각이 들면 모든 것을 잃기만 하고 얻는 건 없는 것처럼 느껴져. 이게 바로 내가 참선을 하는 이유야. 나는 나 자신에게서 절대 사라지지 않을 뭔가를 발견하고 싶거든. 그러면 더 이상 두렵거나 슬프지 않을 것 같아."

친구가 내 이야기를 흥미로워하는 것 같았다. 그렇다고 그 친구가 당장 참선을 시작할 거라 생각하진 않았다. 하지만 그 친구가 에두르지 않고 솔직하게 질문을 해줘서 고마웠다.

49

세상을 위해 무엇을 전할 것인가?

언제나 큰형처럼 느껴지는 오랜 친구가 있다. 대학생 때 만난 짐Jim은 하버드 메디컬 스쿨에서 의학박사 과정을, 일반대학원에서 인류학 박사 과정을 동시에 밟고 있었다. 당시 그 과정에 들어갈 수 있는 사람은 미국에서도 겨우 40명 정도에 불과했으니 그는 그때도 이미 눈에 띄는 인물이었다.

짐을 처음 만난 건 내가 대학교 1학년 때였다. 그는 내가 갖지 못한 장점들을 모두 가진 사람 같았다. 나와는 차원이 다르게 운동 실력이 뛰어났고, 매력이 넘쳤다. 친절하고 편안한 태도로 사람들과 잘 어울렸고 쉽게 친구가 되었다. 수줍음을 많이 타고 소외감에 휩싸여 있던 나는 그가 부럽기만 했다. 게다가 그는 자신의 목표에 흔들림 없이 집중하며 빠르게 추진해나가는 것 같았다. 반면에 나는 이 세상에 태어난 의미를 찾느라 비틀거렸다. 그는 뭐든 훌륭하게 해내는 것 같았다. 그래서 나와 내 친구들은 그를 부러워했다. 사실 그에게 약간의 경외심까

207

지 갖고 있었다.

우리는 모두 그가 돈 많이 버는 의사이자 교수가 될 거라 상상했다. 아름다운 아내와 풍족한 환경에서 아이들을 키울 것이라 예상했다. 하지만 그에게는 남모를 꿈이 있었다. 그는 세상의 모든 가난을 끝내고 싶어 했다. 정말로. 그래서 이후 30년 동안 그 불가능한 꿈을 이루고자 자신이 가진 모든 에너지와 지혜를 쏟아부으며 인생을 바쳐 노력했다.

짐을 다시 만난 건 20여 년 전 내가 뉴욕대 대학원에 다닐 때였다. 우연히 만난 자리에서 그는 내게 참선을 배우고 싶다고 말해 나를 놀라게 했다. 예전에 그가 부모님으로부터 아시아 여러 종교의 전통적 가르침을 접했다고 한 이야기가 생각났다.

이후 나는 주말마다 그가 사는 매사추세츠주 케임브리지에서 송담 스님의 법문을 들으며 함께 참선을 했다. 당시 그는 라틴아메리카의 가난한 지역들을 정기적으로 방문해 무상으로 의료 서비스와 사회교육을 제공하고 있었다. 짐은 내게 빈곤이 사라진 세상에 대한 비전을 말해주었다. 그것이 우리 시대의 도덕적·정신적 도전이라고 확신하는 그의 모습에서 나는 깊은 감명을 받았다. 그러다 나는 다시 한국으로 돌아와 절로 들어갔고 자연스럽게 그와 연락이 끊겼다.

그런데 몇 년 전 그가 갑자기 이메일을 보내왔다. 며칠 동안 한국에 있을 예정이니 만나자는 연락이었다. 나는 그가 대단히 바쁜 사람이라는 걸 알기에 놀라지 않을 수 없었다. 그때는 짐이 세계은행 총재로 일하는 중이었다. 그렇다. 짐은 세계은행 총재를 지낸 김용 박사다.

짐은 서울에 있는 유명 호텔의 VIP 전용 객실에 머무르고 있었다. 그가 아무리 세계은행 총재라도 막상 호텔 방에서 이야기를 나누기 시작하니 옛날로 돌아간 기분이었다. 그가 조금도 변하지 않았다는 걸 알 수 있었다. 여전히 열정적이고, 이상주의자 같고, 솔직하고, 재미있는 내 친구였다. 내가 늘 사랑하고 존경했던 그 모습 그대로였다. 짐은 자신이 추진하고 있는 프로젝트는 물론이고 당시 직면한 도전과 어려움 그리고 인류의 미래와 관련한 자신의 꿈에 대해서도 솔직하게 이야기했다.

그는 심지어 내게 참선법을 점검해달라고 부탁했다.

"짐, 지금도 참선을 하고 있다고?"

"그러려고 노력하고 있어. 그런데 알다시피 내가 좀 바쁘잖아….'

그는 당연히 해야 할 일을 못 하고 있어서 부끄럽다는 듯 쑥스러워하는 표정으로 말했다. 그 모습이 오히려 매력적으로 보였다.

"그럼, 당연하지. 나는 짐이 아직도 참선에 관심을 갖고 있다는 게 놀라울 뿐이야."

"물론이지. 여전히 관심이 있어. 단지 실천으로 옮기지 못할 뿐이야. 지금까지 쭉 바빴잖아. 내 사정 좀 봐주지 그래!"

나는 웃음이 터져 나왔다.

"그래서 가르쳐줄 거야, 안 가르쳐줄 거야?"

"좋아! 짐을 위해서라면 뭐든지. 하나만 기억하면 돼. 송담 스님의 참선법을 알면 어디서나 참선을 할 수 있다는 것. 굳이 따로 시간을 내지 않아도 돼."

그렇게 우리는 승용차나 비행기를 타고 끊임없이 이동하는 동안에도 할 수 있는 참선법을 함께 시도했다. 짐이 세계 지도자들과 긴장된

만남을 이어가고, 가난한 이들이 사는 마을과 들판, 공장을 시찰할 때도 할 수 있는 참선법을 연습했다.

나는 짐의 얼굴을 물끄러미 바라보았다. 그는 예전 그대로였다. 젊은 의사로서 기회만 되면 아이티와 페루의 가장 가난한 마을로 가서 의술을 펼치고, 서반구에서도 가장 착취당하며 무기력하게 살아가는 사람들에게 공동체를 건립하고 사회적 활동을 할 수 있도록 가르쳤던 사내. 고상해 보이는 안경 너머의 두 눈에선 여전히 가난한 이들을 억압하는 모든 것들에 대한 분노가 불꽃처럼 빛을 뿜고 있었다. 짐은 여전히 큰형과 같은 모습으로 거기 있었다. 널 괴롭히는 애들은 내가 다 엉덩이를 걷어차 주겠다는 기세로 말이다.

"짐, 물어보고 싶은 게 있어."

"뭔데?"

"우리에게 희망이 있을까?"

"환경에 대해서 이야기하는 거야?"

"맞아. 돌이킬 수 없을 정도로 파괴된 거 아냐? 우리가 지구를 심각하게 오염시킨 거 아닐까?"

그는 내 무릎에 손을 얹고 내 눈을 똑바로 쳐다보며 말했다.

"아니야. 아직 희망이 있어."

"정말?"

"물론이지. 바로잡을 수 있어. 나는 우리가 지금껏 지구 환경에 저지른 모든 어리석은 짓들을 바로잡을 수 있다고 확신해."

그는 곧바로 그 전략에 대해 설명했다. 전부 세상을 구하기 위해 경제적으로나 기술적으로 실현 가능한 방안이었다. 그러나 나를 정말로 놀라게 한 건 짐이 그다음에 한 말이었다.

"그리고 모든 사람이 참선을 배워야 한다고 생각해."

"뭐?"

짐이 그런 말을 하리라고는 전혀 예상치 못했다.

"내가 농담하는 것 같아? 아니야, 진심으로 하는 얘기야."

그는 결투를 앞둔 사람처럼 심각한 표정을 지었다.

"전부 우리 인간들이 유발한 문제야. 빈곤, 질병, 환경 파괴. 모두 우리의 마음이 저지른 일이지. 네가 깨닫지 못했다고 말하는 그 마음. 나와 내 동료들이 모든 것을 고치고 말끔히 정리한다고 해도, 우리의 파괴적인 습관을 바로잡지 않으면 또다시 모든 것을 엉망으로 만들고 말 거야. 나는 전 세계의 사회·경제·환경 질서가 영구적으로 바뀌길 바라고 있어. 그렇게 되기 위해 정말로 필요한 한 가지가 바로 인간 의식의 혁명이야. 너와 송담 스님이 그 일에 기여할 수 있다고 생각하지 않아?"

"짐, 뭐라고 말해야 할지 모르겠어."

"아무 말도 하지 말고 듣기만 해. 내가 너와 송담 스님이 하려는 일을 그토록 중요하게 생각하는 이유가 바로 이 때문이야. 다만 좀 더 구체적으로 접근할 필요가 있어."

"무슨 뜻이지?"

"내 얘기가 무슨 의미냐면 나는 너와 송담 스님이 하고자 하는 일의 가치를 알아. 정말이야. 그렇지만 대부분의 사람들은 깨달음이 무엇인지 알지 못해. 혹시나 안다 해도 별 관심이 없어. 그러니까 너와 송담 스님은 우리 같은 사람들이 이해할 수 있게 말해줘야 한다는 뜻이야. 그렇게 계속 깨달음과 불교에 대해서만 떠들어대면서 산중 스님들이 하는 방식을 고수할 수만은 없어. 솔직히 누가 그런 걸 신경이나 쓰겠어? 내가 아는 사람들에게 깨달음에 대해 이야기하면 그들이 뭐라고 말할 것 같아?"

나는 고개를 저었다.

"'저에게는 먹여 살려야 할 아이가 셋이나 있습니다. 보수는 적고 일은 많고 스트레스가 이만저만한 게 아니에요. 잠도 충분히 못 자고, 식구들은 맘껏 먹지도 못하는걸요. 우리는 난폭한 사람들이 많은 위험한 동네의 지저분하고 넌더리가 나는 작은 집에 살아요. 가족들이 먹을 물에 오염된 폐수가 흘러들어옵니다. 그러니 이 중에서 어느 하나라도 도와줄 게 아니라면 빌어먹을 내 귀한 시간을 낭비하지 마세요.' 아마도 이렇게 말하지 않을까?"

나는 짐이 하는 말에 완전히 빠져들었다. 새로운 이야기는 아니었다. 20년 전에도 자주 나누던 이야기였다. 다만 그는 이제 자신의 꿈을 현실로 만들고 있었다. 그가 계속해서 말했다.

"너와 송담 스님은 사람들에게 그들이 살아가는 데 참선이 어떤 도움을 줄 수 있는지를 얘기해야 해. 왜냐하면 이 세상 사람들의 99.999퍼센트가 애쓰고 있는 게 바로 그거거든. 대부분의 사람들은 그저 살려고 발버둥치고 있어."

"무슨 말 하는지 알아, 짐. 정말이야."

"그래, 네가 이해한다는 거 알아. 그렇지 않다면 너를 여기로 부르지도 않았겠지. 사람들이 각자의 마음을 제어하는 법을 배워야 한다는 걸 납득하게 만들어야 해. 싫어하는 일을 하루 열다섯 시간씩 해야 하는 사람들을 좀 생각해 봐. 너와 송담 스님은 그런 사람들에게 어떤 말을 해줄 수 있을까?"

그날 이후 나는 며칠 동안 잠을 이루지 못했다. 그러다 어느 순간 마침내 내가 해야 할 일이 무엇인지 깨달았다. 송담 스님의 법문을 누구나 이해할 수 있게 만들어야 했다. 우리가 현대사회 생활이라 부르는 두려움과 흥분, 혼돈이 가득한 생활 방식에 젖은 사람들 누구나 시도해볼 수 있게 말이다. 내가 그렇게 만들 수 있겠다는 생각이 들었다. 어떻든 짐도 내가 해낼 수 있을 거라 말하지 않았는가.

짐이 옳았다. 참선 수행이 널리 확산되면 개인적으로는 물론이고 공동체 차원에서도 우리의 미래를 변화시킬 수 있을 것이다. 하지만 그러려면 짐이 말한 것처럼 먼저 참선이 어떻게 우리의 일상적인 삶을 변화시키고, 새로운 가능성과 새로운 길을 만들어낼 수 있는지에 대한 분명한 이해가 필요하다.

'문화'라는 말은 인류학적으로 인류의 한 집단이—하나의 문명 전체든, 국가든, 사회든, 종교든, 아니면 단체든—한 세대에서 다음 세대로 전하는 가르침과 행동양식, 생활 방식 전체를 의미한다. 나는 그날 짐이 내게 했던 말이 바로 이런 문화적 전승에 획기적인 변화가 일어나야 한다는 뜻이었다고 생각한다.

그렇다면 짐은 어떤 식의 문화적 전승을 원하는 것일까? 그는 현대 인류가 이해하는 행복의 개념이 근본적으로 바뀌기를 원하는 것 같다.

오늘날 우리가 부모와 조상들로부터 물려받은 문화는 재화와 서비스를 축적하는 것이 행복에 이르는 길이라고 가르친다. 그러나 역사적으로 보면 그렇게 쌓아두기만 하는 것은 진정한 행복을 만들어내지 못할 뿐만 아니라 물질 자원 남용과 과소비로 지구 전체의 생태계 균형에 위협을 가한다는 것이 안타깝지만 명백한 사실로 드러나고 있다. 다시 말하면, 우리 인간이 행복의 본질과 근원을 잘못 이해한 탓에 세상이 거의 모든 생물에게 불행한 곳으로 변해가고 있다.

짐과 송담 스님 모두 참선과 같은 자기 제어 기술이 종교 수행자들과 같은 특정 집단의 전유물이 아니라 주류 사회의 보편적인 문화로 널리 받아들여질 수 있기를, 그렇게 해서 우리가 미래를 바꾸는 데 도움이 되기를 염원하고 있다. 무엇이 우리를 행복하게 해줄 것인지에 대한 생각을 바꿈으로써 우리의 미래를 바꾸는 데도 도움이 되기를 바라는 것이다.

송담 스님은 종교계 스승으로서 모든 사회 구성원이 깨달음을 얻기 위해 정신을 수련하는 것이 행복의 유일한 근원임을 이해하는 미래를 꿈꾸신다. 짐은 의사로서 정신적 자기관리와 자기 제어 훈련이 매일 이를 닦고 샤워를 하는 것과 같은 신체적 자기관리만큼 일상화되는 미래를 상상한다. 놀라운 것은 완전히 다른 두 분야의 리더가 각기 다른 이유로, 한 사람은 종교적인 이유 다른 한 사람은 의학적인 이유로, 참선이 인류의 미래를 열어줄 중요한 열쇠라고 믿는다는 사실이다.

이제 참선이 현대 문화의 일부로 자리 잡아야 할 때다.

50

적을 이기는 가장 좋은 방법

살다 보면 누구에게나 그런 인물이 한 명쯤은 있다.

증오하는 사람.

사실 이건 터놓고 이야기하기 어려운 주제다. 대부분 자신이 다른 누군가를 그토록 미워하는 것을 부끄럽게 여긴다. 그럼에도 불구하고 솔직하게 생각해보면 많은 사람들의 머릿속에 세상에서 가장 증오하는 사람의 명단이 있을 것이다.

목소리를 듣는 것도 견딜 수 없고, 웃음소리나 농담조차 고약하게 들리는 사람. 우리는 그런 사람의 얼굴을 똑바로 쳐다볼 수가 없다. 하지만 저 멀리 그 뒷모습만 보고도 대번에 알아차릴 수 있다.

너무 싫어서 시선을 돌려도 소용이 없다. 마치 레이더로 추적하는 것처럼 그 사람이 어디에 있는지를 항시 의식한다. 그러다 보니 그의 모든 말과 행동에 혐오감이 일어 신체 반응으로 나타난다. 가까워지기만 해도 속이 뒤집히고, 가슴과 어깨가 경직되고, 두 눈이 심한 불쾌감으로 차오르며 얼굴 표정이 굳고 입에서 쓴맛이 돈다.

점잖게 살고 싶고 계속해서 성장하고 발전하기를 원하는 사람들이 어떻게 그렇게 증오심을 느낄 수 있을까? 실제로 그들이 우리에게 범죄를 저지른 것도 아닌데, 우리는 어떻게 그토록 끈질기게 그 사람이 피해를 입고 불행하기를 바랄 수 있을까? 왜 우리는 그 사람이 망신당하는 모습을 상상하느라 그 많은 시간을 낭비할까?

만약에 개인적으로든 집단적으로든 행복한 미래 혹은 건강한 미래를 창조하길 원한다면, 먼저 이처럼 우리를 대단히 당혹스럽고 불안하게 만드는 문제, 즉 누군가를 증오할 수 있다는 문제에 대한 해결책을 찾아야 한다.

증오심은 인간의 의식이 만들어낼 수 있는 가장 파괴적이고 가장 해로운 마음 상태. 증오심은 정말로 인간관계에서 발생하는 모든 문제의 원천이며, 모든 사회적 갈등의 뿌리이다. 개인적인 차원에서는 성정을 어둡게 하고 혈액순환에 해롭다. 집단적인 차원에서는 편파적인 문화규범과 사회·정치·경제 시스템으로 구조화하여 특정 집단 전체를 무력화하고 소외시키고 심지어 죽음에 이르게 한다. 인류 역사에서 가장 처참한 비극과 잔혹 행위들은 증오에서 비롯되었다. 그런데도 현대 사회를 살아가는 우리는 누구나 거의 예외 없이 자주 그런 마음 상태가 된다.

그러나 누군가를 증오하는 생각과 감정이 자신의 마음과 삶을 오염시키길 원하는 사람은 없을 것이다. 그렇다면 어떻게 해야 할까?

내가 송담 스님을 모시는 시자 소임을 맡자마자 스님은 가능하면 방문객을 만나지 않겠다고 이르셨다. 스님은 꼭 필요한 만남 외에 다른 만남은 불필요하다고 여기고, 은둔자처럼 지내고 싶어 하셨다.

이는 내가 인간 장벽이 되어야 한다는 의미였다. 다른 스님들뿐 아니라 신도들까지, 스님을 흠모하고 헌신적으로 따르며 어떻게든 스님을 만나고 싶어 하는 수천 명의 추종자들을 내 몸으로 막아야 한다는 뜻이었다.

송담 스님의 법회가 있는 날이었다. 누군가 대기실 문을 두드리는 소리가 들렸다. 주먹으로 문을 쾅쾅 치며 부수고 들어올 기세였다. 나는 급히 스님 곁을 떠나 대기실 문 쪽으로 갔다. 문을 조금만 열고, 내 몸으로 입구를 막아섰다.

문을 두드린 사람은 우리 절에 가끔 찾아오는 스님이었다. 평소 사람들을 대하는 태도가 거칠기로 소문이 난 사람이었다. 우리 공동체에는 그를 두려워하는 사람들이 많았다.

'왜 하필 이 양반일까?'

나는 속으로 투덜거렸다.

"비켜, 인마! 나 큰스님 만나야 돼!"

"아주 급한 일이 아니면 큰스님께서는 법회 직전에 아무도 안 만나시는데… 잘 아시지요? 죄송하지만 좀 이해해주시면 안 되겠습니까? 큰스님 연로하시잖아요. 법회 전에 좀 편히 쉬시도록 해드리면 안 될까요?"

"야!"

그는 으르렁거리는 호랑이처럼 소리를 지르며 내가 몸으로 막고 있는 문틈으로 성큼 다가왔다. 순간 나는 그가 문을 밀고 들어오면 어떡하나 걱정했다. 그는 나보다 힘이 훨씬 세서 나 정도는 쉽게 밀치고 지나갈 수 있어 보였다.

물론 그럴 경우, 큰스님의 시자를 거칠게 밀친 결과에 책임을 져야 했다. 그래서인지 그는 나를 밀치는 대신에 문틈으로 얼굴을 들이밀었다.

"야, 안 비켜? 이 새끼야! 네가 뭐야?"

나는 순간적으로 피가 끓어오르는 걸 느꼈다. 나는 더 이상 우리 수행 공동체에서 신참내기가 아니었다. 스님으로 수행한 지도 거의 20년이 됐을 때였다. 이 사람과 나는 가까운 사이는 아니었지만 서로를 알고 있었고, 오랜 세월 같은 수행 공동체에서 지냈다. 그러니 큰스님의 시자인 나에게 그런 식으로 말하는 건 대단히 경우에 어긋난 태도였다. 특히 우리 둘 다 스승으로 모시는, 여든이 넘은 스님이 휴식을 취하고 계시는 상황에서는 더더욱 그랬다. 불과 한 시간 후면 법회가 시작될 예정이었다. 모두가 최상의 격식을 갖춰 법복을 차려입고 있었다. 지금은 공개적으로 싸움을 벌일 때가 아니라고 말한 건 절제해서 한 말이었다.

갑자기 그는 뒤로 물러서더니 권투선수가 한판 붙어보자는 것처럼 나에게 팔을 휘두르며 빈정댔다.

"한번 나와 봐, 엉? 나와! 잠깐 우리 얘기 좀 해보자. 나와, 이 새끼야! 안 나와?"

그 상황이 비현실적으로 느껴졌다. 정말로 여기서 한판 붙자는 걸까? 나는 말 그대로 입이 떡 벌어졌다. 어떻게 대응해야 할지 몰랐다. 그는 나를 가늠하려는 듯 내 머리에서 발끝까지 눈으로 훑었다. 나는 다시 한 번 생각했다. 이 사람은 정말로 내가 자신을 따라 밖으로 나가 사람들이 보는 앞에서 싸움을 벌이길 바라는 걸까?

긴장하여 살짝 떨리기까지 했던 몸이 갑자기 전혀 떨리지 않고 편안해졌다. 참선을 해서 그런 게 아니었다. 그 반대였다. 순수한 분노가 나를 묘하게 차분한 상태로 만들었다. 처음 느껴보는 기분이었다. 제어할 수 없는 분노에 목소리가 싸늘해지고 눈빛도 딱딱하게 굳어져 그를 사람이 아닌 짐승을 보듯 쏘아보았다.

나는 공손하지만 차갑게 교과서를 읽듯 어색하게 말했다.

"지금 뭘 하시는 겁니까? 지금 우리가 어디에 서 있다고 생각하십니까? 큰스님이 바로 저 옆방에 계세요. 정말 이 자리에서 계속 이러고 계시겠어요? 한 번 깊이 생각해보세요. 지금 친견이 어렵습니다."

그런 다음 문을 활짝 열고 그 사람 앞에 똑바로 섰다. 이제 그가 움직일 차례였다. 그는 잠시 나를 바라보며 내 의지를 가늠하는 듯했다. 나는 내가 침착하고 냉정해 보일 거라는 걸 알았다. 이제 무슨 말을 해야 할지 모르는 건 내가 아니라 그였다. 지금 생각해보면 그 사람은 그런 식으로 나를 위협하면 안으로 들어갈 수 있을 거라 확신했던 것 같다. 그에게는 다른 대안이 없었다.

"다음에 오시지요."

나는 그의 얼굴을 쳐다보지도 않고 이렇게 말하고 문을 쾅 닫아버렸다.

됐다. 하나는 해결했다. 그런 셈이었다. 이 사람과 나는 당분간 사이가 좋지 않을 게 분명했다. 하지만 그 순간에는 그걸 걱정할 겨를이 없었다. 나에게 더 큰 문제가 생겼기 때문이다.

문을 닫고 나자 심장이 너무 세게 쿵쾅거려 금방 터져버릴 것만 같았다. 얼굴은 마치 독감이라도 걸린 것처럼 뜨거워졌다. 온몸이 순전히 악의에 찬 증오로 채워지는 것 같았다. 도대체 이런 상태로 어떻게 스승님 곁으로 돌아갈 수 있단 말인가? 스승님이라면 내가 가장 지독하고 불결한 마음 상태에서 헤어나지 못하고 있다는 걸 단번에 아실 터였다. 스승님은 나의 참선 실력이 얼마나 형편없는지 바로 알아차리실 게 분명했다.

벽시계를 보았다. 이 모든 일이 불과 5분 사이에 벌어졌다. 그 짧은 순간에 나는 공손하고 예의바른 시자에서 분노에 찬 미치광이로 돌변했다.

나는 절망감을 느끼며 준비 호흡을 하고 복식 호흡을 시작했다. 몸에 뭉친 근육들의 긴장을 풀었다. '이뭣고' 화두를 던지고 내 생명이 거기에 달린 것처럼 절박한 심정으로 집중했다.

곧장 분노가 사라지진 않았지만 마음이 차분해지는 걸 느낄 수 있었다. 얼굴은 여전히 화끈거렸다. 내가 화가 나 있다는 걸 스님이 알아채실 것 같았다. 그래도 최소한 정신 나간 야수의 느낌은 더 이상 없었다. 이제 짜증 난 인간으로 돌아온 상태였다.

나는 얼굴에 포스트잇을 붙이듯 살면서 가장 뻣뻣하고 가장 인위적인 미소를 고정시키고 기분이 좋은 척 쾌활한 걸음으로 스승님이 계신 방으로 돌아갔다. 스승님은 바닥에 가부좌를 틀고 앉아 계셨다. 얼굴엔

도무지 알 수 없는 미소가 어려 있었다. 마치 철없는 어린애를 바라보는 듯한 표정이었다.

"내가 누굴 만나야 돼?"

스님은 여전히 그 알 수 없는 미소를 지으며 물으셨다. 왠지 스님이 나를 놀리는 것 같은 기분이 들었다.

"아니요, 스님. 아무것도 아닙니다. 스님, 의자에 편히 앉으시지요."

나는 스님이 일어서실 수 있도록 부축해 의자로 모셨다. 의자에 앉자마자 스님은 손톱을 살피기 시작했다. 마치 거기서 가장 신기한 이물질이라도 발견한 것처럼 스님은 이리저리 각도를 바꿔가며 손끝을 살피셨다. 그러면서 그냥 시간이나 때우려고 잡담하듯 가볍게 말씀하셨다.

"나의 적, 내 원수 말이야. 이 세상에서 내 원수를 이기는 가장 좋은 방법이 뭔지 알아?"

나는 속으로 낮게 소리를 질렀다. 그러니까 스님은 내 속이 얼마나 엉망진창인지 다 아셨다. 내가 점잖게 웃으며 세상에 신경 쓸 일이 하나도 없는 사람처럼 보이려고 했음에도 스님은 다 알고 계셨던 것이다.

"다시는 나한테 대들지 못하도록 확실한 한 방으로 이기는 방법이 뭔 줄 알아?"

"아니요, 잘 모릅니다."

"적을 이기는 가장 좋은 방법이 뭐냐면… 친구로 만드는 거지."

순간 심장이 멎는 줄 알았다. 내 몸을 가득 채웠던 모든 분노가 한순간에 슬픔으로 바뀌더니 두 눈으로 솟구쳐 올라 금방이라도 넘쳐흐를 것 같았다. 나는 가슴속까지 깊이 감동하여 고개를 끄덕였다. 눈을 껌

삐이며 눈물을 삼켰다.

"이 세상에 완벽한 사람은 없어. 우리가 사람을 대할 때 결점과 실수, 한계, 단점, 나쁜 습관, 안 좋은 성격에 초점을 맞추면 세상에 함께 일하거나 같이 살거나 믿을 수 있는 사람이 하나도 없게 돼. 결국 혼자 살아야지 아무하고도 같이 있을 수가 없어. 하지만 남의 허물을 달래면서 남의 장점을 키워줄 수 있다면 어느 누구하고도 함께 일하고 같이 살아갈 수 있는 거야. 이 세상 누구하고도 믿음의 관계를 이룰 수가 있어. 이 세상에 우리가 버릴 사람은 하나도 없어. 세상에 제외시킬 사람은 하나도 없어."

결국 우리를 정말로 화나게 하고, 기분 나쁘게 만드는 누군가를 상대할 때 중요한 건 그 사람이나 우리의 성격이 아니었다. 누가 옳고 누가 그른가의 문제도 아니었다. 그보다 훨씬 더 단순한 문제, 방법의 문제였다.

진정한 인간관계를 맺는 법.

누군가에게 호감을 얻거나 무언가를 팔기 위한 방법이 아니다. 우리를 위해 무언가를 하거나 우리 의견에 동의하도록 설득하는 방법도 아니다.

이것은 차분하게 마음을 비우고 다른 사람을 분명하게 볼 수 있는 방법이다. 그 사람이 어떤 말이나 어떤 행동을 하는지만 보는 게 아니라, 왜 그렇게 말하고 행동하는지도 볼 수 있는 방법. 그 사람이 어디에 서 왔고 지금 어떤 위치에 있는지만 보는 게 아니라, 그들이 이 상황을 어떻게 해석하고 삶의 의미를 대체로 어디에 두고 있는지를 보는 것이 다. 그들이 바라보는 세상은 어떤 모습이며, 그들이 바라보는 우리는 또 어떤 모습인지도 볼 수 있다.

진정한 관계를 맺는 법은 처세술과는 아무 관계가 없다. 그것은 우리 앞에 있는 사람을 명확하고 자비롭게 인식할 때 저절로 나타나는 태도 다. 이것은 참선을 통해 얻을 수 있다.

정말로 화가 날 때는 마음을 진정시키는 것만으로는 충분하지 않다. 맑은 눈으로 볼 수 있어야 한다. 우리가 맑은 눈으로 바라보면 갈등에 서 벗어나는 좀 더 평화로운 길이 보인다. 거기에 누군가의 면전에서 야멸차게 문을 닫아버리는 행동 같은 건 들어있지 않을 것이다.

스님은 바닥이 보이지 않는 우물과 같이 내 가슴에 깊이 고여 있던 분노를 순식간에 빨아들여 없애주셨다. 그러지 않았더라면 나는 분명 그 분노를 이기지 못하고 그 후 몇날 며칠을 해로운 행동을 하며 보냈 을 것이다. 문 앞에서 그 남자에게 모욕을 당했다는 씁쓸한 감정과 그 남자에 대한 증오심을 계속 키웠을 것이다. 며칠 동안 잠을 못 자고 제 대로 먹지도 못했을 것이다. 그에 대해 나쁘게 얘기해 사람들이 그에 대해 부정적으로 생각하게 만들었을 것이다. 몇 달, 어쩌면 몇 해가 지 나도록 그를 경멸했을 것이다.

그런데 송담 스님은 그저 무심히 당신의 손끝을 바라보시면서 이 모 든 것으로부터 나를 구해주셨다.

"이 세상에 완벽한 사람은 없어.
우리가 사람을 대할 때 결점과 실수, 한계, 단점, 나쁜 습관,
안 좋은 성격에 초점을 맞추면 세상에 함께 일하거나
같이 살거나 믿을 수 있는 사람이 하나도 없게 돼.
결국 혼자 살아야지 아무하고도 같이 있을 수가 없어.
하지만 남의 허물을 달래면서 남의 장점을 키워줄 수 있다면
어느 누구하고도 함께 일하고 같이 살아갈 수 있는 거야.
이 세상 누구하고도 믿음의 관계를 이룰 수가 있어.
이 세상에 우리가 버릴 사람은 하나도 없어.
세상에 제외시킬 사람은 하나도 없어."

내게는 엄청나게 부끄러운 일임에도 불구하고 이렇게 송담 스님의 가르침을 공유하는 이유는 이 가르침이 여러분 또한 구제하여 몇 시간, 혹은 며칠, 아니 몇 년간 고통에 몸부림치지 않게 해줄 수 있다고 믿기 때문이다. 정말로 그 많은 시간을 인간의 의식이 만들어낼 수 있는 가장 역겨운 상태에 빠져 지내고 싶은가?

나는 송담 스님의 이 가르침이 우리가 말 못 하고 억눌러왔던 분노와 세상을 향한 깊은 원한을 극복하는 법을 배우면 이를 수 있는 의식 수준이나 삶의 모습을 설명하는 것이라고 생각한다. 그리고 그것은 상대방을 꿰뚫어보는 통찰력을 바탕으로 용서할 때 가능하다.

통찰력을 바탕으로 용서한다는 건 다른 게 아니다. 다른 사람의 행동을 개인에 대한 공격으로 받아들이지 않는다는 의미다. 그 사람이 무례하게 군다고 해서 당신이 존중받을 자격이 없다는 뜻은 아니다. 그 사람이 당신을 모욕한다고 해서 당신이 진짜 그가 표현하는 그런 류의 사람이라는 의미는 아니다. 그 사람이 당신을 위협한다고 해서 당신이 겁쟁이거나 함부로 해도 되는 사람이라는 뜻은 아니다. 그 사람이 당신을 미워한다고 해서 당신도 그를 미워할 필요는 없다.

당신을 향한 분노나 증오, 혹은 무관심이나 경멸로 가득한 사람을 아주 맑은 눈으로 통찰력을 갖고 보면 그들의 그런 감정이 당신 때문에 일어난 것이 아니라는 게 보인다. 그들이 그렇게 반응하는 이유는 그들의 어그러진 욕망과 기대 때문이다. 자기들 마음대로 상황을 해석하여 행동하는 것이다. 각자 자아상을 만들고 왜 이렇게 됐나 원망하고 괴로워하는 것이다. 지금 상처받기 쉬운 사람은 그들이지 당신이 아니다.

우리가 용서를 배우면 자연스럽게 용기가 생긴다. 그러면 다시 한 번 세상과 관계를 맺고 세상의 모든 다양함과 복잡함을 있는 그대로 받아들이는 법을 배우게 된다. 용서한다고 해서 수동적이고 순종적인 사람이 되는 것은 아니다. 모두에게 기여할 자기만의 위치와 역할 그리고 기회를 갖게 되는 것이니 오히려 선도적이고 결단력 있는 사람이 된다.

이렇게 말하긴 했지만, 여러분에게 공유한 송담 스님의 가르침이 사실 현실에 적용하기가 쉽지는 않다는 걸 안다. 하지만 다른 사람을 상대하는 건 우리가 살면서 해야 할 일 중 두 번째로 어려운 일이다. (첫 번째로 어려운 일은 자기 자신을 상대하는 일이다. 이에 대해서는 다음 장에서 살펴보겠다.)

어렵게 느껴지는 사람을 맑은 눈으로 제대로 바라보고, 용서하며 용기 있게 포용하는 법을 완벽하게 습득하려면 어쩌면 평생이 걸릴지도 모른다. 이걸 쉽게 해내는 사람은 아무도 없을 것이다. 버락 오바마도 달라이 라마도 마찬가지다. 다른 사람이 우리나 우리가 사랑하는 사람들을 대하는 방식에 언제라도 너무나 화가 나서 잠 못 들 수 있다.

그렇지만 참선을 하면 곤란한 사람을 상대할 때 이전과는 다르게 더 나은 방식으로 대응하는 길이 보인다. 미움과 분노에 기댈 필요가 없다.

만약 송담 스님이 그날 나를 분노로부터 구해주지 않았다면 나는 문 앞까지 찾아왔던 그 사람의 얼굴을 다시 보는 게 아주 힘들었을 것이다. 하지만 스승님이 내 마음을 해독시켜주신 덕분에 한 달 뒤에 법회가 열렸을 때 나는 그 사람을 보고 아무 일 없었던 것처럼 편하게 웃으며 인사할 수 있었다.

그 사람도 마찬가지였다. 우리가 다시 만났을 때 그는 적대감이나 원망, 심지어 빈정대는 기색 하나 없이 내게 손을 내밀어 악수를 청했다.

결국 내가 그의 행동을 너무 개인적인 공격으로 받아들였던 것이다. 그가 그 많은 사람들 중에 일부러 나를 선택해서 모욕적인 말을 하고 무례하게 대했다고 여긴 것이다. 하지만 사실은 그렇지 않았다. 그는 거친 삶을 살았다. 돌봐주는 사람 없이 혼자 자라 모든 것을 맨손으로 싸워 이루어냈다. 거칠긴 해도 악한 사람은 아니었다. 나는 그에게 더 부드러운 면이 있다는 것, 더 연약한 면이 있다는 것을 알았다. 큰 덩치를 가진 사내가 언젠가 송담 스님 앞에 어린애처럼 무릎을 꿇고 앉아 평생 그리워했을 부모의 애정을 느끼고 받아들이는 모습을 본 적이 있다.

그에겐 나를 공격하려는 의도가 없었다는 걸 이제는 분명히 안다. 단지 겁을 주어 자기가 원하는 바를 얻으려고 했던 것이다. 그에게는 그 것이 일상적으로 일을 처리하는 방식일 뿐 다른 의미는 없었을 것이다.

그렇다면 그의 행동은 적절한 것이었을까? 물론 아니다. 효과적이었을까? 절대 아니다. 나를 그렇게 함부로 대해도 된다고 생각하는 사람들 틈에 있는 것은 유쾌한 일일까? 설마 그럴 리가.

그렇다고 꼭 그 사람에게 반감을 가져야 했을까? 전혀 그렇지 않다. 내가 그 상황을 명확하게 볼 수 있었다면, 나는 그와의 예기치 않은 만남을 통해 벌어진 일을 바탕으로 그 사람이나 나 자신, 혹은 우리의 여건에 대해 판단할 필요가 없다는 걸 알았을 것이다. 그 대립의 순간에도 참선을 했더라면 누구나 얻을 수 있는 맑은 시각과 지혜를 이용해 그의 행동이 인간성에 반하는 몰지각한 범죄가 아니라, 단지 경직되고 서툴러서 벌어진 상황임을 명확히 볼 수 있었을 것이다.

아이러니하게도 내가 진행하는 텔레비전 프로그램이 방송을 시작하자 가장 먼저 다가와 내 손을 잡고 축하해준 사람이 바로 그였다. 물론 순수한 애정만으로 그렇게 행동하지 않았을지도 모른다.

그렇다 하더라도 송담 스님의 가르침으로 무장한다면 앞으로 우리가 함께 일하지 못하거나 잘 지내지 못할 이유가 전혀 없었다.

51

나를 받아들이는 법 배우기

대중을 상대로 참선을 가르치기 시작했을 때 많은 사람들을 만나고 그들의 고민을 들으며 가장 놀란 점 중 하나는 낮은 자존감과 자기혐오로 힘들어하는 사람들이 절대적으로 많다는 사실이었다. 처음엔 이 문제가 대입과 취업 경쟁률이 너무 높은 나머지 실패와 패배에 대한 두려움과 싸워야 하는 한국사회의 특수한 현상이라 생각했다.

그러나 세계 여러 나라 사람들과 이야기를 나눠보니 자기를 싫어하고 스스로에게 만족하지 못하며 자기를 혐오하는 문제가 현대사회에 얼마나 많이 퍼져 있는지 알게 되었다. 그것은 정말로 전 지구를 포괄하는 문제다. 어쩌면 중독이나 일상적인 분노와 같이 자기 파괴적인 행동이 만연한 근본적인 이유도 이 때문일 수 있다.

심리학자들은 긍정적인 자존감과 자기 존중, 자기애가 정신 건강은 물론이고 개인의 지속적인 성장과 발전을 위해 필요하다고 말한다. 반면에 수치심과 죄의식, 후회, 그리고 스스로가 부족하다고 느끼는 감정은 인간이 견딜 수 있는 가장 괴로운 심리적 경험으로 여긴다.

그러나 심리학자와 자기계발을 위한 각종 워크숍과 프로그램, 도서들이 굳이 강조하지 않는 점이 있다. 그건 자기애가 사람들에게 있을 수도 있고 없을 수도 있는 특질이나 감정이 아니라는 사실이다. 또한 우리가 가장 긍정적이거나 칭찬받을 만한 성격이라고 믿는 것에 집중한다고 해서 자기애가 저절로 생기는 것도 아니라는 점이다.

나는 자기 자신을 받아들이는 것이 하나의 능력이라고 믿는다. 아이든 어른이든 아직 배우지 못했다면 반드시 신경 써서 배워야 하는 대단히 특수한 능력이다. 각자의 행동과 스스로에 대한 인식을 자연스럽게 관리할 수 있을 때까지 부단히 연습하고 실행해야 한다.

그 점을 염두에 두고 한 가지 물어보고 싶은 게 있다.

'지금껏 누군가가 당신에게 스스로를 사랑하는 정확한 방법을 가르쳐주려 한 적이 있는가?'

언제나 너 자신을 사랑하라, 스스로의 좋은 점을 보라, 자기 자신에게 너무 냉정하지 마라와 같은 말을 들었을 것이다. 마치 그런 행동이 마술이라도 부릴 것처럼 말이다. 그러나 어느 전문가도 우리에게 스스로를 사랑하는 법을 제대로 가르쳐준 적이 없다는 점을 고려한다면 일상에서 힘든 시간을 보낼 때 어떻게 자기 자신을 사랑하거나 스스로에게 긍정적인 생각과 감정을 불러일으킬 수 있을까?

대부분의 사람들은 이렇게 답한다.

"당신이 가진 뛰어난 점이나 특별한 점을 찾으려고 노력해야지."

스스로에게서 뭔가 특별한 점, 독특한 점, 고유한 점을 찾으려 할 때 우리는 보통 주변 사람들과 비교한다. 엄격하고 냉정하게 과거의 성과와 시험 점수 같은 것들을 검토해 스스로에게 어떤 특별한 지적 능력이나 주목할 만한 재능이 있는지 살펴보기도 한다. 또한 거울 앞에 서서 마치 성형외과 의사인 양 까다로운 안목으로 다른 사람들에게 얼마나 매력적인지를 평가한다. 가족과 친구, 또래, 동료들 사이에서 얼마나 인기가 많은지도 따져본다.

우리는 스스로를 이렇게 아주 비판적으로 검열한다. 어찌나 야박한지 우리가 좋아하는 다른 누군가에게 그렇게 비열하게 구는 것은 상상도 못할 것이다. 또한 다른 사람이 우리를 그렇게 대하는 것도 절대 용납하지 못할 것이다. 그럼에도 자기 자신에게서 애정을 갖거나 인정할 만한 무언가를 찾으려 할 때 차가운 면접관이나 속 좁은 경쟁자, 혹은 까다로운 첫 데이트 상대보다 더 가혹해질 때가 많다.

왜 그럴까? 왜 우리는 자기 자신을 다른 사람과 비교해 기를 죽일까? 이것이 우리가 현대 문화에서 배운, 스스로를 바라보는 유일한 방법이기 때문이다. 우리는 개인의 업적을 숭배하는 사회에 살고 있다. 교육 및 고용, 사회활동과 관련된 모든 체계가 가능한 한 빠르고 정확하게 '특별한' 혹은 '뛰어난' 자질을 가진 사람들을 찾아 끊임없이 보상할 수 있도록 만들어져 있다.

우리는 지금껏 사람들을 그런 식으로 판단하라고 배웠다. 그래서 스스로를 판단할 때도 그렇게 하는 것이다. 우리가 매력을 느끼고 애정을 갖게 되는 것들이 전부 그렇게 프로그램화되어 있다. 그러니 자기 자신에게서 사랑하고 존중하고 인정할 만한 점을 발견하려 노력할 때에도 그런 '특별한' 혹은 '뛰어난' 자질을 찾는 것이다.

자존감이 낮아서 힘들어하는 사람들을 만나면 듣는 얘기가 있다.

"저는 특별한 점이 하나도 없어요."

더 심하게는 이렇게 말한다.

"전 별 볼 일 없는 사람이에요!"

이것이 과연 우리 스스로를 바라보고 판단하는 최선의 방법일까?

그렇다면 자신의 특별한 점을 찾아서 자존감을 높이려 할 때 나타나는 몇 가지 해로운 사회적·심리적 결과들을 생각해보자.

첫 번째는 자기애를 그런 식으로 접근하는 건 평범한 사람들은 사랑받고 존경받을 자격이 없다고 전제하는 것이다. 평범함 자체를 전혀 매력적이지 않거나 부끄럽다고 여기는 것이다. 이런 전제를 고수할 경우 다른 사람을 바라보고 대하는 방식에도 심각한 문제가 생긴다. 인간이 가진 일반적인 특성, 이를테면 먹고 싶고, 자고 싶고, 씻고 싶은 욕구, 안전하다고 느끼고 싶고, 이해받고 싶고, 행복해지고 싶어 하는 욕구, 다시 말하면, 우리가 다른 사람들과 공통적으로 가지고 있는 특성이자 우리와 다른 사람들을 연결시켜주는 모든 것을 존중하기는커녕 신경쓸 가치도 없다고 여기게 된다.

인간의 가장 보편적이고 광범위한 특징들, 예컨대 고통을 느끼며 사랑받고 싶어 하고 새로운 것을 배우고 성장할 수 있다는 점들을, 다른 이유도 아니고 너무 보편적이라는 이유로 무시해버리는 것이다. 보편적인 것보다 특별한 것을 더 선호하는 이런 경향은 중요해보이지 않는 사람은 모두 무시함으로써 지나치는 사람들과도 서로 연결되게 만들어주는 공감과 연민의 흐름을 약화시킨다. 그로 인해 결국은 자기 자신도 무시하게 된다.

두 번째로, 70억이 넘는 인구가 사는 이 세상에서 우리의 사랑과 존경을 받을 자격이 있는 사람은 오직 소수의 엄선된 사람들뿐이라고 여긴다. 그것은 이 사회에 사랑과 존경을 받을 수 있는 정당한 자질을 갖춘 사람들만의 배타적인 그룹이 있다는 얘기와 같다. 그래서 진정으로 자기를 존중하는 마음을 얻고 싶다면, 우리는 그 엘리트 그룹에 들어가는 길을 찾아내야 한다. 그 그룹에는 어떻게 들어가는가? 우리 사회에서 어디든 들어가려면 거쳐야 하는 그 방법뿐이다. 경쟁에서 이겨야 한다.

　이것은 비뚤어진 자기 평가로 인한 세 번째 해로운 결과로 이어진다. 즉 다른 사람들에게 무의식적으로 적대감과 의심을 품게 되는 것이다. 자기 자신은 물론이고 다른 사람으로부터도 사랑과 존경을 받기가 너무도 어려운 이 세상에서 언제나 자신보다 더 뛰어난 사람을 만나게 될까봐 걱정을 한다. 우리가 아는 사람, 혹은 전에 우리가 마음 놓고 무시했던 사람이 어느 날 갑자기 남몰래 갖고 있던 어떤 놀라운 재능이나 자질을 드러내고 우리에게 패배감을 안길까봐 우려하는 마음이 조금씩은 있다. 다른 사람과의 비교가 자기 자신을 사랑하고 존경할지 여부를 결정하는 기준인 이상, 언제나 다른 누군가에게 뒤처질 것을 두려워하게 마련이다. 그렇게 되면 정말로 스스로에게 좋지 않은 감정을 느낄 수밖에 없다.

　우리가 독특하거나 특별하다고 생각하는 것, 혹은 뛰어나다고 생각하는 것에 강박적으로 집착하고 그런 특질을 스스로에 대한 판단 기준으로 삼을 경우 주위의 모든 사람들과 무의식적으로 끊임없이 힘겨루기를 하게 된다. 각자의 자존감과 자부심을 지키고자 자기보다 아래에

두고 무시하고 업신여겨도 될 사람들을 계속해서 찾게 되는 것이다. 그 결과 진심으로 자신을 사랑하고 인정하는 것이 전적으로 주위 사람들보다 우월하다는 것을 보여줄 수 있는지 여부에 달리게 된다. 그렇다면 의식을 하든 못하든, 자기 자신을 사랑하려고 노력할수록 다른 사람을 대하는 태도는 더 가차 없고, 불친절하며, 인색하고, 오만해질 것이다.

이보다 더 안타까운 건, 특별하다고 여기는 점에 초점을 맞춰 자신을 사랑하려고 노력할수록 자존감은 오히려 더 떨어진다는 사실이다. 왜 그렇게 될까? 주목할 만한 특징을 가져야만 자존감이 생긴다는 건 우리가 가진 다른 특징들은 대부분 뭔가 부족하다고 평가하는 것과 같기 때문이다. 스스로에게 이렇게 말하는 것이다.

"바로 이것 때문에 내가 사랑받고 존중받을 자격이 생기는 거야. 이것 때문에 내가 인간적으로 매력이 있어지는 거야. 이게 없으면 나는 아무것도 아니야."

이것을 다른 말로 하면 내가 가진 나머지 대부분의 특징, 곧 나의 대부분이 가치가 없다는 얘기다. 결국 몇 가지 인상적인 면 때문에 자기 자신을 사랑하는 건 사실상 자신이 가진 더 크고 많은 부분을 괄시하는 것이다. 그러한 자기혐오가 곧 낮은 자존감으로 이어지는 것이다.

'자기계발' 및 '자기 발전'을 위한 대부분의 노력이 무척 고통스럽고, 결국은 지치고 좌절하여 끝나는 이유가 바로 이 때문이다. 자기 수양을 위해 노력할 때 스스로에게 가장 먼저 하는 이야기가 있다.

'지금의 내 모습은 만족스럽지 않아.'

자기계발을 위한 시도가 일종의 자기부정으로 시작되는 것이다.

이제 자기계발을 위한 누력이 대체로 역효과를 낳는 이유가 조금씩 이해될 것이다. 살을 빼려고 하든, 영어 실력을 향상시키려고 하든, 기타를 배우려고 하든, 열등감을 지우려고 그렇게 노력하고 있다면, 실제로는 낮은 자존감을 감추려 애쓰고 있는 것이다. 자기계발을 위한 이러한 시도들은 지금의 자기 모습을 참을 수 없어서 시작된 것이고, 스스로에 대해 부족하다고 생각하는 점들을 계속 곱씹음으로써 유지가 된다.

따라서 자기 계발을 위해 노력하는 동안은 내내 괴로운 상태에 있는 것이라 그 상태로 오래 버틸 수가 없다. 눈에 띄게 살이 빠지거나, 영어 실력이 유창해질 정도로 오래 버티기는 확실히 힘들다. 이 때문에 이렇게 자기계발을 잘못 이해하고 시도할 경우 궁극적으로 자기 자신을 더 싫어하게 되고, 열심히 살아보려는 의욕도 사라지게 된다.

그렇다면 참선은 우리를 어떻게 구원할 수 있을까? 우리가 스스로를 사랑하도록, 적어도 자신을 미워하는 마음을 없애도록 어떻게 도와줄 수 있을까?

답은 분명하다. 참선은 스스로에 대한 이미지, 즉 모든 자아상을 내려놓도록 도와준다. 또한 스스로를 판단하고 평가하려는 모든 시도를 멈추도록 훈련시킨다. 대신에 눈에 보이지 않는 무한한 의식에 내재된 빛과 아름다움을 경험할 수 있도록 가르쳐준다.

자기 개선, 자기 수용, 자기애를 위한 다른 모든 시도들은 우리로 하여금 하나의 이상적인 자아상을 만들어 자질과 행동을 거기에 맞추게 한다. 이런 식의 행동은 끊임없는 내적 갈등과 괴로움을 일으킨다. 그런 시도는 언제나 자기 자신에게 폭력적이고, 스스로를 거부하며 무시하는 행동들로 이뤄지기 때문이다. 이런 잘못된 행동의 궁극적인 결과는 어김없이 고통과 불만, 절망이다.

참선 수행은 우리의 시선이 더 깊이 그 근원을 향하도록 훈련시킨다. 그것이면 충분하다. 더 이상은 없다. 참선을 할 때 우리는 스스로를 '개발'하거나 '개선'해 나가는 것이 아니라 이미 완벽한 상태로 존재하는 우리의 실체를 경험하기 시작한다. 우리 몸을 차지하고 있는 빛나는 생명력과 지혜를 느끼는 것이다.

과연 이것은 어떤 느낌일까? 스스로를 개선하거나 개발하려는 모든 생각과 노력, 시도를 멈추면 비로소 느끼는 그 기분은 완벽한 진정성과 투명한 의식, 순수한 행복이다. 이것이 진정한 자기애다.

송담 스님은 노자의 『도덕경』에 나오는 한 구절을 자주 인용하셨다. "집은 비어 있기에 머물러 살 수 있고, 컵은 비어 있기에 마실 것을 채울 수 있다. 바퀴가 굴러가는 이치도 이와 같다. 중심이 비어 있기 때문이다."

우리 인간도 오직 마음을 비웠을 때 쓸모가 있고 완벽하며 완전하다.

자신에게서 모든 생각과 자아상을 비워낼 때, 비로소 스스로에게 진정한 만족과 안도감을 느끼게 된다. 참선은 이런 식으로 진정한 자기수용과 자기존중, 자기사랑의 놀라운 비밀을 알려준다. 원래부터 세상에 그런 건 없다는 사실을 알게 해준다.

우리에게는 우리의 시선을 받으면 점점 더 밝게 빛나는 내재된 빛이 있을 뿐이다. 송담 스님이 종종 '참나'라고 표현하시는 그 빛을 우리는 기쁨과 희망, 자신감, 만족감, 고마움으로 경험한다. 심리적 차원에서 보면 그렇고, 그 근원을 들여다보면 빛의 본질이 무한한 사랑임을 발견하게 된다.

그러니 이제 자기 자신을 존중해야 하는 이유와 정당한 근거를 찾으려 하지 말자. 사랑받을 만한 가치가 있다는 걸 증명하려고도 하지 말자. 대신에 우리의 시선을 내면으로 돌려, 진정한 사랑과 존중, 아름다움과 고귀함의 근원을 향하게 하자. 그런 다음 스스로에게 화두를 던지자.

"이뭣고?"

52

리더십과 참선

제너럴 일렉트릭GE의 회장이자 최고경영자였던 잭 웰치는 매일 한 시간씩 '창밖을 내다보는 시간'을 가졌다고 한다. 다시 말하면 하루 일과에 이른바 '전략적 휴식'을 한 시간 포함시킨 것이다. 전략적 휴식이란 해야 할 일이 없을 때는 정말 아무것도 하지 않는 것을 뜻한다. 이렇게 하루 일과에 전략적 휴식을 포함하면 규칙적으로 몸과 마음을 재충전하고, 사소한 감정이나 집착을 흘려보낼 수 있다. 또한 큰 그림을 놓치지 않고 가능성 있는 미래를 상상하며 인생의 흐름에 만족할 수 있다.

이것은 지혜롭고 깨우친 사람의 습관이다. 잭 웰치처럼 현명한 사람들이 참선을 했더라면 공공의 이익을 위해 얼마나 더 많은 일을 해냈을지 생각하지 않을 수 없다. 그런 사람들이 직장에서 매일 한 시간씩 참선을 했더라면 말이다.

이 세상에서 어떤 위치에 있든 미성년자이거나 정상적인 생활이 어려울 정도의 장애가 있지 않은 이상 누구나 적어도 한 사람은 이끌고 관리해야 하는 책임이 있다. 그 한 사람은 물론 자기 자신이다. 우리는 모두 자기 자신의 보스이자 관리자다.

오래전 동아시아의 유학자들은 자신의 목적과 생각, 감정, 언행을 제대로 이끌고 관리하지 못하는 사람은 다른 사람을 이끌 자격이 없다고 했다. 이 주장대로라면 정신과 육체의 기능을 통제하는 참선이야말로 조직 관리와 리더십에 꼭 필요한 능력을 얻는 첫걸음이라고 할 수 있다.

부처님은 한 명의 장수가 만 명의 군사를 이끌고 전쟁터에 나가는 것보다 자기 자신을 다스리는 것이 더 어렵다고 말씀하셨다. 나는 지난 몇 년간 조직의 리더들이 힘겨워하는 모습을 적지 않게 지켜보며 이 말이 진실임을 확인했다.

조직의 리더나 보스와 관련해 매우 흥미로운 사실 중 하나는, 자기 분야에서 필요한 능력을 갖추고 실질적 권한과 책임이 있는 위치까지 올라가는 사람은 누구나 예외 없이 자신과의 싸움이라는 가장 큰 도전에 직면하게 된다는 것이다. 이는 마음대로 할 수 있는 권한이 주어졌지만 스스로의 행동을 제어하려고 노력해야 한다는 뜻이다. 정말로 좋아하고 싫어하는 것을 찾아내 관리해야 한다. 그리고 상황분석과 판단, 의사결정 그리고 문제해결에 있어서 자기의 방식을 파악하고 유연성을 가지려고 노력해야 한다. 또한 자신이 중요하게 여기는 핵심 가치에 숨겨진 모순을 인식해야 하며, 개인적 욕구를 조절하는 법도 배우고자 노력해야 한다. 그리고 무의식적으로 하는 습관적 행동, 특히 다른 사람을 대하는 방식을 바로잡기 위해 노력해야 한다.

　좋은 리더는 자신의 성격이 가장 큰 적이고, 자신의 사고방식이 가장 큰 걸림돌이라는 것을 잘 안다. 조직의 사다리를 힘겹게 올라갈 때까지는 가치관과 신념, 기호가 분명한 것이 장점이었다. 이런 점들이 날카로운 집중력과 자신감, 빠른 판단력과 적극적인 추진력으로 이어졌기 때문이다. 하지만 정상에 오르고 나면 옳고 그름과, 선과 악, 인상적인 것과 인상적이지 않은 것에 대한 견해가 확고하고, 관점이나 접근법이 뚜렷한 것이 이제는 잠재적 기회와 위험요소를 파악하는 데 장애가 된다는 것을 알게 된다.

　좋은 리더는 자신을 포함해 누구나 자기가 좋아하는 누군가의 말에는 더 귀를 기울이고 그 조언을 받아들이려고 하는 반면, 싫어하는 사람에게는 반감을 가진다는 사실도 잘 안다. 그러나 좋고 싫음은 다분히 자의적이다. 리더나 관리자들 또한 매력적이고, 말도 잘하고, 호감형이고, 자기만의 분명한 스타일이 있는 사람에게 더 끌린다. 그런 면들이 옳고 그름이나 효율성과는 아무런 관련이 없다는 것을 알면서도 그렇게 된다.

　따라서 스스로를 조금이라도 성찰할 수 있는 리더라면 자신의 편견과 기호 때문에 좋은 아이디어를 놓치거나 잘못된 생각을 따르게 되지 않을까 염려한다. 그들은 판을 뒤집을 수 있는 기회를 놓치거나 형편없는 정책을 펼치게 되는 이유가 대개는 지략이 부족해서가 아니라 통제되지 않은 성격 때문이라는 것을 안다. 모든 형태의 거래가 매우 빠른 속도로 진행되는 요즘은 판단과 결정도 빠르게 이루어져야 한다는 점이 이런 식의 위험을 더 가중한다.

상황을 더욱 악화시키는 것이 있다. 누구나 무의식 속에 정서적으로 매우 어둡고 원초적인 편견을 갖고 있다는 점이다. 머리로는 평등과 정의, 연민 등을 중요하게 생각한다고 하지만 우리의 정서적 발달 수준은 늘 그것을 따라가지 못하고, 많은 경우 한참이나 뒤처져 있다. 현대사회에서는 정식으로 감정을 조절하는 훈련을 받지 않기 때문에 사실상 정서적으로 무지한 상태다. 따라서 우리의 감정적 반응은 거의 언제나 유치한 수준이다.

그러다 보니 무의식적인 감정 차원에서 보면 우리의 인식과 판단, 행동 방식은 기본적으로 인종 차별적이거나 성차별적이고, 동성애를 혐오하거나 엘리트주의적일 수 있다. 또한 본의 아니게 무의식적으로 속임수를 쓰거나 이용하고, 착취하고, 과장하고, 심지어 가학적인 태도나 의도를 보일 수도 있다. 이러한 인식과 정서적 반응, 충동 조절 양상은 아주 오래전에 뿌리내려 습관으로 형성된 것이라 대부분의 사람들은 그것이 언제 어디서 어떻게 시작되었는지도 잘 기억하지 못한다. 더욱이 이러한 습관적 행동은 매우 깊숙이 숨어 있다가 어느 순간 의식의 저 아래에서부터 작동하기 때문에 우리는 그것이 작동했다는 것도 거의 알아차리지 못한다. 그럼에도 다른 사람들에 대한 그런 태도와 관점, 그릇된 형태의 동기 부여는 우리의 선택과 결정에 엄청난 영향을 미친다.

누군가에게 편견을 갖고, 누군가를 증오하고, 멸시하고, 학대할 수 있다는 건 인간이 가진 최악의 면모이자 인류 전체로 봐도 가장 부끄러워해야 할 모습이다.

이런 모습은 우리가 감추려고 가장 애쓰는 부분이기도 하다.

우리가 위선자이거나 증오를 부추기는 사람이라서가 아니라 단지 그런 면들을 없애는 법을 배운 적이 없기 때문이다. 더 좋은 방법을 알지 못하기 때문에 그런 끔찍한 면들을 방사성 폐기물을 처리하듯 눈에 띄지 않도록 숨기기 바쁘다. 그런 면들이 부지불식간에 새어 나오지 않기만을 바라고 기도한다. 하지만 그런 면들은 어김없이 새어 나온다.

참선은 우리가 의식하지 못하는 이런 어둡고 원초적인 습관들, 즉 카르마가 우리의 인식을 왜곡하여 행동을 오염시키기 전에 뿌리째 뽑아버리기 위한 것이다.

> 참선은 우리 인간의 마음속에 있는 가장 해로운 독소를 제거하는 작업이다. 우리가 가진 가장 나쁜 면들, 우리 영혼의 어두운 부분을 빛으로 비추고 태워 없앤다.

응어리진 분노와 감춰온 증오, 끝없는 두려움과 마음의 상처, 깊은 실망과 원망, 지독한 심술과 중독 등 수치심에 얼굴을 들지 못하게 만드는 모든 것, 우리 내면의 빛을 가려 세상 밖으로 빛을 발하지 못하도록 하는 모든 것을 태워 없앤다.

따라서 나는 우리 사회의 리더들이 반드시 스스로를 인식하고, 제어하는 방법을 체계적으로 훈련받아야 한다고 생각한다. 나는 송담 스님이 내게 대중을 상대로 활동하라고 하신 이유가 참선의 가르침을 우리 사회의 리더들에게 전하기 위해서였다고 믿는다.

무엇보다 참선은 우리의 가장 좋은 면을 자유롭게 해방시켜준다.

좋은 리더는 자신을 정상에 올려놓은 능력과 업적들이 지금 자신이 보여줘야 할 최상의 모습이 아니라는 걸 안다. 그들이 보여줘야 할 최상의 모습은 아직 발견되지 않았고 개발되지도 않았다. 이것은 리더에게 주어지는 커다란 축복이자 엄청난 부담이다. 리더의 자리에 오른 것은 끝이 아니라 시작을 뜻한다. 미래를 창조하는 시작점이다.

그래서 리더가 되면 이제 어려운 일이 아니라 불가능해 보이는 일을 해야 한다.

> 세상은 리더에게 스스로를 뛰어넘으라고 요구한다.
> 예전보다 더 나은 사람이 되라고, 스스로 생각하는 것보다 더 나은 사람이 되라고 요구한다.

리더로서 자신의 성격과 리더십을 발휘하는 방식이 주변의 좋은 것들을 보지 못하게 가로막을 수 있다는 것을 깨닫게 된다면 그것들이 자신의 가장 좋은 모습 또한 감추고 있다는 것도 알아야 한다. 어쩌면 지금껏 발견하지 못한 새로운 아이디어나 독창적인 비전이 있을지도 모른다. 어쩌면 머릿속에 새로운 패러다임이 들어 있는지도 모른다.

아직 자기만의 독특한 비전을 발견하지 못했다면 그 이유는 오래되고 편협한 인식과 태도가 그것을 보지 못하게 가로막고 있기 때문이다. 그렇다면 지금까지의 모습을 포기해야 한다. 예전의 행동 방식을 완강히 고수하는 대신에 스스로 진화하고, 다시 태어나는 도전에 착수해야 한다. 그렇게 하지 못한다면 그 리더가 이끄는 사람들이 고통을 받게 될 것이다. 리더로서 지금도, 아니 언제나, 저 수평선으로부터 밀려오는 혁명과 같은 변화의 파도를 제대로 알아차리고 받아들이며 적응하는 데 실패했기 때문이다.

세상과 나누어야 할 자신의 진정한 재능을 발견하려면 자신이 어떤 사람인가 하는, 존재의 핵심을 파고드는 정신적 여행을 시작하는 것밖에 방법이 없다.

새로운 뭔가를 창조하는 유일한 방법은 좀 더 큰 틀에서 자신의 위치를 파악하고, 세상을 위해 해야 할 일이 무엇인지를 명확하게 이해하는 것이다. 참선을 하면 그렇게 될 수 있다. 참선을 하면 삶을 바라보는 시각, 즉 진정한 세계관이 열리기 때문이다.

몇 년 전에 "상자 밖에서 생각하라Think out of the box"라는 말이 유행했다. 나는 이 말이 지금까지의 가정을 뒤집고 한계를 뛰어넘어 진정 새롭고 독창적인 관점을 가지라는 뜻이었다고 생각한다. 고유의 가치와 기준, 성공과 실패에 대한 정의, 인류의 미래에 대한 비전이 담긴 관점 말이다.

그러나 "상자 밖에서 생각하라"는 이 말은 현재 우리가 상자 안에 갇혀 있다는 뜻이기도 하다. 일종의 감옥에 갇혀 있다는 의미이다. 그렇다면 우리를 옭아매는 이 감옥은 대체 무엇일까?

다시 말하지만, 불교에서는 그것이 우리의 카르마, 즉 오랜 습관이라고 답한다. 그리고 선불교의 선지식들은 벽을 뛰어넘으려는 것이 상자 밖으로 나가는 방법은 아니라고 가르친다. 뭔가 더 크고 더 좋은 것을 상상하려고 하는 것과도 관련이 없다. 상자에 갇히지 않고 자유를 얻는 참다운 길은 자신의 내면으로, 의식의 근원으로 들어가는 것이다.

참선을 통해 발견하는 멋지고 아름다우면서도 모순적인 진실이 바로 이것이다.

자기 내면의 가장 깊은 곳으로 시선을 돌릴 때 비로소 자신을 둘러싼 세상에 눈을 뜨게 된다는 것.

상자 안을 깊숙이 들여다볼 때 비로소 우리는 상자 밖을 볼 수 있다.

진정한 정신적 통찰이란 맑고 잔잔한 마음에 비친 세상의 모습을 왜곡하지 않고 있는 그대로 깨끗하게 인식하는 것이다.

진정한 정신적 통찰이란 그야말로 명확한 인식을 의미한다.

그리고 명확한 인식은 탁월함이나 재능이 아니라 내면의 평화를 통해 얻어진다.

현재와 미래의 모든 리더들이 이런 명확한 인식을 얻어 우리 모두를 감옥에서 벗어나도록 이끌어주기를 바란다.

53

영적 수행과 참선

요새 '영적spiritual, spirituality'이라는 말이 자주 사용되긴 하지만 그 의미는 여전히 모호하다. '영적'이라는 말은 대개 어떤 사물이나 사람이 신비롭거나 세속적이지 않다고 표현할 때 사용되는 것 같다.

물론 나도 '영적'이라는 말을 사용한다. 나는 이 '영적'이라는 말이 종교적 경험의 본질적 의미를 규정하는 어떠한 특성 같은 것을 가리킨다고 생각한다. 종교적 느낌의 정수라고 할 수도 있고, 종교 정신이라고 해도 좋다. '영적'이라는 말을 이런 식으로 이해하는 것이 간단하고 현실적이며, 대부분의 현대인들이 받아들이기도 쉽다.

하지만 영적인 것이 종교 정신 혹은 종교적 경험의 정수라고 이해하면, 현대 교육 시스템에서 자란 많은 사람들이 종교에 대해 일반적으로 느끼는 모순에 부딪친다. 왜 굳이 같은 것에 서로 다른 단어를 사용할까? 영적인 것이 진정한 종교라면 왜 굳이 '영적'이라는 말을 쓸까? 왜 그냥 '순수하게 종교적'이라거나 '진정한 종교 수행'을 실천한다고 말하지 않을까?

　오늘날 사람들이 '영적'이라는 말을 선호하는 이유는 '종교'라는 단어에 불편함을 느껴서 그런 것 같다. 그런 사람들에겐 '종교'라는 말의 어감이 부정적이고 심지어 불쾌하기까지 하다. 뭔가 미신 같고 비이성적이라고 느끼는 것이다. 종교라고 하면 뭔가 억압적인 느낌이 연상될 수도 있다. 누군가 우리에 대해 독선적으로 판단하고 어떻게 살아가며 어떻게 행동해야 하는지 지시하는 것 같은 느낌이 드는 것이다.

　'종교'라는 말을 들었을 때 불신이나 긴장감을 느낀다 해도 염려할 필요는 없다. 이미 100년 넘게 근대사회의 수많은 이름난 철학자와 사회개혁가, 예술가, 정치평론가, 자유사상가들이 전통적인 종교 단체와 그 일원들에게 역사상 가장 지독한 비판을 해온 것을 보면 그렇게 느끼는 것은 아주 당연하다.

　종교에 대한 가장 강력한 비판은 종교의 가르침 자체가 잘못되었다고 하는 것이다. 과학은 우주의 형성과 본질에 대한 전통 종교의 설명들이 부정확하다는 것을 보여주었다. 과학적 연구를 통해 거대한 은하계부터 미세한 세포에 이르기까지 사진 이미지로 확인할 수 있게 되었고, 우리 인간이 동물들과 유전적으로 같은 계통이라는 생화학적 증거들도 발견되었다. 전부 생명과 우주의 기원에 관한 전통 종교의 설명을 완전히 뒤집는 내용이다. 이런 과학적 증거들을 보고 나면 우주가 어떤 알이나 거대한 신의 몸에서 탄생했다거나 혹은 신이 우리 인간을 여러 가지 색깔의 흙으로 만들었다는 이야기를 믿기가 대단히 어렵다.

　이제 종교 사상가와 종교를 가르치는 사람들의 입지는 전통 종교의 상징과 비유를 해석하는 수준으로 좁아졌다. 다시 말해, 오늘날 종교를 가르치는 사람들은 "과거의 현자나 성인이 이렇게 말했다는 건 사실 저런 의미다"라고 설명하는 전략을 써야 한다. 가령, 거대한 알이 부화해 우주가 됐다는 이야기는 빅뱅을 가리키는 것이고, 신이 인간을 만드는 데 사용한 흙이 사실은 DNA를 뜻한다고 설명해야 하는 것이다. 전통 종교의 가르침은 이제 완전히 기반을 잃었거나 되돌릴 수 없을 만큼 약화되었다.

종교가 많이 받는 또 다른 비판은 종교 기관이 권위적이라는 것이다. 이런 시각을 가진 사람들은 종교 단체와 그 책임자들이 자주 권력을 남용하고 영향력을 함부로 사용하는 것을 비판한다. 종교는 평화와 사랑이라는 보편적인 시각을 강화하기는커녕 권력에 대한 무서운 의지, 즉 신도들의 생각과 믿음, 태도를 조종하려는 의도를 숨기고 있다고 비판받는다. 또한 그러한 목적을 위해 심리적·정치적으로 비인간적인 전략을 사용한다는 비난도 잇따른다. 종교의 가르침과 관행들이 당근과 채찍의 효과를 극대화해 기도가 실현됐을 때의 모습과 천상 세계에 대한 환상으로 사람들을 유혹하는 한편, 지옥의 끔찍한 모습을 강조하고 공동체에서 소외될 수 있다고 위협하는 식으로 겁을 준다는 것이다. 종교에 복종하고 맹목적으로 순종하도록 만들기 위해서.

마지막으로 무엇보다 가장 통렬한 비판은 종교가 '대중의 아편'이라는 주장일 것이다. 심리학적 관점에서 보면 종교는 사람들로 하여금 현실과 삶의 진실을 외면하게 만드는 환상의 이야기이다. 심각할 정도로 퇴보적이고 유아적이며 과대망상에 빠지게 한다. 이 때문에 종교가 인간 의식의 완전한 성장과 발달을 가로막는다고 본다. 최악의 경우 정신

병에 걸려 현실과 단절되는 사람들도 있다. 심리학자들은 종교 자체가 치료를 받아야 할 대상이지 실천의 대상이 아니라고 주장한다.

하지만 종교에 대한 비판적 관점에도 불구하고 지난 100년 사이 전 세계적으로 명상 수행에 대한 관심이 얼마나 증가했는지 보면, 이게 대체 어찌 된 일인지 묻지 않을 수 없다. 현대사회의 문화담론에서 전통 종교가 점점 더 배제되는 사이 불교 명상에 대한 관심은 계속 확대되었다. 지난 30년간, 불교 명상이 주류 문화에 뿌리를 내려 요즘은 기업의 임원들과 소프트웨어 프로그래머, 열성적인 부모와 대학생들도 폭넓게 불교 명상을 한다. 놀랍게도 오늘날 가장 큰 목소리로 명상을 지지하는 사람들은 스님이 아니라 심리 치료사들이다. 한때 종교를 망상에 빠진 퇴행적 정신 이상의 한 형태로 묘사했던 바로 그 심리학자들이 태도를 바꿔 거의 모든 유형의 불교 명상법을 임상에 도입하는 것은 정말로 놀라운 일이다.

그래서 거듭 묻게 된다. 대체 무슨 일이 일어나고 있는 걸까?

나는 우리가 다 함께 역사적으로 중요한 발견을 해나가는 과정에 있다고 생각한다. 지난 200년간 우리는 삶에서 모든 형태의 종교적 관행과 표현이 사라져도 충분히 살아갈 수 있다는 것을 배웠다. 우리는 사회를 지배하는 모든 기관으로부터 종교적인 요소를 지워버릴 수 있다. 하지만 그렇게 오래된 종교적 표현의 흔적들을 모두 없애버릴 경우, 애초에 종교가 생겨나게 한 그 질문들과 다시 마주할 수밖에 없다는 것도 알게 되었다. 역사적으로 많은 사람들이 '영적 탐구'라고 하는 여정을 시작하게 만들었던 중대한 문제들에 부딪쳐 골몰하게 되는 것이다.

종교와 가장 거리가 멀어 보이는 사람들, 이를테면 철학자와 과학자, 예술가들처럼 종교가 사라져야 한다고 주장했던 사람들이 가장 먼저 명상을 받아들인 이유가 바로 이 때문이다. 종교가 탄생하도록 영감을 주었던 질문들이 그들을 괴롭혔기 때문이다.

나는 누구인가?

인간이라는 존재의 본질은 무엇인가?

산다는 것의 의미는 무엇인가?

이 세상에는 왜 고통과 악이 존재하는 것일까?

내가 죽으면 나는 어떻게 될까?

모두 인간의 존재에 관한 가장 본질적인 의문이자 중요한 쟁점들이다. 세상을 살다 보면 누구나 한 번쯤 이런 의문을 갖게 된다. 다들 우리 사회에서 종교는 없애더라도 이런 종교적인 질문까지 없애지는 못한다는 것을 알아가는 중이다.

'영적'이라는 단어가 널리 사용되는 건 이런 의문에 답을 얻고자 하는 우리의 끈질긴 욕구 때문이다. 최근에 나타나고 있는 아주 흥미로운 현상은 많은 사람들이 일상의 영역에서 문화 활동의 형태로 '영적인 것'을 추구하기 시작했다는 사실이다.

가령 많은 사람들이 자신의 직업을 일종의 경건한 활동으로 여긴다. 전통적인 종교 활동과 아무 관련이 없는 직업인데도 그렇다. 그런 사람들은 자기가 그 일을 하기 위해 태어났으며 그 일이 더 높은 차원의 목적을 지닌다고 믿는다. 의사, 정치인, 사업가, 주부, 택시기사, 사무직 근로자, 심지어 학생들 중에도 단지 생계를 꾸리기 위해서가 아니라 인생에서 중요한 이야기와 의미를 만들어내기 위해 맡은 책임을 다하는 사람들이 많다. 그들은 자기가 하는 일이 곧 자신의 운명이고, 자신의 정체성과 거의 완벽하게 일치한다고 주장할 것이다.

또한 과거에 '레크리에이션' 또는 '취미생활'이라고 불리던 것들이 요즘에는 '영적 수행'의 여러 형태로 불리는 경우가 많다. 예컨대 서핑을 하면서 영적인 경험을 한다고 주장하는 사람들이 있다. 취미 삼아 골프, 달리기, 등산을 하는 사람들도 종종 비슷한 이야기를 한다. 무예를 하는 사람들은 꾸준히 훈련하면 영적 깨달음을 얻게 될 거라 믿는다. 불과 50년 전만 해도 그런 것들을 영적이라고 말한 사람은 아무도 없었다. 이런 활동들은 종교와 간접적으로만 관련이 있고, 윤리 체계와는 뚜렷한 관련이 없다. 그럼에도 사람들은 그런 활동에서 정신적 의미와 도덕적 지침을 모두 기대한다.

예술가들 역시 예술 작품을 만들려는 노력이 일종의 영적 수행이라고 생각하는 경우가 종종 있다. 자기가 하는 일이 거룩한 소명이라고 생각하는 것이다. 또한 그림을 그리거나 조각을 할 때, 노래를 부르거나 춤을 출 때, 연기를 하거나 글을 쓸 때, 영적인 경험을 하고 발전하는 것을 느낀다고 주장한다. 아예 종교적인 의도와 느낌을 가지고 작품을 만드는 영화감독들도 있다.

이런 전문 분야 외에 인간관계에서 영적인 의미를 발견한다고 이야기하는 사람들도 많다. 이런 사람들은 가족, 친구, 연인, 공동체와의 관계를 통해 성스러운 것이나 신성한 것 혹은 궁극적 의미를 지닌 어떤 것에 더 가까워질 거라 확신하며 그런 관계에 헌신한다. 실제로 많은 사람들이 '사랑에 빠지는 것' 또한 영적인 경험이라고 믿는다.

구체적인 종교 전통이나 일련의 믿음에 공감하지 못하는 사람들이 자신의 '영적인 면'이나 '영적 수행'에 대해 말할 때 나는 그것이 종교적인 해답을 갈망하는 그들의 끈질긴 욕구를 보여주는 것이라고 생각한다. 그러나 이런 사람들은 전통적인 종교 단체에 기대고 싶어 하지 않는다. 그래서 일상을 '영적인 것'으로 채우기 위해서는 과거에 세속적인 활동이라고 여겼던 것들을 종교 활동으로 만들고, '영적 수행'이라고 이름 붙이는 방법밖에 없는지도 모른다. 자기만을 위한 종교, 진짜 종교는 아니지만 종교적인 경험을 할 수 있는 방법을 만들려는 것이다.

그런 노력이 잘못됐다거나 가짜라고 말하려는 게 아니다. 과거에도 구도자들은 늘 새로운 영적 수행법을 실험하고 새로운 방법을 창조해 냈다. 오늘날의 구도자들도 지금의 방식에서 뭔가 가치 있는 것을 얻지 못했다면 그 방식을 고수하지 않았을 것이다.

하지만 '영적 수행'이 이렇게 널리 확산되면서, 그 결과의 하나로 요즘은 거의 모든 것에 '영적'이라는 수식어가 붙는다. 그래서 '영적'이라는 말이 무의미해졌다. 이제 더 이상 어떤 구체적인 목표나 객관적인 기준이 아니다. 나는 다른 어떤 것보다 이 '영적'이라는 말과 현대적인 개념의 '영적 수행'이 우리가 종교를 파괴하다시피 했음에도 불구하고 여전히 종교를 필요로 한다는 뜻이라고 생각한다. 영적인 것의 개념을 아주 모호하게 정의할 수밖에 없다는 사실 자체가 현대인이 종교적 욕구에 대처하려 할 때 얼마나 혼란스럽고 갈등을 느끼는지를 보여준다.

내가 이 책을 쓴 이유는 참선이 현대인이 받아들일 수 있는 방식으로 종교적 해답을 제공한다고 믿기 때문이다.

선불교에서는 "말이나 글자에 의존하지 않으며 가르침과 별개로 각자의 체험을 통해 전해지는 것不立文字 敎外別傳"이라는 유명한 말이 있다. 다시 말해 참선은 증명할 수 없는 것들을 믿으라고 강요하지 않고, 외부의 경전 해석이나 설명, 규정, 이야기 등에 의지하거나 복종하라고 요구하지도 않는다.

대신에 오직 자기 자신을 믿으라고 말한다. 그렇다고 자신의 학력과 능력, 그동안 성취한 것들과 사회적 지위, 재산 혹은 그 밖에 소유하고 있는 것들에 의존하라는 뜻이 아니다. 참선 수행에서 믿을 것은 오로지 각자의 노력뿐이다. 송담 스님 같은 스승들이 가르침을 주더라도 몸과 마음을 스스로 제어하는 구체적인 기법을 개발해 마침내 고통으로부터 해방되는 것은 전적으로 각자의 노력에 달렸다.

이런 노력에는 즉각적인 보상이 따른다. 앉아서 참선을 하고 나면 그때마다 이전보다 기분이 좋아지는 것을 느낀다. 권위 있는 종교지도자나 종교 단체의 축복이 아니라, 이처럼 기분이 좋아진다는 사실이 참선의 가치를 판단하는 데 필요한 유일한 기준이다. 그리고 앉아서 하는 참선에 능숙해질수록, 그러니까 자세와 호흡, 집중하는 방법에 잘 적응할수록 참선은 더 풍요롭고 즐거운 경험이 된다. 이제 진정한 영적 수행에 필요한 것은 외부 권위에의 복종이 아니라 우리가 직접 경험하고 눈으로 볼 수 있는 섬세하고 정확한 방법임을 알게 된다.

앉아서 하는 참선에 익숙해진 다음에는 일어서서, 누워서, 그리고 걸으면서 하는 참선 연습을 시작할 수 있다. 그러고 나면 샤워를 하거나 빨래를 갤 때와 같이 단순한 신체 활동을 하는 동안에도 참선을 시도해볼 수 있다. 이렇게 조금씩 해나가다 보면 신체를 움직이며 참선하는 것이 점점 수월해진다.

참선 수련이 몸에 익으면 반드시 일상생활에 적용해 괴로움에 대처하는 실시간 대응 체계로 사용해야 한다.

이렇게 해야 앞서 살펴본 화와 중독된 행동, 실패감, 외로움, 우울, 불안 등 우리가 살면서 계속 부딪치는 문제들을 해결하는 데 참선을 활용하기가 더 쉬워진다.

그 결과 정서적으로 괴로울 때 과거처럼 습관적으로 반응해 문제를 일으키는 것이 아니라 활동적인 참선, 즉 '요중선'을 실천하면 일상을 살아가는 방식은 물론이고 일하는 방식, 사람들과 관계를 맺는 방식에도 실질적인 변화가 일어나기 시작한다. 감정을 조절하는 능력이 커지면 어디를 가든 환영받는다. 전보다 에너지가 넘치고 창의적인 아이디어도 더 빨리 떠오른다. 주변 사람들을 더 잘 이해하고 공감하게 되니 사람들이 먼저 속내를 털어놓고 조언을 구하려고 다가온다. 삶이 비틀거리지 않고 자연스럽게 흘러가기 시작한다.

이렇게 되면 가능한 한 많은 일에 참선 기법을 적용해보고 싶은 생각이 든다. 삶 자체가 '내가 저걸 하면서도 참선을 할 수 있을까?' 하는 하나의 게임이 되어간다. 자신의 몸과 마음에서 뭐라 설명하기 힘든, 대단히 심오하면서도 미묘한 변화가 일어나는 것을 느낀다. 단순히 현실에 대처하고 회복하는 수준을 넘어선 것이다. 이제 성장과 발전이라는 새로운 궤도가 만들어지는 것이 느껴진다. 큰 그림의 윤곽이 보이기 시작한다.

참선을 통해 꾸준히 마음을 씻어내고 정화하며 계속해서 대의심을 키워갈수록 자기 자신은 물론이고 인생과 세상에 대한 시각과 경험이 아주 크게 확장된다. 그래서 참선을 시작하기 전의 모습을 돌아보면, 꼭 다른 사람을 보고 있는 것처럼 느껴진다. 마치 과거가 아니라 전생을 돌아보는 것 같다. 그 결과 참선을 통해 그냥 달라진 것이 아니라 완전히 진화했다는 것을 알게 된다.

그렇게 며칠이 지나고 몇 주, 몇 달, 몇 년이 흐르면 참선이 자연스러운 의식 상태가 된다. 참선과 평범한 일상을 구분하는 경계가 점점 흐려지다가 아예 사라진다. 마침내 '영적 변혁spiritual transformation'을 이룬 것이다. 이제 깨달음을 향해 나아가게 된다.

참선은 모든 것이 전적으로 개인의 노력에 달렸다. 보상 체계 또한 의심할 여지없이 공평하다. 정확히 각자 노력한 만큼 얻어간다.

요가나 트레킹을 하든 헬스클럽에서 운동을 하든 이미 다른 형태의 자기 수양을 하고 있더라도 거기에 어렵지 않게 참선을 추가할 수 있다. 그러면 더 즐겁고 보람 있는 경험이 될 것이다. 사실 무슨 일을 하든 참선을 병행하면 그 일 자체가 진정한 영적 수행이 된다.

이렇게 해서 우리는 다시 원점으로 돌아와 영적인 것이 무엇인가 하는 질문과 마주한다. 참선이 우리가 하는 모든 행동을 '영적'으로 만든다면, 우리가 어떤 행동을 하든 영적인 것이 된다는 뜻이 아닌가? 그렇다면 무엇으로든 종교를 만들 수 있단 말인가?

우리가 무슨 일을 하고 무슨 일이 일어나든 그 모든 것에 영적 중요성을 부여하기 시작하면 삶에 차별이 사라진다. 인생의 모든 것이 질적으로 똑같다고 보면 효과적인 결정을 내리기가 어려워진다.

그래서 흔들림 없이 꾸준히 참선 수행을 해나가기 위해 필요한 세가지 간단한 기준 혹은 참고할 만한 것을 제안하고자 한다. 첫째, 참선은 윤리적 기반이 있어야 한다. 사실 우리가 원하는 것을 다 하면서 그것을 참선이라고 부를 수는 없다. 참선 수행을 통해 반드시 더 나은 사람이 되어야 한다. 참선 수행의 결과로 다른 사람들에게 해를 끼치거나 그들의 고통을 외면하는 일이 줄어들어야 한다. 더 친절하고, 더 관대하고, 더 자비로운 사람이 되어야 한다.

우리는 모두 각자의 행동을 윤리적인 방식으로 조절하는 법을 배워야 한다. 이것이 우리 시대의 큰 과제다. 현실적으로 우리는 서로를 해치거나 지구를 파괴할 가능성이 아주 다분하다. 서로에게 피해를 주지 않고 지구의 자원을 과도하게 소비하지 않으면서 행복과 기쁨, 만족에 이르는 길을 찾는 것이 인류 역사상 그 어느 때보다 절박하다.

참선으로 각자의 기분이 좋아지는 것만으로는 부족하다. 참선을 통해 우리 모두가 더 좋은 사람이 되어야 한다.

두 번째로 제안하고 싶은 기준은 참선의 기본 상태인 맑고 평화로운 마음을 서서히 늘려가야 한다는 것이다. 현대인들은 영적 수행을 할 때 이른바 '황홀경'이라고 하는 희열감을 주는 의식 상태를 갈구하는 경향이 있다. 뭔가를 발견하는 통찰의 순간이나 정서적·신체적으로 절대

잊을 수 없는 극도의 즐거움을 기대한다. 하지만 불교에서는 수행 중에 일시적으로 경험하는 마음 상태에 연연하지 말라고 경고한다. 그 순간에는 그것이 아무리 황홀하고 뭔가 새롭게 알게 되는 것 같아도 다 흘러가는 마음 상태에 불과하기 때문이다.

그래서 선불교에서는 계속해서 끈질기게 대의심을 일으키는 것을 참선의 첫 번째 목표라고 가정한다. 강도 높은 수행을 짧게 몇 번 하는 것보다 안정적으로 꾸준히 계속해서 노력하는 것을 더 선호한다.

따라서 각자 하고 있는 영적 수행의 질을 평가하고 싶다면 절정의 순간을 생각해선 안 된다. 그보다는 평상시에 어떤지를 살펴봐야 한다. 평소에 어떻게 생각하고 느끼는지가 중요하다. 참선에서 말하는 진정한 집중은 잠깐 강도 높게 집중했다가 금세 풀어지는 것이 아니다. 어떤 경험을 하든 끊임없이 매 순간 의식을 그 근원으로 돌리고 집중력을 높이는 것이다.

마지막 세 번째로 제안하고 싶은 기준은 깨달음이다. 참선을 배우게 된 이유와 상관없이 참선하는 사람이면 누구나 깨달음을 얻겠다는 목적을 가져야 한다.

깨달음을 추구해야 한다는 것 또한 종교적 의무라기보다 상식의 문제에 더 가깝다. 삶이 영원하지 않으며, 노화와 질병, 죽음을 피할 수 없다는 사실 앞에서는 깨달음 외에 참선의 다른 혜택은 아무 소용이 없다. 스트레스 감소와 건강 증진, 개인의 성장도 죽음이라는 엄청난 두려움과 고통으로부터 지켜주지 못한다. 우리 인간이 우주에서 차지하는 위치와 삶의 목적에 대해 성숙한 시각을 갖는다고 해도 오직 살아서 행동하는 데 도움이 될 뿐 죽음과 맞닥뜨려서는 아무 도움이 안 된다.

세상의 모든 문화적 전통과 사회 기관들 중에 인생무상이라는 문제에 대한 해결책이 있다고 주장하는 것은 여전히 종교밖에 없다. 세계의 모든 종교 전통은 우리 인간이 죽은 뒤에도 경험의 한 측면은 계속 존재한다고 믿는다. 위대한 샤먼과 선지자, 성인, 현자들은 언제나 인간에게는 육체를 뛰어넘는 더 위대하고 강력한 뭔가가 있다는 점을 생각해야 한다고 강조해왔다.

죽음이 단 하나의 예외도 없이 우리 모두를 위협하고 있다는 사실을 생각한다면 최소한 그런 주장이 사실인지 확인해봐야 맞지 않을까? 어쩌면 그들의 주장이 옳을 수도 있으니 말이다. 그렇다면 참선 수행을 통해 불편한 점 몇 가지가 줄어드는 것에 만족할 게 아니라 그런 문제들을 아예 초월하는 방향으로 참선의 목표를 정하는 것도 괜찮지 않을까? 특히나 참선은 먼저 대가를 지불하거나 무언가를 믿으라고 요구하지 않는다. 종교적인 것이든 과학적인 것이든 확인되지 않은 전제들은 다 내려놓고 깨달음을 얻을 수 있다는 가능성에 마음을 열기만 하면 된다.

불자라면 내가 제안한 세 가지 기준이 부처님이 살아생전 직접 가르치셨다고 전해오는 '세 가지 배움, 즉 삼학三學'의 구성요소와 같다는 것을 알아챌 것이다. 삼학의 첫 번째는 도덕적 수양이다. 산스크리트어로 '실라sila'라고 하는데, 스님이나 일반 신도들이 지켜야 할 여러 가지 계율로 표현되어 있다. 두 번째 배움은 산스크리트어로 '사마디samadhi' 혹은 우리가 흔히 '삼매'라고 하는 집중이다. 전통적으로 사마디는 '하나의 대상에 집중하는' 구체적인 상태를 가리키는 전문 용어이다. 결국에는 이 상태가 깨달음에 이르게 된다고 알려져 있다. 이것은 내가 앞서 소개한 참선의 집중 개념과 차이가 있다. 선불교에서 말하는 집중은 어느 한 가지에 집중하는 것이 아니라 끈질기게 의심 상태를 키워가는 것이다. 마지막으로 세 번째 배움은 산스크리트어로 '프라즈나prajna', 우리가 보통 '반야'라고 하는 지혜이다. 앞에서 언급했듯이, 지혜는 축적된 지식이나 정보에서 오지 않고 분명한 자각을 통해 얻어진다. 참다운 지혜는 참선의 목표인 깨달음을 통해 얻어진다.

현대사회에는 지능과 자의식이 인간 고유의 특징이라고 믿는 사람들이 많다. 그러나 불교와 힌두교 같은 아시아 종교는 인간이 아닌 다른 생명체에도 이런 능력이 있다고 주장해왔다. 그렇다면 인간 고유의 특징은 무엇일까? 불교에서는 인간이 의식하는 존재이며, 언제나 더 나아지려고 노력하는 점이 인간을 인간답게 만든다고 주장한다.

인간의 정신, 곧 인간의 의식은 언제나 지금보다 더 성장하려고 노력한다는 것이다. '자기계발'을 위해 엄청난 노력을 하는 것만 봐도 알 수 있다. 게다가 아주 넓게 보면, 현대사회와 세계 문명도 어느 정도는 각각의 기능을 개선하고 '진보'하고자 하는 의지로 그 성격이 규정된다. 우리는 더 많이 알고 이해하고 느끼고 해내는 데 그치지 않고, 더 높은 차원에서 잘 알고 이해하고 느끼고 해내기 위해 어떻게든 자신의 한계를 뛰어넘으려고 노력한다.

그렇다면 우리가 그런 노력을 할 때 사실은 그것도 어떤 '깨달음'을 얻기 위해 애를 쓰는 게 아닐까? 우리가 진짜 원하는 건 개인과 인류 전체의 의식 아래에서 잠자고 있는 그 모든 잠재력을 '깨우는' 것이 아닐까?

이런 질문은 머리로 생각해서 답하는 것이 아니라 가슴으로 느끼는 대로 답해야 한다. 우리가 매일같이 애를 쓰는 이유가 정말로 그럭저럭 살아가기 위해서일까? 우리가 하나의 종으로서 원하는 것이 그게 전부일까? 그렇게 많은 것을 만들어내고 그렇게 많은 위험을 감수하는 이유가 단지 육체적으로 살아남기 위해서일까? 그 이상을 원하는 게 아닐까?

스스로를 초월하려 노력하고 있는 게 아닐까?

정말로 그렇다면 오로지 깨달음을 '영적 수행'의 목표로 삼는 것이 당연하고 인간다운 일이 아닐까? 가장 인간적인 일이 아닐까?

54

사랑이 되기

뉴욕대 대학원 입학을 앞두고 혼자 인도의 아쉬람으로 참선 수련을 다녀왔다. 인도는 늘 가보고 싶었던 곳이다. 게다가 대학원에 다니기 시작하면 참선할 시간이 많지 않을 테니 서둘러 다녀오는 게 낫겠다고 생각했다.

내가 향한 스리 오로빈도 아쉬람Sri Aurobindo Ashram은 인도 남동부 타밀 나두 주의 폰디체리라는 해안 도시에 위치한 수행자들의 공동체였다. 하필이면 연중 가장 더운 때였는데, 곧 대학원 수업이 시작될 예정이라 그때밖에는 시간이 없었다. 그전에도 그 이후에도 그렇게 강렬한 햇살은 본 적이 없다. 끝없이 쏟아지는 순백의 햇살에 눈이 부셔 아무것도 볼 수 없었다. 오후에는 벽돌 담벼락만 쳐다봐도 눈이 부셨다. 어딜 가도 햇살이 너무 강렬해 그 안에는 무엇도 존재하기 어렵고, 모든 것이 그 안에서 작열하는 것 같았다.

나는 골콩드Golconde라고 하는 기숙사 형태의 숙소에 넓은 방을 얻었다. 알고 보니 이곳은 인도 최초의 모더니즘 건축물이었다. 내가 배정받은 방에는 책상과 모기장이 달린 간이침대, 옷장, 선풍기가 비치되어 있었다. 전부 1950년대 물건이었다. 나는 그곳에서 일하는 인도 사람들처럼 그렇게 헌신적이고 꼼꼼한 사람들을 이제껏 본 적이 없다. 지금은 고인이 됐지만 인도 사람들이 존경하는 정신적 지도자 스리 오로빈도와 관련 있는 모든 것, 심지어 그가 그곳에 살면서 가르침을 주었던 그 시대마저도 신성하게 여겨 아주 소중하게 보호하는 것 같았다. 예컨대 그들은 청소를 할 때도 선풍기를 완전히 분리한 다음 그 부품들까지 하나하나 닦는다고 했다. 실제 내 방에 있는 모든 물건들은 티끌 하나 없이 깨끗해 햇살을 받으면 반짝반짝 빛이 났다.

나는 도착하자마자 바로 혼자만의 묵언 수행을 시작했다. 깨어 있는 시간은 거의 대부분 앉아서 참선을 하는 것으로 일정을 짰다. 씻고 먹는 시간 외에 아침에 잠깐 스트레칭을 하고 저녁 식사 후에는 산책하는 시간도 일정에 넣었다. 그 외의 시간은 모두 앉아서 참선을 했다. 누군가 내게 다가오면 지금 묵언 수행 중이라는 것을 알려줄 작은 안내문도 준비했다.

아쉬람은 그 자체가 예스러우면서도 아름다웠다. 아쉬람에서 일하는 사람들이 모여 사는 주변 마을도 깨끗하고 안전했다. 하지만 해변을 따라 몇 블록만 걸어 나가면 완전히 다른 풍경이 펼쳐졌다. 술 취한 사람들이 누더기 차림으로 길에서 자고 있었고, 인력거를 끄는 사람들이 끝없이 이어졌다. 사람들이 정말로 발로 뛰어 마차처럼 끄는 옛날 방식의 인력거가 불쑥 다가와 길을 막아서곤 했다. 사실상 타라고 강요하는 것이다. 그뿐만 아니라 낡을 대로 낡은 옷을 입은 아이들이 떼로 몰려와 가는 곳마다 졸졸 쫓아다니며 루피(돈)를 달라고 손을 내밀었다.

그러다 하루는 열 살쯤 되어 보이는 남자아이를 만났다. 사랑스럽고 영리해 보이는 소년이었다. 빛이 나는 깨끗한 피부에 아름다운 두 눈이 꼭 아역배우 같았다. 미소와 전염성 있는 웃음, 눈빛에 담긴 장난기와 명랑함 등 이 아이가 가진 매력들이 말도 안 되는 인도의 열기 속에서 시원한 봄바람처럼 다가와 내 마음을 빼앗아갔다. 뭣 모르고 충동적인 나는 이 아이가 내 아이라도 되는 것처럼 보자마자 푹 빠졌다. 매일 저녁 산책길에서 크리스털로 만든 종처럼 맑게 울리는 그 아이의 목소리를 들었다. "순달! 순달!" 아이는 오래되어 닳고 녹슨 양동이를 들고 점점 더 큰 목소리로 순달이라고 하는 병아리콩 샐러드를 팔았다.

어느 날 저녁 처음으로 그 아이가 내게 다가와 양동이를 들어 올리며 자기가 파는 것을 보여주었다. 나는 조금이라도 관심을 보이면 이 아이가 곧장 병아리콩을 한 국자 퍼서 원뿔 모양으로 돌돌 만 신문지에 솜씨 좋게 담아 건네며 팔려고 할 것이라는 걸 알았다. 나는 손을 뻗어 거절 의사를 보이며 조심스럽게 미리 만들어둔 안내문을 꺼내 건넸다. 그러자 그 아이는 내가 영어로 쓴 글씨를 아주 유심히 바라보았다. 그러더니 작은 목소리로 더듬더듬 몇 개 단어를 읽기 시작했다.

"플리즈… 시… 사일런스… 언더… 언더스탠드…."

아이는 곧 어깨를 으쓱하더니 안내문을 다시 내게 돌려줬다. 그러고는 내 얼굴을 바라보며 티 없이 맑은 목소리로 물었다.

"중국 사람?"

나는 고개를 저었다.

"일본 사람?"

나는 다시 한 번 고개를 저었다.

그러자 아이가 당황하는 표정을 지었다. 중국과 일본이 그 아이가 아는 아시아의 전부인 것 같았다. 그 아이는 내가 말을 하지 않는다는 것 때문에도 당황해했다. 아이는 내게서 시선을 떼지 않은 채 위아래로 살폈다. 내가 정신적으로 문제가 있는 사람인지 궁금한 것 같았다. 그러다 갑자기 웃음을 터뜨리고는 나에게 손을 흔들어 작별인사를 했다.

그 아이는 매일 저녁 나를 발견할 때면 걸어가면서도 마치 친한 친구를 대하듯 내게 손을 흔들었다. 나는 매번 사랑하는 사람을 바라보는 눈빛으로 그 아이를 바라봤다. 그 아이는 내가 바라보는 것을 의식하면서도 마치 모른다는 듯이 계속 껑충껑충 뛰어 다녔다. 그 아이는 만나는 모든 사람들에게 인사를 건네며 "순달!"을 외쳤다. 그 모든 게 그에겐 하나의 놀이이자 가장 잘하는 일인 듯했다.

마침내 여름 수련을 마치고 침묵을 끝냈을 때 그 아이를 찾아갔다. 그 아이를 보자마자 내가 먼저 손을 흔들었다.

"안녕!"

내가 말했다.

"어, 아저씨 말할 줄 알아요?"

그 아이가 놀란 표정으로 미소를 지었다.

"그럼, 말할 줄 알지. 잘 지내?"

"아주 잘 지내요. 아저씨는요?"

"나도 잘 지내, 너 혼자 사니?"

"아뇨, 엄마랑 같이 살아요. 이리 와요!"

아이가 갑자기 내 손을 잡아당겼다.

우리는 해변을 따라 걸었다. 끝없이 펼쳐진 인도양 위로 해가 저물고 있었다. 마침내 아이의 어머니를 만났다. 체구가 작고 마른 여인이 인도의 낮은 벽돌담에 걸터앉아 순달을 만들고 있었다. 아이가 엄마에게 인사를 하고 뭔가를 설명하는 동안 계속 손가락으로 나를 가리켰다. 그 아이는 내가 말하는 것을 오늘 처음 들었음에도 불구하고 마치 우리가 오래 알고 지내며 많은 이야기를 나눈 사이처럼 나를 소개하는 것 같았다.

어떤 이유에선지 아이의 어머니가 내게 손을 내밀며 고마움을 표했다. 나는 그녀의 손을 잡았다. 손이 아주 작고 새 발톱처럼 거칠었다.

"만나서 기뻐요."

아이의 어머니가 이해하지 못한다는 걸 알면서도 나는 어쩔 수 없이 이렇게 말했다.

"아주 훌륭한 아들을 두셨어요. 아주 영리한 아이입니다. 자랑스러우시겠어요."

아이의 어머니는 손을 가슴에 대며 인도식으로 고마움을 표현했다.

그러자 아이는 다시 내 손을 잡고 한참을 걸어 우리가 처음 만났던 곳으로 나를 안내했다. 나는 다음 날 떠날 예정이었다.

"나 내일 떠나."

내가 말했다.

"알겠어요. 잘 가요!"

아이는 내가 당장 배를 타고 떠나는 것처럼 손을 흔들었다.

"물어보고 싶은 게 있어."

"네, 좋아요."

"너 혹시 학교 다니니?"

아이의 얼굴이 금세 어두워졌다. 아, 이 아이도 아는구나 싶었다. 이 아이도 자신이 놓치고 있는 게 무엇인지 알고 있었다.

"나, 가요, 학교!"

아이가 힘주어 말했다.

자기도 언젠가 학교에 갈 거란 뜻이었을 것이다.

"그래, 너도 학교 가야지."

이렇게 말하며 아이의 아름다운 머리카락을 쓰다듬는데 곧 눈물이 터질 것처럼 두 눈이 뜨거워졌다.

나는 마지막으로 아이의 얼굴을 제대로 보려고 무릎을 꿇었다. 완벽한 두 눈과 코, 야무진 입과 흠잡을 데 없는 갈색 피부, 검고 풍성한 머리카락. 분명 내가 아는 아이 중 세상에서 가장 멋진 아이였다.

"너 참 똑똑해."

나는 아이의 머리카락을 다시 한 번 쓰다듬으며 이렇게 말했다.

아이는 부끄러워하면서도 밝게 웃었다. 아이는 내가 한 말을 이해한 듯 머리를 내 손바닥에 기대며 내가 보여준 애정과 관심을 기분 좋게 받아들였다. 다른 모든 생명이 그러하듯 아이들도 자기가 사랑받고 있다는 걸 안다.

"잘 있어."

나는 아이의 작은 어깨를 꼭 잡으며 작별인사를 건넸다.

"잘 가요!"

아이는 내 코앞에서 작은 손을 빠르게 흔들었다.

그러더니 바로 휙 돌아서 가버렸다. 아이는 다시 거리를 뛰어다니며 "순달"이라고 외쳤다. 나는 점점 짙어지는 어둠 속으로 아이의 작은 형체가 사라지는 모습을 지켜보았다.

그날 밤, 나는 학교 교장을 하다 은퇴하고 누이와 살고 있는 인도 친구 다난제이를 만났다. 인도에 막 도착해 묵언 수행에 들어가기 전 우연히 만나 우정을 쌓게 된 친구다. 그는 내가 만나고 싶다고 하자 아주 기쁘게 집으로 초대했다. 그는 나의 묵언 수행에 대해 이야기를 나누고 싶어 했다.

여름이 시작될 무렵 그가 내게 아내의 사고 이야기를 들려주면서 이렇게 말했었다.

"저기, 내가 좋아하는 젊은 친구, 나는 이제 예전처럼 명상을 하지 않아요. 신을 숭배하지도 않고, 깨달음을 믿지도 않고. 하지만 아직 관심은 있어요. 어쩌면 오래된 습관일지도 몰라요. 아직 거기서 약간의 위안을 얻는 것도 같지만 잘 모르겠어요. 묵언 수행을 마치면 무엇을 배웠는지 나한테도 꼭 얘기해줘요. 그러면 정말 고맙겠어."

"다난제이, 제가 영광이죠."

여름이 다 끝나갈 무렵 그의 집에 다시 찾아가자 그와 그의 누이가 꿀을 탄 차가운 장미수를 한 주전자 가득 만들어놓고 기다리고 있었다. 그의 집 2층에 테라스가 있었다. 우리는 별이 보이는 그곳에 앉아 장미수를 마셨다. 나는 그에게 해변에서 만난 그 남자아이 얘기를 한참이나 했다. 양동이에 순달을 담아 팔던 그 놀라운 아이에 대해 들려주고 나서 내가 물었다.

"다난제이, 그 아이는 나중에 어떻게 될까요?"

그는 말없이 진지한 표정으로 자신의 발만 쳐다보았다. 이윽고 고개를 들더니 내 두 눈을 바라보며 말했다.

"아마도 거지나 도둑이 되겠지요."

"뭐라고요?"

"그 아이가 약하면 거지가 되겠지요. 하지만 똑똑하다면서요. 그러면 십중팔구 도둑이 될 거예요. 어쩌면 깡패가 되거나."

나는 울고 싶어졌다. 나는 마치 어린아이가 된 것처럼 간절한 마음으로 물었다.

"정말로 희망이 전혀 없나요?"

"전혀."

그는 아주 단호한 표정으로 나를 바라보았다. 그는 사탕발림으로 진실을 감추고 싶어 하지 않았다.

"인도엔 그런 아이가 수도 없이 많아요. 대부분 그 아이처럼 아무런 기회가 주어지지 않아요. 나는 내 소중한 친구에게 거짓말을 하고 싶지 않아요. 이건 현실이지 영화가 아니에요. 그 아이도 운명을 빗겨가지 못할 거예요. 그런 아이들 대부분이 그래요."

다난제이는 이렇게 말하고 내게서 시선을 돌렸다. 나는 밤하늘 아래 끝없이 펼쳐진 바다를 바라보았다.

저녁마다 인도의 바닷가를 거닐며 말없이 루피를 나눠주던 그때 이후 나는 단 하루도 그 아이를 잊어본 적이 없다. 아직 살아 있을까? 정말로 거지나 도둑이 되었을까? 자신이 그런 가난한 환경에서 태어났다는 것이 원망스러워 정신을 놓아버렸을까? 죽었을까?

그 사이 나도 젊음을 잃었다. 순수함을 잃었다. 그리고 믿음을 잃어버렸다. 하지만 그 아이에 대한 기억만은 잃지 않았다. 그 아이가 어떻게 내 인생을 바꾸어놓았으며, 내게 어떤 가르침을 주었는지도 모두 간직하고 있다.

이 이야기에는 오늘날을 살아가는 우리를 향한 매우 강력한 메시지가 담겨 있다. 우리는 늘 둘 중 하나를 선택해야 한다. 잘 먹고, 함께 공부하며, 모두가 행복한 아름다운 세상을 위해 서로 도울 것인가, 아니면 싸울 것인가? 선택은 우리 몫이다.

송담 스님을 처음 만났을 때 내 나이 스물두 살이었다. 당시 나는 매우 염세적인 사람이었고 세상을 어둡고 고통스러운 곳으로 인식하고 있었다. 인간은 폭력적이고 잔인한 존재이며 인류사도 참혹한 역사라고 생각했다. 그때 송담 스님은 이런 말씀을 하셨다.

"세상에는 고통이 많고 끔찍한 일을 저지르는 사람들도 있지만 그래도 그들과 조화를 이루며 살아가는 법을 배워야만 해. 서로 알고자 노력하고 서로의 차이를 극복하는 법을 배워야만 상호 간의 평화로운 번성을 위해 함께 일할 수 있을 거야. 이것을 해낸다면 우리 인간들은 이 지구를 극락세계로 만들 수 있어."

그러고는 날카로운 눈빛으로 물으셨다.

"그렇게 될 수 있다고 믿어?"

나는 망설임 없이 대답했다.

"아니요, 사람들은 그렇지 않습니다."

그러자 스님은 웃으셨다.

나는 오랫동안 내가 이상주의자인지 아닌지 시험해보기 위해 스님이 그런 질문을 하셨다고 생각했다. 그리고 스님이 웃으신 것은 나처럼 세상의 폭력과 모순에 공감하셨기 때문이라 여겼다. 그러나 몇 년 후에야 그 웃음의 의미가 나를 안타깝게 여긴 것이라는 사실을 알게 되었다. 스물두 살 청년이 세상일을 다 아는 듯 자기 식대로 판단하고 부정하는 모습이 얼마나 답답해 보이셨을까!

당시 내가 그토록 당돌하고도 절망적으로 대답했을 때 나는 사랑에 대해 아무것도 몰랐다.

사랑에 관하여.

일찍 알게 되는 사람들도 있지만 대부분의 사람들은 나처럼 나이가 들어서야 알게 된다. 머지않아 어느 시점에는 우리가 영원히 살지 못한다는 걸 깨닫는다.

마음속 깊은 곳에서 이런 진실이 느껴지면 우리는 의미 없는 일과 활동에 더 이상 시간을 낭비하고 싶지 않다고 생각하게 된다.

우리는 목적의식뿐 아니라 강한 의무감을 가지고 진실하고 현실적이며 선한 것에 삶을 집중하고 싶어진다. 자기 자신뿐 아니라 다른 사람들을 위해서도 정말로 유익한 일을 하고, 그런 일과 연결되기를 원한다. 물론 세상에는 나쁜 것들도 많이 보인다. 끔찍한 일을 저지르는 사람들도 있어서 보고 있으면 정말로 가슴이 아프다.

하지만 좋은 것들도 눈에 띈다. 더 좋아질 가능성도 보인다.

그리고 이 세상에 좋고 아름다운 면이 있다면 그것은 어디선가 그렇게 만들려고 애쓰는 사람들이 있기 때문이라는 것을 이제는 안다. 그들은 무척 성실히 노력하고 있으며 아마도 엄청난 용기를 내서 그렇게 하고 있을 거라는 생각도 든다.

그래서 감사한 마음이 든다. 품위 있고 생산적인 삶을 살기 위해 자기가 가진 것 안에서 최선을 다하고 있는 수많은 이름 모를 사람들에게 고마움을 느낀다. 전등 스위치를 누르면 빛이 들어오고, 기차역에선 거의 제시간에 기차가 도착하고, 가게에 들어가면 사람들이 줄을 서서 차례를 기다리는 그런 모든 것들에 감사한 마음이 든다. 게다가 세계 어느 도시, 어느 거리에서든 다른 누군가를 도와주는 사람들을 보게 된다. 세상은 수많은 문제에도 불구하고 잘 돌아간다. 언론에 보도되는 온갖 부정적인 뉴스에도 불구하고 세상은 무너지지 않는다. 선한 사람들이 매일같이 각자의 일을 성실히 해내고 절제하며 살아가고 있기에 세상은 무너지지 않는다.

이 세상을 어떻게 살아가야 하는지, 이 세상에서 어떻게 살아남아야 하는지를 태어나면서부터 아는 사람은 지구상에 아무도 없을 것이다. 아무리 똑똑하고 재주가 많고 능력이 뛰어난 사람이라 해도 말이다.

우리는 모두 다른 사람들로부터 배웠다. 우리 모두 인생이라는 긴 여정에서 방황하다 곤경에 빠져 꼼짝 못 하고 있을 때 손 내밀어 구해주거나 훨씬 나은 상황으로 이끌어주는 사람들을 만났다. 그 한 사람 한 사람이 전부 지금의 우리를 만드는 데 기여한 것이다.

그중에서도 가슴으로 가장 가깝게 여기는 이들, 사랑하는 사람들, 진짜 소중한 가족들에게 특히 고마움을 느낀다. 그들은 부모님이나 배우자, 형제자매 또는 자식일 수도 있고, 연인이나 파트너, 친구, 직장 동료일 수도 있다. 혹은 선생님과 학생, 같은 팀원들 그리고 이웃도 될 수 있다.

모두 우리와 때로는 같이, 때로는 떨어져서 수년, 수십 년의 세월을 함께해온 사람들이다. 나이를 더 먹을수록, 더 멀리 떨어져 있을수록 그들을 더 많이 사랑하게 된다. 왜냐하면 이제는 생각과 감정을 나눌 수 있는 사람을 만나는 것이 얼마나 어려운지 알기 때문이다.

그리고 이 세상에서 우리에게 허락된 시간이 제한적임을 깨닫는 순간, 하루 더 살아 있다는 것만으로도 감사하게 된다. 기쁨과 슬픔이 교차하는 가운데, 이 세상의 아름다움에 주목하게 된다. 지구상의 물과 공기, 그리고 생명까지 모두가 처음 가져본 듯 아름답게 느껴진다.

이렇게 감사하는 마음이 점점 깊어지면 더는 가만히 있을 수 없다. 이제 돌려줄 준비가 된 것이다. 때가 되면 우리가 처음 보았을 때보다 더 나은 세상을 남기고 떠나고 싶어진다. 사랑이 되길 원한다.

하지만 우리는 모두 사랑에 대한 잘못된 생각을 갖고 있다. 일단 많은 사람들이 사랑을 하나의 감정이라고 생각한다. 사랑이 우리를 기쁘거나 슬프게 만들 수 있고, 우리를 설레게 하거나 우울하게 만들 수 있다고 여긴다. 하지만 그런 감정과 경험 자체가 사랑이라고 믿는다면 그건 우리의 착각이다.

불교의 관점에서 보면 감정은 그저 지나가는 마음 상태일 뿐이다. 우리가 느끼는 애정과 절박함은 다른 어떤 사람 혹은 그 사람에 대한 생각에 정신적으로 집착하는 상태다. 우리는 이런 기대와 애착을 내려놓아야 한다. 참선을 통해 자연스럽게 날려 보내야 한다.

기대와 애착을 놓아버릴 때 그 빈자리를 다른 믿음으로 대체할 필요가 없다. 머리와 가슴을 생각과 감정으로 가득 채우지 않아도 된다. 사실 참선의 가장 큰 미덕은 꼭 필요하지 않은 것들을 비워내는 데 있다. 머리와 가슴을 비우는 과정에서 내면이 탁 트이고 맑고 환하게 빛나며 평화로워지는 것을 강하게 느끼게 된다.

불교에서는 모든 감정이 파도와 같이 움직인다고 말한다. 파도처럼 일어나 정점으로 치솟았다가 부서지고 결국엔 사라진다. 영속성이 전혀 없고, 끊임없이 변화한다.

우리가 자주 하는 또 한 가지 실수는 어떤 태도를 사랑이라고 여기는 것이다. 우리는 다른 사람이 우리를 사랑하는지 알고 싶을 때, 그 사람이 우리에게 그런 태도를 취하는지 살펴본다. 그리고 우리가 누군가를 사랑한다고 느끼면 우리도 그 사람을 다르게 대하기 시작한다. "네가 정말로 나를 사랑했다면 그런 말은 하지 않았을 거야." "나 그 사람을 정말로 사랑하나봐. 전에는 누굴 위해서 그런 일을 해본 적이 없거든!" 어떤 식으로든 행동을 사랑의 증거로 간주한다.

하지만 참선을 하면 어떤 태도를 취하든 사랑을 널리 확장하고 퍼뜨릴 수 있다는 것을 알게 된다. 방에 들어가 문을 잠그고 앉아서 눈을 감고 귀를 막고 있어도 사랑할 수 있다는 것을 말이다. 우리는 오직 참선을 통해서만 어떤 상황에서도 가슴에서 사랑이 꽃을 피우고 환하게 빛을 발할 수 있다는 것을 알게 된다. 사랑은 몇 가지 한정된 행동이나 태도로 규정될 수 없다.

마지막으로 우리가 꼭 알아야 하는 가장 중요한 것은 우리의 가슴속에는 사랑할 수 있는 잠재력이 무한하다는 사실이다.

하지만 대부분의 사람들이 사랑이 한정된 자원인 것처럼 행동한다. 우리는 사랑을 분배하는 경향이 있다. 사랑받을 자격이 없어 보이는 사람에게는 사랑을 조금만 주거나 아예 주지 않는다. 반면 가치가 있어 보이거나 친척이나 오랜 친구처럼 책임감을 느끼는 사람들에게는 많은 사랑을 준다. 어느 쪽으로든 사랑을 베풀 때 물량이 한정된 돈이나 음식, 연료와 마찬가지로 신중하게 계산된 양을 조금씩 나눠준다.

거듭 강조하지만 참선 수행은 우리의 가슴에 사랑을 베푸는 무한한 능력이 있다는 것을 가르쳐준다. 우리 마음은 끊임없이 사랑을 만들어내고 있으며, 그 사랑을 사방에 비추려고 한다는 것을 알게 된다.

사랑은 감정이 아니며 우리가 행동으로 보여주거나 아껴가며 나눠줘야 할 것도 아니다. 그렇다면 사랑은 대체 무엇일까? 이 세상의 모든 종교는 이렇게 답할 것이다.

우리의 있는 그대로의 모습이 사랑이다.

하지만 참선의 맥락에서 보면 "우리는 사랑이다"라고 말하는 것은 종교적 가르침이 아니다. 경험에 근거해서 하는 말이다.

참선에 들어가면 그 자세와 호흡이 내면을 고요한 상태로 만든다. 깊이를 알 수 없는 그 평화 속에서 "이뭣고?"를 읊조리며 우리의 의식을 그 근원으로 돌린다. 그러면 우리의 의식이 꽉 막힌 듯 답답한 상태가 되어 대의심을 일으킨다. 한편으로는 온 마음을 다해 철벽을 밀고 있는 것처럼 답답하면서도 어떻게 된 일인지 그렇게 꽉 막힌 내면에서 빛이 뿜어져 나와 몸과 마음에 가득 퍼지는 것 같은 기분이 든다.

우리는 우리의 의식을 알아차리고 그 의식을 마치 빛처럼 느낀다. 대의심이 우리의 의식을 옥죄고 억압하는 습관적인 강박과 두려움, 분노를 모두 녹여 없앰에 따라 의식이 안팎으로 확장된다. 이렇게 우리의 의식이 본래의 모습을 회복하는 것이다.

우리의 의식이 내면으로 파고들수록 우리는 몸과 마음의 깊이를 인식하게 된다. 감각이 더 뚜렷해지며 내면이 정돈되는 것을 느낀다. 몸과 마음에 어지럽게 널려 있던 것들이 제자리를 잡는 것이 느껴진다. 스스로 꼬리표를 붙이지 않아도 자기가 어떤 사람인지 점점 더 확실하게 느껴진다. 이렇게 해서 자기를 발견하는 여정이 시작되는 것이다.

우리의 의식이 밖으로 뻗어나감에 따라 자각 범위가 우리를 둘러싼 세계로 더 넓게 확대된다. 습관적인 두려움과 원망에서 벗어나 우리를 둘러싼 세상에서 더 많은 것을 보게 될 뿐 아니라 마음이 활짝 열리는 것을 느낀다.

인간은 서로의 감정을 느낀다. 우리는 단지 정보만 주고받는 것이 아니다. 우리는 마치 주파수로 연결된 것 같은 느낌을 받는다. 이렇게 해서 진정한 사랑과 연민을 경험하기 시작한다. 다른 사람의 고통이 우리의 고통처럼 느껴지면, 그 고통이 어서 끝나길 바란다. 그리고 다른 사람의 기쁨이 자기 일처럼 기쁠 때는 그것이 오래 지속되기를 바란다.

이것이 우리 인간의 자연스러운 의식 상태임을 깨닫는다. 우리는 모두 머리로 이해하고 가슴으로 느낀다. 그 머리와 가슴이 서로에게 향할 때, 다시 말하면 서로의 얼굴을 바라보며 서로의 목소리에 귀 기울일 때, 서로의 고통과 갈망을 이해하고 느낄 수 있다.

그러다 자기도 모르게 사랑과 연민으로 반응하면, 이것이 인간 의식의 자연스러운 기능임을 알게 된다. 이것이 우리 인간의 진짜 모습인 것이다.

> 우리는 연민이다.
> 우리는 사랑이다.
> 카르마(업)라는 족쇄에서 벗어나기만 하면 우리는 늘 이렇게 행동한다. 우리의 사랑도 한결같다.

선입견과 편견이 사라지면 누구를 만나고 무엇을 대하든 이렇게 반응할 것이다. 그렇다면 우리의 사랑은 무한하다.

세계 여러 종교가 얘기하는 바와 같이 정말로 우리의 의식이나 '영혼'이 영원히 파괴될 수 없다면 그것에서 자연스럽게 흘러나오는 사랑과 연민도 그럴 것이다.

참선을 하는 동안 사랑과 연민, 친절과 공감이 활짝 피어나면 그 느낌이 너무나 예리하고 강렬해서 겁을 먹는 사람들도 있다. 그들은 이렇게 생각한다. '내가 너무 착하게 굴면 상처받을지도 몰라. 이런 식으로는 세상에서 제구실을 못할 거야.'

이런 걱정을 하는 건 충분히 이해가 된다. 참선으로 우리의 마음이 활짝 열려 다른 사람이 겪고 있는 감정을 고스란히 느끼게 되면 우리가 아주 연약한 존재라는 생각이 전보다 훨씬 강렬해진다. '이 한 몸 아프고 두려워 덜덜 떠는 것만으로도 충분히 괴로운데, 다른 사람들의 고통까지 경험할 필요가 있을까?' 하는 생각이 든다.

우리는 연민이다.
우리는 사랑이다.
카르마(업)라는 족쇄에서 벗어나기만 하면
우리는 늘 이렇게 행동한다.
우리의 사랑도 한결같다.

넘치는 사랑과 연민에 당혹감을 느낄 수도 있다. 아이러니하지만 마음을 닫고 다시 예전 상태로 돌아가고 싶을지도 모른다.

하지만 참선을 계속하다 보면 다른 사람들의 감정 또한 일시적이라는 것을 알게 된다. 우리의 생각과 감정이 우리를 지나쳐가게 두듯이 다른 사람의 감정 또한 지나가게 두면 된다. 그러고 나면 참선이 만들어내는 깊은 고요와 평화에 믿음이 생긴다. 우리의 의식에 성난 파도가 밀려오더라도 더 이상 우리를 송두리째 흔들거나 쓰러뜨리거나 끌고 가지 못한다는 걸 알게 된다.

그들의 고통이 느껴지면 우리의 마음도 아프겠지만, 참선으로 일으킨 내적 고요 덕분에 그 자리를 지킬 수 있을 것이다. 다른 사람들과의 관계에서 그 고요함이 주는 견고한 힘을 경험하게 될 것이다.

참선을 계속하면 사랑과 연민도 계속 커진다. 불교에서는 물론이고 다른 전통적인 정신문화에서도 인간의 살아 있는 의식을 해나 달에 비유하는 경우가 종종 있다. 이때 빛은 온 세상을 환하게 밝히는 것으로 묘사된다. 하지만 알다시피 낮이라고 늘 햇살이 있는 것도 아니고, 밤이라고 늘 달빛이 또렷한 것도 아니다. 구름이 해와 달을 가리는 날도 있다. 간혹 구름이 너무 짙어서 빛을 완전히 가린 것 같을 때도 있다.

참선은 우리 내면에 있는 해와 달의 빛을 모으고 주위의 구름에 초점을 맞춰 다 태워 없애버린다. 참선을 하면 더욱더 많은 빛이 마음속 깊은 곳에서부터 뚫고 나와 우리의 마음을 환히 비추고 몸을 가득 채운다. 시간이 지나면 우리의 두 눈과 얼굴에서 빛이 난다.

마침내 그 빛은 우리의 행동에도 영향을 미친다. 그 빛이 비추는 대로 행동하기 시작하는 것이다. 참선을 통해 공격적이고 탐욕스러운 습관들이 사라지고 타고난 공감 능력이 고조되면, 우리는 상처 주는 말이나 행동을 자제하게 된다. 그러고 나면 가려졌던 빛과 억눌렸던 에너지까지 자유롭게 풀려나 친절하고 너그럽게 행동하기 시작한다. 우리가 어떻게 이렇게 변할 수 있는지는 아직 완전히 알지 못한다. 간혹 스스로가 약간 바보처럼 느껴질 때도 있다. 하지만 마음속에는 '옳은 일을 하고 있다'라는 강력하고 기분 좋은 확신이 생긴다.

이제 우리의 사랑이 인생을 살아가는 새로운 방식으로 표현이 된다. 마치 다른 사람이 된 것처럼 느껴진다. 늘 의도했던 그런 모습이 되어가는 듯한 느낌도 든다.

'이거야. 내가 늘 원했던 게 바로 이거였어!'

그러면 비로소 참선이 드러내고자 한 위대한 진실을 발견하게 된다. 우리가 그토록 찾아 헤매던 사랑이 바로 우리 자신이라는 것을 알게 된다.

에필로그

　절을 떠나고, 한국을 떠나온 지도 벌써 2년이 지났다. 그렇게 오래된 건 아니다. 하지만 절을 떠난 뒤로 경험하고 배운 모든 것들로 인해 나는 지금 완전히 다른 삶을 사는 기분이다.

　그렇다고 모든 것이 변한 건 아니다. 지난 며칠, 인터넷으로 송담 스님이 법문 하신 모습을 찾아보았다. 내가 절을 떠난 뒤로 거의 2년 동안 새로 지은 법당에서 하신 법문이었다. 그런데 스님은 법문을 하실 때 한 가지를 거듭 반복해서 말씀하셨다. 그것을 한 번 말씀하시는 데 5분 정도가 걸렸는데, 스님은 그것을 한 번에 거의 네댓 번을 반복해 말씀하셨다.

　그 법문을 들은 사람들 중에는 분명 스님이 연로하셔서 그렇다고 생각하는 사람들도 있을 것이다. 물론 그럴 가능성도 있다.

　하지만 나는 송담 스님이 우리에게 마지막으로 전하고 싶은 가르침이라서 일부러 반복하시는 거라고 생각한다. 스님은 50년 넘는 시간

동안 당신이 전하고자 하는 가르침을 우리에게 거의 다 주셨을 것이다. 스님을 따르는 우리가 각자의 능력껏 이해하도록 거의 모든 것을 알려 주셨다.

최근에 스님은 법문에서 이렇게 거듭 말씀하셨다.

"이뭣고? 하면 생사 속에서 영원을 사는 길을 가고 있는 것이다."

스님은 왜 이 말씀을 여러 번 반복하시는 걸까?

나는 이것이 모든 종교 가르침의 정수이기 때문이라고 생각한다. 그 것은 세계의 모든 위대한 종교 전통이 맨 처음으로 한 애정 어린 약속 이고, 사실상 모든 종교가 우리에게 줄 수 있는 유일한 가르침이기도 하다.

> 우리의 불완전하고 평범한 일상에서도 영원한 삶의 길을 갈 수 있 다는 것.

명상이든 기도든 요가든 아니면 경전 연구든 종교와 관련된 수행은 우리의 심신을 더 건강하게 만들 수 있다. 그뿐만 아니라 개인의 성장 과 발전을 도모한다. 우리를 더 친절하고 더 윤리적인 사람으로 만들 수도 있다. 우리를 더 똑똑하게도 만든다. 우리 사회는 물론이고 국가 간에 평화와 정의를 강화하는 데도 기여할 수 있다. 상처 입은 지구를 치유하는 데도 도움을 준다.

이런 것은 전부 우리에게 중요한 목표이며 꼭 필요한 목표이기도 하 다. 그럼에도 불구하고 이런 목표 하나하나 혹은 전부가 종교적 수행의 진정한 목표는 아니다. 부처님은 왕자 시절에 곧 물려받을 왕위와 아내, 갓 태어난 자식까지 모두 뒤로하고 개인의 안전까지 포기한 채 더 높은 뭔가를 찾아 떠났다. 그는 대체 무엇을 찾고 있었던 걸까?

나는 부처님이 무한하고 영원하며 살아 있고 완벽하고도 신성한 무언가를 찾고 있었다고 생각한다. 부처님은 희미하게 흔들리는, 불완전하고 영속적이지도 않은 변화무쌍한 세상에 가려진 인간이란 존재의 변함없는 진리를 찾고 있었다.

송담 스님은 어쩌면 마지막일지 모르는 법문을 통해 부처님이 발견한 그 진리를 우리도 발견할 수 있다고 가르치시고 있는 것이다. 그 무한하고 영원한 삶은 '저 밖'이 아니라 우리가 두고 떠나려 하는 덧없고 고통스러운 일상 안에서 발견된다고 거듭 강조하시는 것이다.

걱정이 가득한 우리의 머릿속과 가슴속 깊은 곳에서 발견될 수 있다고 말이다.

누구나 '생사 속에서 영원을 사는 길'에 이를 수가 있다.

선불교 전통은 더 나아가 우리가 그 길을 걷고자 한다면 가장 먼저 해야 할 것이 진정으로 깨달은 스승을 찾는 일이라고 가르친다. 그렇다면 오랜 기간 세상과 거리를 두고 선택받은 몇 사람에게만 가르침을 주셨던 송담 스님이 마침내 세상 모든 사람들에게 가르침을 전하기 위해 공개 석상에 나오신 것이 얼마나 다행스러운 일인가.

인간의 해방을 위한 진정한 가르침을 접할 수 있다는 것이 얼마나 대단한 행운인지 여러분이 부디 알았으면 좋겠다. 사실 나도 송담 스님을 만나 이러한 가르침을 받은 것이 얼마나 큰 행운이었는지를 늘 알지는 못했다.

"네가 지금은 어리지만, 항상 이렇지는 않을 거여."

30여 년 전, 송담 스님이 내게 하신 말씀이다.

"우주의 모든 것이 무상하지. 너도 그걸 잘 알 거여."

"아직 해보고 싶은 일들이 있어요."

나는 송담 스님 앞에서 이렇게 말했다.

"어떤 일?"

"여행이요. 친구들이랑 같이 있고 싶어요." 내 생각을 한국말로 표현하기가 쉽지 않았다.

"여행? 친구들이랑 놀고 싶다고?"

스님은 고개를 뒤로 젖히며 웃으셨다. 이렇게 바보같이 말하는 사람은 처음 본다는 듯이. 송담 스님은 나를 지그시 바라보시더니 고개를 저으셨다.

"참선이 가치 있는 일이라는 건 알아, 그렇지?"

스님이 말씀하셨다.

"예."

"참선을 하면 깨달음을 얻을 수 있고, 생사의 고통에서 자유로워질 수 있다는 것도 알지?"

"예."

"그럼, 뭐 하나만 물어보자."

스님은 이렇게 말씀하시며 몸을 앞으로 살짝 기울이셨다. 얼굴에 환한 미소를 머금고 계셨다.

"그걸 다 알고 있다면 바보처럼 잡초 속에서 놀면서 뭘 하고 있는 거냐?"

그 말씀을 듣자마자 나는 웃음이 터졌다. 스님의 진주처럼 하얀 피부가 등불처럼 환하게 빛이 났다. 스님과 함께 있으면 잘못될 일이 하나도 없을 것 같았다.

나는 이 세상에서 가장 운이 좋은 스물두 살 청년이었다. 당시 나는 서울 신촌의 하숙집에서 지내면서 매달 스님을 찾아가 이렇게 꾸중을 들었다. 절집 예절은 고사하고 한국의 일반적인 문화에 대해서도 전혀 몰랐던 탓에 스님 앞에서 예법이란 예법은 다 어겼다. 맨발에 반바지 차림으로 스님을 뵈었다. 어린애처럼 다리를 아무렇게나 뻗고, 두 손바닥은 바닥에 댄 채 앉아 있었다. 스님 앞에서 껌까지 씹었다. 하지만 송담 스님은 눈 하나 깜빡하지 않으셨다. 내가 뭔가 잘못하고 있다는 내색을 단 한 번도 하지 않으셨다.

"알고 있는데 하지 않으면 어떤 사람이 되는 거지?"

그날 스님이 말씀하셨다.

나는 바닥만 쳐다봤다. 어쩔 수 없었다. 그때는 그냥 스님이 되고 싶지 않았다.

그러자 스님이 진지하면서도 다정한 눈길로 내 눈을 똑바로 보셨다. 스님의 눈빛에서 무한한 연민이 느껴졌다. 스님이 아주 부드러운 목소리로 말씀하셨다. 겨우 알아들을 정도로 작은 목소리였다.

"다 내려놓고 어서 빨리 들어와. 같이 공부하자."

나는 이 책을 통해 참선에 관한 송담 스님의 가르침을 현대인들이 이해하기 쉽게 설명하고자 노력했다. 만약 어떤 말이든 마음에 와 닿는 것이 있다면, 가슴속에서 뭔가 끌림이 느껴진다면, 더 높은 차원의 해법을 구하라는 작은 속삭임이 들린다면, 송담 스님의 법문을 직접 찾아 듣고 그 가르침을 실천해보라고 권하고 싶다.

　나는 인생의 출발점으로 다시 돌아왔다. 지난 2년여 동안 여행을 하면서 낙담한 적도 몇 번 있었다. 솔직히 이 나이에, 단점과 흠도 많은 내가 혼자 힘으로 완전히 새로워질 수 있을 거라 기대하지는 않았다. 내 모든 실수와 실패, 패배를 생각하면 말이다. 그럼에도 정말로 누구에게 감사를 전해야 할지 모르겠다. 아마도 내 스승님. 부처님과 보살님들. 내 가족. 어쩌면 여러분. 어쨌거나 무한한 감사를 느낀다.
　내 부족한 책을 읽어줘서 무척 감사하다. 나는 이제 한국의 절에서 지내지 않는다. 하지만 언젠가 우리가 만날 기회가 있을 것이다. 어쩌면 아시아 어딘가의 요가 센터나 아쉬람 혹은 암자에서 우연히 만날지도 모른다. 혹시라도 알아본다면 부디 아는 척해주시길. 만나면 행복할 것 같다.
　이제 마지막으로, 내가 바보처럼 잡초 속에서 노느라 시간을 낭비할 때 송담 스님이 내게 하셨던 그 권유를 여러분에게 똑같이 하려 한다.

　"다 내려놓고 어서 오라. 같이 공부하자."

감사의 말

이 책을 쓸 수 있도록 도와준 많은 분들과 그간 있었던 많은 일들을 모두 나열하기엔 지면이 부족할 것이다. 또한 충분한 지면이 허락된다 해도 그동안 만나거나 보아온 작은 인연들을 — 이국땅에서 만난 어린 아이의 미소든, 끝없는 바다를 비추던 태양이든 — 일일이 다 기억하진 못하리라. 그 모든 인연이 나에게 글을 쓸 수 있도록 영감과 믿음을 불어넣어주었다.

지금에 와서 되돌아보면 살아 있는 모든 것들과 모든 일들에 고마움을 느낀다.

우선, 스무 해 넘게 나와 우정을 이어오면서 변치 않는 신뢰와 성실함으로 이 작업을 함께해준 방송작가 박경희에게 감사를 전한다. 우리가 함께 일하며 감내해야 했던 그 많은 어려움과 아픔은 오직 당신만 알 것이다. 그동안 나를 위해 애써준 것을 어찌 다 갚을 수 있을까.

다음으로 인내심을 가지고 친절하게 기다려준 편집자 이선희 그리

고 출판사 '나무의마음' 담당자들에게 두루 감사를 전한다. 우선 내 의
도와 능력을 믿어줘서 감사하다. 그리고 내게 해준 모든 제안과 조언에
도 감사드린다. 만약 이 책이 어떤 가치를 지닌다면 그 공의 절반은 당
신들에게 돌아가야 한다고 생각한다.

김용 박사에게도 감사를 표하고 싶다. 말로 다 표현할 수 없을 만큼
내게 영감을 주고 내 삶을 풍요롭게 변화시켜 주었다.

세바스찬 승 교수에게도 고마움을 전한다. 내 마음속 형제인 너의 눈
부신 재기와 진실함, 따뜻한 마음은 언제나 나에게 영감을 주었어.

30년 넘게 우정을 이어오며 애정과 지지를 보내준 내 친구 데이브
강에게도 감사하다.

그리고 지난 6년간 지원과 도움을 아끼지 않은 도반 최유화, 한태수,
서주희 그리고 많은 봉사자들에게도 고마운 마음을 전한다.

또한 몸과 마음을 수련하는 방식에 관한 최신 글로벌 트렌드를 알려
주려고 많은 정보와 귀한 지식들을 기꺼이 공유해준 요가 선생님 로리
에게도 감사를 전하고 싶다.

TV 프로그램 「안녕하세요, 환산 스님입니다」에 참여해준 국내외 모
든 분들께도 감사를 전한다. 특히 매주 학생회 법회에 참석해 여러 질
문을 던지고 내가 이 세상과 미래를 위해 기여할 수 있는 것들에 대해
고민하게 해준 한국 대학생들에게 고맙다고 말하고 싶다. 그중에서도
몇 년간 매주 법회에 참석한 내 첫 학생들인 '법우'들에게 특별히 감사
를 전한다. 그때 그들이 보여준 믿음과 성실함은 절대 잊지 못할 것이
다. 결국 그 '학생들'이 내게서 배운 것보다 내가 그들에게서 배운 것이
더 많았다.

한때 나의 본사本寺였던 용화사의 신도님들께도 감사드린다. 30년 가까이 함께 지내는 동안 한결같은 마음으로 도움을 주셨기에 지쳤을 때조차 여러분의 기도와 애정의 기운을 느끼고 정진할 수 있었다. 도저히 다 갚을 수 없는 것들을 주셨다. 여러분에게 말로 표현할 수 없는 감정을 느낀다. 성불하시기를….

같은 스승을 믿고 출가한 많은 사형제자매 스님들께도 감사드린다. 수십 년 또는 수년을 함께 살아왔으니 서로 사연도 많은, 참으로 뜻깊은 관계일 것이다. 한 명도 빠짐없이 우리 모두 이번 생에 꼭 깨달음을 얻길 기원한다.

마지막으로 내 스승인 송담 선사께 감사의 인사를 올린다. 이 마음은 말로 다 표현할 길이 없다. 스님은 내 인생의 기적이시고, 내게 부처님이시다. 늘 건강하시고 행복하시기를 그리고 100세, 200세까지 영원히 우리 곁에 계시어 우리를 이끌어주시고 가르쳐주시기를….

이 세상에 혼자 이룰 수 있는 것은 아무것도 없다. 심지어 자기 본연의 생각과 감정을 책으로 표현할 때조차 자기 혼자 쓰고 있다고 생각하지만 자기만의 진실한 목소리라고 생각했던 것조차 실은 그간 만난 모든 이들의 목소리로 이루어져 있음을 거듭 깨닫는다. 그럼에도 만약 이 책에 어떤 실수나 오류가 있다면 그것은 전적으로 나의 잘못이지 나를 도와준 이들과 무관하니 미리 용서와 양해를 부탁드린다.

다시 한 번 모두에게 거듭 감사드린다.

참선 2

다시 나에게 돌아가는 길

1판 1쇄 인쇄 2019년 11월 22일
1판 1쇄 발행 2019년 12월 2일

지은이 테오도르 준 박
옮긴이 구미화
펴낸이 이선희

기획편집 이선희
편집 이선희 구미화 이승희
모니터링 박소연 정소리 양은희 조혜영 박민주
디자인 표지 김현우 본문 최미영
마케팅1 정민호 김도윤 나해진 박보람 최원석 우상욱
마케팅2 한정덕 최지연
홍보 김희숙 김상만 한민아 지문희 이가을 오혜림 우상희
제작 강신은 김동욱 임현식
제작처 영신사

펴낸곳 (주)나무의마음
출판등록 2016년 8월 25일 제406-2016-000107호
주소 10881 경기도 파주시 회동길 210
문의전화 031-955-2696(마케팅) 031-955-2683(편집) 031-955-8855(팩스)
전자우편 sunny@munhak.com

ISBN 979-11-90457-01-9 04810
      979-11-959068-9-5 04810(세트)

• (주)나무의마음은 (주)문학동네의 계열사입니다.
• 이 도서의 국립중앙도서관 출판예정도서목록(CIP)은 서지정보유통지원시스템 홈페이지
 (http://seoji.nl.go.kr)와 국가자료종합목록시스템(http://www.nl.go.kr/kolisnet)에서 이용하실 수 있습니다.
 (CIP제어번호 : CIP2019045597)

www.munhak.com